외교관은
나의인생

박철민 지음

서교출판사

열정으로 가득찬 어느 외교관의 삶

이규형(전 외교부 제2차관, 주러시아·중국 대사)

　　　박철민 교수가 35년간의 외교관 생활을 정리한 책을 출간한다고 했다. 무슨 이야기를 담았을까 궁금함이 일었다. 첫 장을 넘기자, 박 교수가 공관장으로 근무했던 포르투갈과 헝가리 전 대통령으로부터 받은 추천사가 보였다. 대단하고 놀라웠다. 주재국에서 훈장을 받은 일도 과소평가할 것은 아니지만, 이임 후 상당한 시간이 경과했음에도 국가 원수에게 서한을 받은 것은 매우 이례적이고 자랑스러운 일이다. 그가 재임 중 어떤 활동을 했는지를 '웅변적'으로 보여주는 일이라고 생각한다.

　　300여 쪽에 달하는 글을 찬찬히 음미하며, 박 교수가 외교관으로 성장하는 과정을 엿볼 수 있었다. 초년병 시절의 설렘과 두려움, 그리고 이를 극복하려는 열정에 공감할 수 있었다. 책임감으로 충만한 공직자의 길을 걸어온 후배에게 박수를 보내며 불현듯 나 자신이 뉴욕에서 보낸 시간과 다자 외교 현장을 돌아보게 됐다. 국제 회의에서 느낀 위축감과 긴장감, 이를 극복하기 위한 다짐과 각오, 그리고 준비 그 모든 시간이 새삼스럽게 느껴졌다.

청와대 근무는 업무의 중량감에서나 결과가 야기하는 국내외적 파급 효과 면에서 많은 이야깃거리를 남겼지만, 바로 그러한 이유로 충분히 밝히지 못한다는 아쉬움이 있다. 하지만 그러한 제약 속에서도 국가 이익의 엄중성 및 국제 사회의 이중성을 과감히 지적하고 있다. 그는 후학들에게 좋은 표상이 될 것이다.

박 교수는 자신의 문학적 감수성을 유감없이 보여주고 있다. 마치 전업 작가의 글처럼 표현력이 뛰어나고 진솔함이 넘친다. 어려움이 전혀 없으며 편안하게 다가온다. 그는 외교 업무 외에도 전문가 못지않은 지식을 가지고 있다. 서양 건축 양식과 유럽 도시에 대한 해설은 물론, 문화와 예술 방면에서도 놀라운 해석과 평가 능력을 보여준다. 곳곳에 자리한 유머러스한 코멘트 역시 독자의 이해를 돕고 친밀감을 높인다.

이 책은 많은 이들에게 힘과 영감을 줄 것이다. 35년간 공직자로서 값진 시간을 보낸 만큼, 박 교수가 앞으로도 계속 나라와 사회 발전을 위해 보람과 은혜 넘치는 삶을 이어 가길 바란다. 멋진 외교관의 삶에 다시 한 번 마음 깊이 축하를 보낸다.

포르투갈이 사랑한 한국인 대사

안토니우 하말류 이아네스(제16대 포르투갈 대통령)

박철민 대사는 포르투갈에서 진행하고 있는 일들을 공유하며 저와 긴밀한 관계를 맺었습니다. 2017년 10월에는 박 대사가 우리 부부를 관저 만찬에 초청해 K푸드를 소개하고 양국의 문화와 전통에 관한 이야기는 물론 역사와 정치, 경제 등 사회 이슈에 대한 의견을 교환하기도 했습니다.

박 대사가 한국을 포르투갈 국민에게 알리고, 양국 간 관계 증진을 위해 일하는 모습을 근거리에서 지켜볼 수 있었습니다. 또한, 그는 포르투갈의 모든 것을 이해하기 위해 큰 노력을 기울였습니다. 한국은 오래전부터 유럽 문화와는 매우 다른 방식으로 진화되어 왔기에, 그의 외교 활동이 결코 쉽지 않은 일임을 잘 알고 있습니다. 때문에 그의 결연한 자세가 더욱 고무적으로 느껴졌습니다.

7

민주주의와 경제 협력, 인권 옹호 등 양국의 보편적 가치 실현을 위해 1961년 수립된 포르투갈과 한국의 신뢰 관계를 더욱 긴밀하게 한 박철민 대사에게 감사의 인사를 전하고 싶습니다. 아울러 그간의 외교관 경험을 담은 단행본의 출판을 온마음으로 축하드립니다. 포르투갈과 포르투갈 국민이 박철민 대사와 그의 활동을 특별하게 기억하듯, 박 대사도 포르투갈에 좋은 기억을 가지고 있기를 바랍니다. 박 대사의 멋진 미래를 기원합니다.

한국과 헝가리의 새로운 지평을 열다

팔 슈미트(제4대 헝가리 대통령)

우리는 헝가리가 한국과 외교 관계를 수립한 최초의 사회주의 국가였던 사실을 기억하고 있습니다. 박철민 대사가 헝가리에 주재하던 2021년, 양국 관계는 전략적 동반자 관계로 격상됐고 한국은 헝가리에서 가장 큰 투자국 중 하나가 됐습니다.

저는 1983년부터 IOC 위원을 역임하면서 한국과 각별한 관계를 맺어 왔습니다. 서울에서 치러진 88 올림픽은 스포츠를 사랑하는 헝가리 사람들에게 잊지 못할 이벤트였습니다. 그런 의미에서 박 대사님이 지난 2022년 저와 헝가리 올림픽위원회 주요 간부들을 주헝가리 한국 대사 관저에 초청해 양국의 스포츠 교류 협력 방안을 이야기한 것은 매우 뜻깊은 자리였습니다.

박 대사의 외교 활동을 담은 단행본이 곧 발간되는 것으로 알고 있

9

습니다. 저는 이 책이 그의 외교적 성공과 재미있는 이야기들로 가득
할 것임을 확신합니다. 박 대사의 건강과 가족의 사랑이 충만하길 빌
며, 앞으로도 그의 앞날에 좋은 일들이 있기를 바랍니다.

차
례

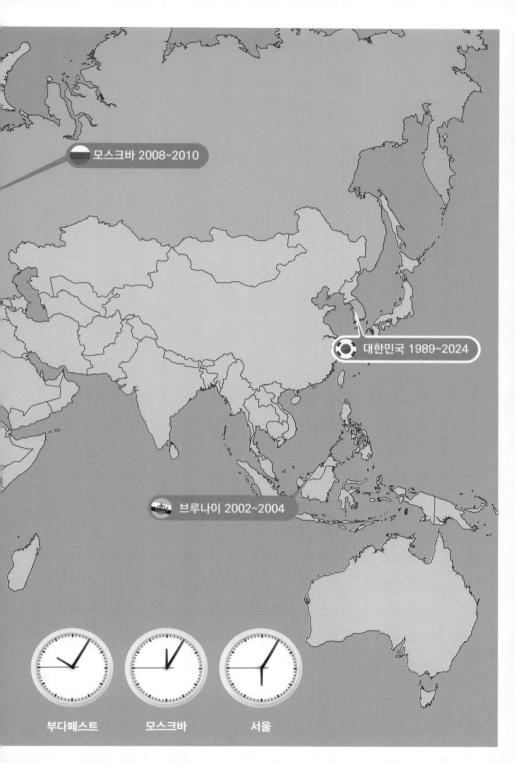

모스크바 2008~2010

대한민국 1989~2024

브루나이 2002~2004

부다페스트   모스크바   서울

외교관으로 산다는 것

고등학교 때 처음으로 외교관이라는 직업이 세상에 있음을 알았다. 당시는 해외여행 자유화 이전이라 외교관이라는 직업이 선망되던 시절이었다. '태어나면서부터'라고 하면 과장이겠지만, 어릴 때부터 '공부 잘하니 나중에 공무원이 되겠구나' 하는 주변의 격려 섞인 부추김도 있었기에, 외교관이 되려면 제일 잘 어울릴 것 같은 서울대 외교학과를 택했다.

80년대는 교문 앞에 탱크와 장갑차가 진주해 있고, 교정에 최루탄 운무가 가득한 시절이었다. 군부 독재 타도와 민주주의를 목청껏 외치며 깨진 돌을 사정없이 던져대는 친구들을 보면서도 애써 외면했다. 공무원이 되어 지금보다 나은 대한민국을 만드는 데 일조하리라 다짐했고, 길은 다르지만 같은 목표라고 합리화했다.

대학 생활 첫 2년간은 고등학교 시절의 압박에서 해방되어 마치 방종이 자유인 듯, 젊음의 찬란함과 화려함이 평생 갈 것처럼 즐기고 즐겼다. 그땐 가사의 뜻도 잘 몰랐지만, '우리가 선택한 삶을 살 수 있을 거라고, 싸워서 결코 지지 않을 거'라고 말하는 메리 홉킨스의 노래 〈Those were the days〉를 즐겨 들었다. 평범한 어른이 되는 허전한 미래를 조금도 걱정하지 않았다.

졸업 이전에 외교관 시험에 합격하겠다는 자신감으로 충만한 수험 생활이었다. 하지만 1988년 외무고시 22회 3차 면접에서 고배를 마시고부터는 사뭇 좌절감이 몰려왔다. '외교관이 안 되면 말고'라는 체념과 더 나은 다른 길이 있을 것이라는 소심한 낙관 속에서 1년을 버텼다. 다행스럽게도 이듬해 2차와 3차를 모두 통과했다. 정식 외교관이 되고서도 "3차에 낙방했습니다"라는 통지서를 받는 그 악몽은 이후 10여 년간 계속됐다.

외교부에 입부한 후 35년의 세월이 하루인 듯 흘렀다. 그간 군축 및 안보 분야 전문가로서 길을 걸어왔고, 유럽국장으로서 유라시아 이니셔티브 구상을 디자인하기도 했다. 대통령 외교정책비서관으로서도, 주포르투갈과 헝가리 대사로서도 최선을 다했다고 자부하는 날들이었다. 돌이켜 보면, 화려한 꽃길은 아니었어도 후회 없는 나날이었다.

이 책을 쓰기 위해 참 많이 걸었다. 따로 정리해 둔 비망록이 있었던 것도 아니었기에 걷고 또 걸으면서 머릿속 깊은 곳에 자리 잡고 있던 나의 이야기를 끄집어냈다. 추억이 많은 사람이 행복한 사람이고 늙지 않는 사람이라는 지혜를 일찍부터 인지하고 있었나 보다. 다행스럽게도, 추억거리는 그만큼 쌓여 있었다.

처음에는 10개의 에피소드라도 생각날까 걱정했었는데 모아 보니 50편이 훌쩍 넘었다. 17년의 국내 근무와 포르투갈과 헝가리에서의 공관장을 포함해 외교관으로 경험한 17년간의 해외 생활을 주로 그렸다. 울산광역시 국제관계대사로 지내며 경상일보에 연재한 칼럼 '박철민의 불역유행(不易流行)' 몇 편도 지금의 상황에 맞게 각색해 포함시켰다.

이 책이 성공적으로 발간될 수 있기까지 많은 분들의 도움이 있었다. 먼저 추천의 글을 써주신 안토니우 하말류 이아네스(António R. Eanes) 전 포르투갈 대통령님, 팔 슈미트(Pál Schmitt) 전 헝가리 대통령님, 이규형 대사님(전 주중국·러시아 대사, 외교부 차관) 그리고 신동욱 국회의원(전 TV조선·SBS 앵커), 남궁철(SM C&C 대표), 빌즈(Vhils)와 존 원(Jon One)의 뜨거운 성원에 고마움을 전한다. 아울러 서교출판사 김정동 대표님과 윤문 작업에 시간을 할애한 시인 김재홍 박사에게 감사드린다.

그 외에도 박선호, 함창현, 이연주, 최부헌, 정이준, 남상범, 장춘, 신일영, 심명근, 신성철, 이진호, 이주환, 강윤희, 김재윤, 류정욱, 김철민, 배호준 등 지우들에게도 고마운 마음이다. 부모님과 가현, 대영 가족에게도 감사하며, 특히 외교관 아내로서 쉽지 않은 해외 생활을 슬기롭게 견뎌준 혜준에게 이 자리를 빌려 각별하게 고맙다는 말을 해주고 싶다.

2024년 8월
울산대학교 연구실에서

평생 외교관 박철민의
외교가 이야기

제1장

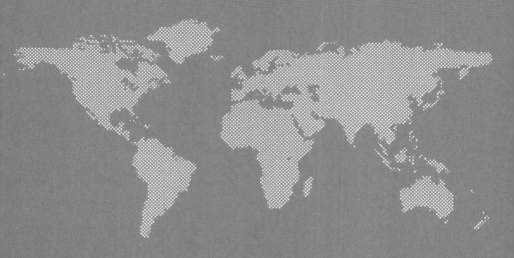

외교부 청사 안팎에서

왜 외국 사람들이 두려울까?

외교관이 되려면 어떤 자질을 갖춰야 하느냐는 질문을 종종 받는다. 나는 무엇보다 국가에 대한 충성심과 봉사 정신이 있어야 한다고 말한다. 외교관이란 국가의 입장을 대표하는 사람이기 때문이다. 일에 대한 열정과 상대방에 대한 배려도 빼놓을 수 없는 덕목이다.

하지만 외교관은 기본적으로 외국어에 대한 높은 이해와 능력이 요구되는 직업이다. 외교관의 주요 업무는 결국 상대 국가를 설득하여 우리 입장에 맞게 동조하도록 하는 것이기 때문이다. 그러려면 상대보다 더 많이 알고 있어야 하고 논리적으로 주장을 펼칠 수 있어야 하므로 언어 능력이 중요해질 수밖에 없다.

물론 요즘처럼 실시간 통역이 가능해진 AI 시대에 '그런 능력이 얼

외교부는 대한민국의 대외 관계와 재외한인 관련 사무를 관장하는 중앙행정기관이다. 오늘날 외교부 본부는 서울특별시 종로구 도렴동의 정부서울청사 별관에 위치하고 있다. 내가 입부했던 시절 외교부는 정부종합청사에서 더부살이를 하고 있었다.

마나 쓸모 있을까' 하고 의문을 품는 사람이 있을 수 있겠다. 하지만 현지 언어를 사용하는 경우 주재국의 태도가 달라지고, 외교 성과로도 이어질 수 있기에 꾸준히 공부하고 향상시키는 노력을 해야 한다.

나 역시 외국어 문제, 특히 영어 문제로 고생을 한 시절이 있었다. 외교부 2년 차 때의 일이다. 지금은 외교부가 별도 독립 건물을 가지고 있지만, 그때는 세종로 정부종합청사의 몇 개 층을 할당받아 더부살이하던 시절이었다. 8~9층은 장·차관 등 고위직 사무실이 배치돼 있어 외국 손님들이 자주 방문했다.

돌이켜 보면, 당시엔 보안 시설이 지금처럼 엄격하게 작동하지 않아서였던지 직원들의 별도 안내 없이 외국인들이 자유롭게 미팅 장소를 찾아 각층을 헤매고 다녔다. 그러던 어느 날이었다. 수 분 후 겪게 될 상사의 잔소리와 핀잔을 지레 겁내며 무거운 발걸음을 옮기고 있는데, 갑자기 '땡'하는 소리와 함께 엘리베이터에서 외국인들이 내리는 게 아닌가. 그들은 한 치의 망설임도 없이 다가왔다. 분명 주한대사관 외교관과 동행한 외빈이었을 테고, 원하는 것이 있다면 기껏해야 사무실 위치를 문의하는 수준이었을 텐데도, 나는 뒷걸음질 쳤다. 쉽게 지워지지 않는, 마음속 깊숙하게 자리 잡고 있는 불편한 진실이다.

중학생 때였던가, 서울 가는 고속버스를 탔는데 미국인 관광객이 마침 옆자리에 앉았다. 흔치 않은 원어민과의 대화 기회를 놓치지 않으려고 다섯 시간 내내 고군분투하면서 호시탐탐 대화를 이어 나가고자 했다. 그 용기와 자신감은 대체 어디로 사라진 것이었을까. 당시 영어 실력이라면 무작정 꽁무니를 뺄 정도는 아니었는데, 아마도 며칠 전 겪었던 일련의 부끄러운 사건들 탓에 자신감을 잃었기 때문이리라.

30여 년 전에는 외부에서 전화가 오면 행정 직원이 받아 담당자들에게 연결해 주었는데, "헬로우" 응대 후에, 몇 초 정적이 흐르다가 어김없이 대화를 이어 줄 직원들을 두리번거리며 찾곤 했다. 다들 행정 직원과 눈 맞추기를 피했고, 내리 떨군 고개는 책상 바닥에 붙을 정도였다.

하필 그날은 기린 목을 하고 있던 나와 눈이 마주쳤고, 모든 이목이 집중되는 가운데 알량한 영어 실력이 모두 들통나 버리고 말았다. 다음날 동유럽의 어떤 외교관이 양국 간 경제기술협력협정 조약문 초안 점검을 위해 방문하기로 돼 있어서 몇 번의 리허설을 했다. 이만하면 충분하다고 자신하면서 어제의 참담한 실패를 어느 정도 만회할 작정이었다. 그런데 실전은 달랐다. 준비되지 않은 내용을 협의해 온 탓에 허둥지둥 깊은 수렁에서 빠져나오지 못했던 것이다. 다행히 차석 선배가 구원 투수를 해 준 덕분에 익사 직전 살아날 수 있었다.

1995년부터 2년간 미국 플로리다주 게인즈빌에 소재한 플로리다 대학(UF)에서 국제정치학 석사 과정을 다녔다. 형편없는 영어 실력 탓에 첫 학기부터 우스꽝스러운 에피소드들이 많이 만들어졌다. 한 번은 수업 말미에 담당 교수가 뭐라고 뭐라고 한 말을 마치 알아들은 척 "yes"라고 자신 있게 답한 적이 있었다. 그런데 일주일 후 강의실에 가 보니 나와 동료 외에는 아무도 없는 것이 아닌가. 알고 보니 교

수 개인 사정으로 휴강이었는데, 그 많은 학생 중에 우리 둘만 잘못 들은 것이었다. 어색한 표정을 숨길 수는 없었던 우리는 다시는 '들은 척', '이해한 척' 하지 말자고 약속했다.

외교부에 근무하면서 영어나 다른 국제 공용어를 자유자재로 구사하는 동료들이 매우 부러웠다. 스스로 언어에 재능이 있다고 생각하는 편이 아니었기에, 그들을 따라잡기 위해서는 열심히 최선을 다해 노력하는 수밖에 없었다. 영어만 잘하면 최고의 외교관이 될 수 있겠다는 일종의 열등감에서 비롯된 CNN 뉴스 듣기가 30년이 지나며 취미가 됐다. 외국인들이 더는 두렵지 않고, 영미권 외교관들이 사용하는 영어가 모두 조리 있는 건 아니라는 사실을 깨달은 지금도, 아주 가끔 외국인들의 시선을 피하고, 흠칫 놀라기까지 하는 나를 발견한다. 이런 걸 트라우마라고 하는 걸까?

좋은 선배가 되려면

　　90년대 외교부에서 과장은 하늘이었고 국장은 쳐다보지도 못할 존재였다. 장·차관 앞에 설 기회는 더욱 없었다. 어쩌다 한 차례쯤 기회가 생기더라도 입술이 얼음처럼 굳어 버리곤 했다. 나는 본래 한 살이라도 나이가 많으면 형님이라 부르고, 그로부터 뭐든 배우려고 노력하는 편이다. 그래서 무슨 말을 함부로 하더라도 견디고, 무슨 과도한 일을 시키더라도 반드시 해야 되고, 그렇게 함으로써 배움을 얻을 수 있다며 스스로를 달랬다. 상사에게 10퍼센트의 장점이 있다면 90퍼센트의 단점은 덮어줄 수 있었다.

　하지만 도무지 이해가 되지 않는 부류의 선배들이 있었다. 막 들어온 신입 사무관에게 화풀이를 하는 과장, 공관 행정 직원을 마치 하인 다루듯 하는 대사, 재외국민들로부터 과도한 대우를 기대하는 공관장, 업무 능력이 전혀 없음에도 허세로 가득찬 욕쟁이 상사, 뛰어난 부하 직원들을 시기하고 그들의 공을 가로챈 선배 등등 다양했다.

한번은 어떤 상사를 공관장으로 보내면 좋을지 말지에 대한 평가 요청서를 받은 일이 있다. 어떤 잣대로 생각해도 공관장 자격이 없는 사람이었는데, 나하고만 악연일 뿐 다른 동료들의 평가는 다르지 않을까 하는 생각에 한참을 고민하다 소신대로 평가했던 기억이 난다. 그런데 결과를 보니 나만 그렇게 평가한 게 아니었다. 결국 그는 공관장이 되지 못했고, 정년을 채우지 못한 채 외교부를 떠났다.

리더십은 조직의 성공과 실패를 결정짓기에 어느 조직에서든 중요하다. 외교부도 다르지 않았다. 좋은 리더가 되려면 덕장이든, 용장이든 카리스마가 있어야 했고, 아는 것도 많아야 했다. 소위 높은 사람들과의 네트워킹도 중요했다. '역시 우리 상사는 뭔가 다르다', '저 선배는 내가 범접할 수 없는 사람들과도 잘 지내는구나' 하는 생각에 자연스럽게 존경하는 마음이 생기게 됐다.

후배들을 품어 주는 일도 중요하다. 간혹 후배들에게 말도 안 되는 업무 퍼포먼스를 기대하는 선배들이 있는데, 가만히 생각해 보면 후배들이 그들보다 잘하지 못하는 건 자연스러운 현상이다. 10년을 일한 사람과 1년을 일한 사람의 능력이 어떻게 똑같을 수 있겠는가. 나는 후배들을 평가하기 전에 나의 지난날이 어땠는지를 곱씹어 보곤 했다. 나의 1년 차, 10년 차, 20년 차 모습을 떠올려 보고, 나보다 조금이라도 뛰어난 점이 있다면 칭찬해 주고 다른 곳에서 자랑도 했다.

청와대 외교정책비서관 시절 직원들과 함께. 팀원들이 즐겁게 일하고 단합할 수 있는 환경을 만드는 것은 중요하다. 외교부에서 만난 사람들과 함께한 시간은 인격적인 면에서 나를 더욱더 괜찮은 사람으로 만들어 주었다.

사람마다 가진 능력이 다르고, 발전하는 속도도 다르기 때문에 웬만한 실수가 있더라도 좋게 좋게 넘어갈 수 있었다.

물론 성실하지 않은 후배에 대해서는 따끔하게 가르치되, 배울 자세가 되어 있지 않은 경우에는 가급적 일찍 내보내는 편이 좋다. 권위로 해결하거나 감화할 수 있는 부분이 아닌 데다, 심한 경우 팀을 분열시킬 수 있기 때문이다. 다행스럽게도 나는 지금까지 인격적인 문제가 있거나 실력에 큰 결함을 가진 직원을 만나지 못했다. 참으로 감사한 일이다.

팀원들이 즐겁게 일하고 단합할 수 있는 환경을 만드는 것도 중요하다. 내가 과장 시절부터 늘 강조해온 것이 있다. 월요일에 회사 가기 싫은 '월요병'이 있듯이, 금요일에 회사 떠나는 것을 아쉬워하는 '금요병'이 생기는 직장 문화를 만들자는 것이었다. 얼마 전 정년 퇴임을 앞두고 가진 회식 자리에서 직원들이 그 이야기를 긍정적으로 기억해 주는 것을 듣고 참 잘했다 하는 생각이 들었다.

하지만 좋은 리더가 되기 위해 가장 필요한 것은 역시 업무 능력이다. 외교관으로 성공하기 위해서는 정보를 취합하고 분석하고 정리하는 능력이 뛰어나야 한다. 중요한 회의나 면담의 경우 대통령이 관심을 가질 수 있고 다음날 언론에도 보도될 수 있기 때문이다. 아무리 긴 내용이라도 정확히 요약할 수 있어야 한다. 전망은 어떻게 될 것인지, 어떤 대응을 해야 할지 분석과 평가도 철저하게 이루어져야 한다.

특히 회의 전에는 유관 사항들에 대해 미리 공부하고 준비해야 한다. 예를 들어 화학무기금지기구에 관한 이야기가 오고 갈 예정이라면 그와 관련한 전문 용어들을 완벽하게 알아야 한다. 또 장관들끼리의 만남이라면 예전에 만남을 가진 적이 있었는지, 있었다면 어떤 이야기가 오갔는지 하는 사소한 이야기까지도 면밀하게 파악해야 실제 현장에서 내용을 놓치지 않을 수 있다. 외교부에서 존경받는 장관들, 차관들, 그리고 실장 이상 직위에 올랐던 모든 사람들은 이 분야에서 최고의 권위자들이라고 보면 된다.

외교부에서 만난 사람들과 함께한 시간은 인격적인 면에서 나를 더욱더 괜찮은 사람으로 만들어 주었다. 생각해 보면 나 역시 항상

후배들에게 의지하면서 즐겁게 일했다. 참 감사한 마음이다. 부디 그
들에게 좋은 선배였기를 바란다.

용기 있는 자만이 할 수 있는 것들

-

2003년 12월 주브루나이 대사관 참사관으로 2년을 보내고 귀국할 시점이었다. 서울을 떠날 때 근무했던 군축과 차석을 희망하고 있었는데, 들려온 소식은 이미 내정된 사람이 있다는 것이었다. 어찌해야 할지를 고민하고 있었는데, 의전장실 박 심의관이 주한 공관과장으로 추천하고 싶다면서 의향을 물어왔다. 동기들보다 2년 정도 과장 보직을 앞서 단다는 점은 나무랄 바 없었지만, 앞으로 더이상 군축안보 업무를 다룰 수 없게 될 것이라는 아쉬움도 컸다.

박 심의관은 불도저처럼 밀어붙였고, 2004년 3월 의전실 과장으로 보임됐다. 주한공관담당관의 기본 임무는 한국에 파견된 각국 상주공관 직원들과 국제 기구 대표들에게 국제법으로 부여된 외교관 특권을 보호하고 각종 행정적, 의전적 편의를 제공하는 일이다. 교통

법규나 행정 규칙 위반 등 경범 사안에 대해서는 범칙금을 적기에 납부할 것을 통지하고, 중범죄의 경우에는 국내 법정에서 재판을 받게 하거나 '페르소나 논 그라타'(persona non grata, 외교적 기피 인물) 통보를 통해 강제 출국 조치를 시킨다. 메이저 과는 아니었지만 의전장실 소속으로 국무총리의 해외 순방 행사를 담당하고, 간간이 국가 원수급 해외 인사의 방한 행사도 수임했기에 주니어 외교관들에게는 한번쯤 거쳐 가도 나쁠 것 없는 부서였다.

주한공관과장으로 재직한 1년 동안 특별히 기억에 남는 일이 많았다. 그 중 하나는 2004년 KTX 개통 당시 각국 주한대사들을 초청해 탑승하게 한 행사였다. 또 결국 없던 일이 됐지만, 당시 큰 이슈였던 행정수도 이전 계획과 관련해 서울에 있는 각국 공관과 대사관저 부지를 배정하고 분양하는 일에 참여하기도 했다. 청와대에서 개최된 주한대사 부부 초청 가든파티에서 모 유럽국가 대사가 부인이나 법정 동반자 대신 여자 친구를 데려와 엄중 경고한 일도 있었다. 에이즈 감염 사실을 숨기고 정당한 검사 요구를 거부한 어느 개도국 외교관에게 자발적 귀국을 유도한 일이나, 뺑소니 음주운전에 연루된 아시아 지역 외교관을 강제 출국시킨 일도 특별한 기억으로 남아 있다.

주한공관과장으로 근무한 이후, 2005년 초 국제안보과장이나 의전2과장으로 옮기고자 했다. 하지만 조직 내부 사정으로 모두 여의치 않게 됐다. 그래서 인사국장 면담에 이어 기획관리실장을 찾아가 군축과 차석으로 일해 보고 싶다고 이야기했다. 나중에 외교부 장관이 된 송 기획관리실장은, 과장을 했던 사람이 과 차석으로 강등되는 경우는 전례가 없다면서 주요 과장 보직을 받지 못한 데 대한 불만에서 비롯한 사보타주라며 강력하게 반대했다. 다행스럽게도 반기문 장관의 이해와 승인을 어렵사리 얻어내 '자의적 좌천'이 성사됐다. 수임 기간은 예상보다 길어졌지만, 2005년 5월 그동안 꿈꿔왔던 군축과에 발을 들여놓을 수 있었다.

1년 반 남짓한 군축과장 업무는 정말 힘들었다. 하지만 보람 있는 일도 많았다. 가장 먼저 떠오르는 사건은 2006년 10월 9일 오전 12시 35분 함경북도 길주군 풍계리에서 진행된 북한의 1차 핵실험이다. 청와대 긴급 회의와 각종 언론 대응을 주관했고, 법적 구속력이 있는 안보리 최초의 대북 제제 결의 1718호가 채택된 순간까지 거의 뜬눈으로 일주일을 지새웠다. 그때의 성취감은 지금도 잊어버릴 수가 없다.

또 남북해운합의서를 준비하는 고위급 협의 과정에서 한반도 평화 공존을 위해서는 북한에 대해 최대한 편의를 제공해야 한다고 주장하는 통일부와 국가안보 차원에서 적정선을 찾아야 한다는 외교부, 국정원 및 국방부측 입장이 첨예하게 대립한 사안도 있었다. 당시 정부는 평화 공존을 내세우며 북한과의 관계 강화 노선을 걷고 있었기에 통일부의 영향력과 위상은 막강할 수밖에 없었다.

그날도 통일부의 입장은 강경했고, 국방부 고위 책임자는 '입은 있어도 분위기에 맞지 않는 말은 하지 않겠다'는 식으로 묵비권을 행사하고 있었다. 그 모습이 지금도 뇌리에 깊게 남아 있다. 나는 담당 국장 대신 참석했으나, 처음에는 발언권조차 얻지 못해 후열에서 몇 번씩이나 "외교부 대표 여기 있습니다"라고 외친 끝에야 발언할 수 있었다. "외교부는 현재 안을 수용할 수 없으며, 외교부 장관님의 지침도 가져왔습니다"라고 밝히자 그제야 국정원과 국방부 대표들의 동조 발언이 이어지는 해프닝이 벌어지기도 했다.

세 번째는, 이란의 핵 개발 의도를 파악한 미국 정보기관이 우리 정부와 유관 정보를 공유하고, 국제원자력기구(IAEA) 및 유엔 안보리 회의에서 적극 동조해 줄 것을 요구한 일이었다. 미국은 증빙할 수 있다고 자신했고, 이란 정부는 가짜 정보라고 강변했다. 지구상에는 9개국이 핵무기를 개발 및 보유하고 있다. 안보리 상임이사국이며 2차 대전 전승국인 미국, 영국, 프랑스, 중국, 러시아 등 5개국은 핵확산금지조약(NPT) 상 인정된 핵보유국이고, 이스라엘, 인도, 파키스탄과 북한 등 나머지 4개국은 국제 사회의 핵비확산 규범을 위반한 핵보유국이다.

이란은 유엔과 미국 등 서방국의 경제 제재 속에서도 열 번째 핵보유국의 길을 계속 걷고 있다. 2006년 당시로서는 이란의 핵 문제가 안보리로 이관된다면 국제 사회의 명백한 군사안보적 위협으로 간주되어 강력하게 저지될 수 있다고 보았기에 미국 등 서방 측 입장에서 보자면 매우 중요한 사안이었다. 그런데 18년이 지난 지금까지도 구체적인 해결 방안을 찾지 못하고 있으니 우려스러울 따름이다.

마지막으로는 1998년 파키스탄과 앞서거니 뒤서거니 다투듯, 다수의 핵실험을 감행해 미국을 위시한 국제 사회의 강력한 제재를 받아왔던 인도의 대통령 특사가 한국을 방문해 노무현 대통령을 면담한 일이다. 미국은 대중국 압박 전선에서 인도의 도움이 절실해지자 그들의 핵실험 전력을 일거에 사면하고자 했다. 동시에 국제 비확산 체제를 굳건하게 고수하고자 인도의 핵공급국그룹(NSG) 참여를 반대해 온 우리나라를 비롯한 우방국들에게 인도의 입장을 수용해 달라며 적극적으로 로비를 했다. 인도 특사의 방한도 그런 맥락에서 이루어진 것이었다. 당시 청와대의 이해 표명과는 무관하게 외교부는 북한의 핵확산 상황에서 예외 허용은 불가하다는 기존 입장에서 물러서지 않았다.

세상은 빠르게 변화하고 있는데 군축 및 안보 분야에서 세계는 발전은커녕 뒷걸음질만 치고 있다. 1990년대에 시작돼 21세기 첫 10년까지 이어졌던 군축 세계의 르네상스는 쇠했고, 지금 이 시간에도 핵확산 도미노의 시한 폭탄이 째깍거리고 있다. 북한과 이란 핵문제 해결을 위한 골든타임이 아직 남아있는지 의심스럽다.

유럽의 신사 외교관들

　　2015년 3월 국제기구협력관실에 있던 짐들을 모두 유럽국장 사무실로 옮겼다. 감개무량했다. 20년 넘게 유엔 및 안보 관련 업무만 해 왔던 다자 전문가로서 양자 업무의 정수인 유럽 지역을 담당하는 일을 하게 됐으니 말이다. 첫날 사무실 벽면에 걸려 있던 그림들을 바꾸고, 창가 주변에는 그간 책상 속에 보관해 두었던 사진들을 틀 속에 넣어 자랑스럽게 배치했다.

　　당시 유럽국은 3개 과와 1개 팀으로 구성돼 있었다. 30명 넘는 외교관들이 다루는 55개 국가의 업무를 보고받고 결재해야 했다. 입에서 단내가 날 정도로 바쁜 나날이었다. 컨디션을 최상으로 끌어올리기 위해 매일 아침 일찍 체력 단력실을 찾았다. 윤병세 장관은 '도렴동의 잠못 이루는 밤'이라는 표현을 만들어 낼 정도로 업무에 열중이었고, 유럽은 대한민국 외교가 새롭게 확대 개척해야 할 골드러시 지역이었다.

유럽국장을 역임하는 18개월 동안 여러 국가들과 우호적 관계를 만드는 데 특히 많은 노력을 기울였다. 아시아유럽정상회의(ASEM)를 유럽국이 맡게 됐고, 중앙아 5개국과의 한-중앙아협력포럼이 강화됐다. 또 한-EU 정상 회담의 연례 개최도 자리를 잡아갔다. 북극외교장관회의(GLACIER) 참가를 통해 북유럽 국가들과의 협의를 활성화했고, MIKTA5개국 협의체* 활동을 활성화시키는 과정에서 튀르키예와의 양자 관계도 한층 강화됐다. 박근혜 대통령의 시그니처 외교 프로젝트인 '유라시아 이니셔티브' 중심 협력 국가인 러시아와도 정상 회담 및 외교장관 회담이 수차례 이루어졌다. 박 대통령은 푸틴 대통령이 주도한 동방경제포럼에 참석하기 위해 블라디보스토크를 방문하기도 했다.

한번 '꽝' 하고 뚫리면 다시 멈추기 어려운 현상은 외교 관계에서도 마찬가지다. 지금도 유럽국은 외교부에서 가장 일이 많은 부서 중하나다. 서울에는 30명이 넘는 유럽국가 공관장이 상주하고 있다. 거의 매일 적어도 한 명의 대사들이 유럽국장 사무실을 방문해서 양자 관련 외교 일정을 조율하거나 해당 국가의 정세에 대해 설명하고 우리 정부의 지지를 호소한다. 어떤 때는 부산이나 제주 등 국내 출

---

* 멕시코, 인도네시아, 한국, 튀르키예, 호주 등 G20 회원국이면서 G7 및 BRICS 등 소그룹에 속하지 않은 5개국 외교장관 협의체 성격으로 출범했다. 정상급 협의체로 격상시키려는 노력이 진행 중이다.

장 중에 차량 안에서 전화로 도움을 요청하기도 했다.

90여 명의 외국 대사 대부분이 출중한 경력과 인품을 가지고 있었지만, 유럽 국가를 대표하는 최고위 외교관들의 품격과 수준은 정말 남달랐다. 영어 구사 수준은 말할 것도 없고, 무언가를 설명하거나 의사를 전달할 때도 논리와 설득력이 있었다. 시간 관리 능력도 대단했다. 그들과 대화하는 과정은 또한 배움의 시간이기도 했다.

때때로 이해관계 충돌로 언성을 높인 경우도 있었다. 러시아 대사와는 대통령 특사 파견 시 의전 문제로, 폴란드 대사와는 대러시아 관계 표현상의 이견으로, EU 대사와는 정상 회담 결과 문건 내 한두 개 단락을 추가할지 여부를 놓고 책상을 내리친 적도 있었다. 물론 사적인 인간관계에서 비롯된 게 아닌 만큼 상황이 지나면 함께 식사도 하면서 친목을 다졌다.

반면 정상 행사나 외교장관 회담을 준비하는 과정에서 자주 만나 친분이 더욱 두터워진 대사들도 많았다. 특히 포르투갈, 헝가리, 튀르키예, 덴마크, 핀란드, 영국, 프랑스, 아일랜드, 투르크메니스탄, 네덜란드, 라트비아, 독일, 그리스 대사들과 그러했다. 국장 임기를 무사히 마치고 주포르투갈 대사로 부임하게 됐을 때 노브르 포르투갈 대사가 얼마나 기뻐했는지 지금도 눈에 선하다. 그는 내가 포르투갈에 안착할 수 있도록 음으로 양으로 큰 도움을 주었다. 처버 헝가리 대사도 나중에 외교부 북미 담당 차관보로 복귀했는데, 몇 년 후 내가 주헝가리 대사로 부임했을 때 참으로 반갑게 환대해 주었다.

2016년 9월 유럽국장 사무실을 떠나야 할 즈음 거의 모든 유럽

유럽 대사들과 함께한 포트럭 파티 송별회 기념 사진. 유럽 사람들은 어느 국가를 불문하고 자국에서 생산하는 와인에 대한 자부심이 대단하다.

대사들로부터 관저 오·만찬 초청장을 받았다. 30여 명의 대사들이 각자 주재하는 환송 행사에 일일이 갈 수는 없었고, 그렇다고 몇 군데만 선택하는 것도 예의에 맞지 않았다. 그래서 두 그룹으로 나누어 러시아와 중앙아 5개국 대사들과 따로 점심 일정을 갖고 나머지 유럽 대사들과는 포트럭 파티(potluck party)* 로 송별회를 가졌다. 유럽 사람들은 어느 국가를 불문하고 자국에서 생산하는 와인에 대한 자부심이 대단해서 관저 행사 때 자기 나라 와인을 대접하거나 선물로 주는 경우가 많았다. 그래서 송별 선물을 별도 준비하지 말라고 부탁하면서, 정 빈손으로 오기 섭섭하다고 생각하면 자국산 와인을 가지

---

* 미국·유럽에서 보편화된 형태로 여러 사람들이 조금씩 음식이나 술을 가져와서 약속된 장소에 모여 함께 즐기는 파티

고 와서 다 함께 나눠 마시자고 제안했다.

　마침 어릴 적 친구가 운영하는 갤러리가 이태원에 있어서 그곳을 파티 장소로 택했다. 대부분 대사들의 관저가 이태원에 몰려 있었기에 그야말로 최고의 위치였다. 해외 출장 중인 대사들을 제외하고는 대부분 참석했고, 손에는 저마다 포도주 한두 병이 들려 있었다. 저녁 7시쯤 시작된 회식은 자정에 가까운 시간이 돼서야 끝이 났다. 더 이상 마실 포도주가 없었기 때문이다. 평생 잊지 못할 유쾌한 추억이다. 함께 자리했던 20여 명의 대사들과 유럽국 직원들에게 다시 한번 감사의 마음을 전한다.

숨 바쁘게 달려온 지구 9.2바퀴

외교부 역사상 가장 오랜 기간 장관으로 봉직했던 윤병세 장관은 자타 공인 일벌레다. 유럽국장으로 임명되기 전까지 개인적으로 아는 관계는 아니었다.

윤 장관은 취임 이후 유럽 국가들과의 관계 강화에 방점을 찍었다. 재임 기간 내내 수많은 유럽 국가 외교장관들과 양자 회담을 가졌고, 정상급 회의도 적극적으로 기획했다. 그 결과 유럽국장으로 재직한 1년 반 동안 스물여덟 번이나 해외 출장을 다녀왔고, 그중 열아홉 번은 장관을 수행했다. 행사를 준비하고 그 결과를 보면서 많은 것을 배우고 느꼈지만, 장관 수행이 말처럼 녹록한 일은 아니었다. 더구나 10여 시간 비행기 안에서도 와인을 마시거나 단잠을 청하지 않고, 회담 자료를 뒤적이거나 독서에 열중하는 상사를 모시는 출장은 긴

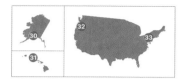

① 더블린 ② 암스테르담 ③ 브뤼셀 ④ 파리 ⑤ 룩셈부르크 ⑥ 그르노블 ⑦ 리스본
⑧ 베를린 ⑨ 뮌헨 ⑩ 프라하 ⑪ 자그레브 ⑫ 로마 ⑬ 발레타 ⑭ 바르샤바 ⑮ 리가
⑯ 헬싱키 ⑰ 상트페테르부르크 ⑱ 모스크바 ⑲ 소피아 ⑳ 아스타나 ㉑ 알마티
㉒ 타슈켄트 ㉓ 아시가바트 ㉔ 두샨베 ㉕ 울란바토르 ㉖ 북경 ㉗ 블라디보스토크
㉘ 방콕 ㉙ 쿠알라룸프르 ㉚ 앵커리지 ㉛ 호놀룰루 ㉜ 시애틀 ㉝ 뉴욕

장의 연속일 수밖에 없었다.

유럽국장직을 마무리할 즈음, 총무가 송별 선물이라면서 '유럽국장 재직시 해외출장(2015.3~2016.9)'이라는 제목으로 정리해 코팅까지 해 주었다. 총 33개 도시를 방문했다. 파리, 블라디보스토크는 네 번씩, 베를린, 암스테르담, 프라하, 북경, 모스크바와 울란바토르는 두 번씩 방문했다. 한 번 방문한 도시들은 방콕, 리스본, 자그레브, 바르샤바, 쿠알라룸푸르, 앵커리지, 브뤼셀, 뉴욕, 호놀룰루, 시애틀, 룩셈부르크, 아시가바트, 뮌헨, 리가, 더블린, 헬싱키, 알마티, 아스타나, 두샨베, 타슈겐트, 그르노블, 상트페테르부르크, 소피아, 로마, 발레타 등 25개였다. 총 371,417킬로미터, 지구 9.2바퀴를 돈 강행군이었다.

외교부 지역국 국장의 경우 장관의 해당 지역 출장 때 수행하는 것이 원칙이긴 해도 윤 장관은 조금 달랐다. 한번은 유라시아 친선특급 행사로 블라디보스토크에 출장을 가 있었는데 한-불 외교장관 회담이 확정됐다는 소식을 전해 들었다. 프랑스만 방문하는 하루 일정이었다. 담당 국장이 다른 일정으로 해외에 있는 경우에는 예외적으로 심의관이 대신 수행하기도 했는데 비서실에 연락해 보니 내가 수행하는 것이 좋겠다는 답이었다. 부랴부랴 항공편을 구해 회담 당일 새벽 파리에 도착했고, 호텔에서 잠깐 샤워만 하고 오전에 열린 양국 장관 회담에 배석했다. 파리는 주불 대사, 주OECD 담당 대사, 주유네스코 대사 등 세 명의 상주 대사를 가진 특이한 곳인데, 장관은 동 대사들과 오찬 간담회를 가진 후 귀국행 항공기를 타러 드골공항으로 직행했다. 덕분에 나는 무박으로 8시간 파리 체류, 20시간 비행이라는 놀라운 기록의 주인공이 됐다.

스물여덟 번의 출장 중에 대통령 순방 행사는 네 번 있었다. 첫 행사는 2015년 11월 30일부터 12월 5일까지 진행됐다. 프랑스 파리에서 한-러 정상 회담이 개최됐고, 연이어 체코 프라하에서 비세그라드4(V4)* 정상 회담과 국빈 방문이 이루어졌다.

2016년에는 세 차례 있었다. 5월 프랑스 국빈 방문, 7월 울란바토르 ASEM 정상회의, 9월 블라디보스토크 동방경제포럼 때 개최된 한-러 정상 회담이었다. 박근혜 대통령은 정상 회담의 중요성을 누구보다도 잘 인식한 분이었고 양자 회담 시 준비된 토킹 포인트를 상대에게 적극적으로 설명하고 정확하게 전달하고자 노력한 분이었다. 블라디보스토크에서는 정해진 회담 시간 내 소화하지 못한 내용을 다음 행사장으로 이동하던 중 엘리베이터 안에서 언급했고, 푸틴 대통령의 수긍을 이끌어냈다.

중간중간 뉴욕, 쿠알라룸푸르, 앵커리지, 호놀룰루, 시애틀, 북경 등 비유럽 지역 도시들을 방문하기도 했다. 유럽국장으로서는 상당히 이례적인 일이었는데, 유엔 총회, 한-노르딕 5개국 개별 회담 등 유럽 국가들과의 양자 장관 회담이 그곳에서 열렸기 때문이다.

한-러 외교장관 회담도 여러 차례 열렸다. 정상 회담 준비회의 성격이었지만, 북핵 및 대북 압박 문제에서 러시아의 협조를 얻기 위한

* 소련 패망 이후 EU 가입을 위해 결성된 중부 유럽 4개국(헝가리, 폴란드, 체코, 슬로바키아) 협의체. 상세 내용은 288p 참조.

노력의 일환이기도 했다.

또한 박 대통령의 핵심 외교 정책이었던 '유라시아 이니셔티브'의 시그니처 사업인 유라시아 친선특급 행사를 추진하기 위해서도 러시아의 협조는 필수적이었다. 2015년 7월 14일부터 8월 2일까지 19박 20일에 걸쳐 러시아, 폴란드, 독일, 중국, 몽골 등 유라시아 5개국 10여 개 도시를 경유하는 14,400킬로미터의 여정을 성공적으로 끝내고 종착지 베를린에서 열린 폐막 공연에 참석했을 때의 감격은 지금도 잊을 수가 없다.

장관을 수행하지 않고 수석대표로 대표단을 이끈 적도 아홉 번 있었다. 방콕에서 개최된 제1차 ASEM 고위급 회의를 시작으로, 하멜 기념관 개관 행사, 유라시아 친선특급 블라디보스토크 출발 행사, 한-러 극동시베리아 분과위, 한-러 경제과학기술공동위, 제5차 한-중앙아 카라반행사, ASEM 무역투자 고위급 회의 재개 준비회의, 한-발트 3개국 국장급 정책협의회 및 양자 협의회, 제6차 한-중앙아 카라반 행사 등의 행사가 쉴 새 없이 이어졌다.

어느새 몸과 마음은 탈진 상태에 이르러 있었다. 국제기구협력관으로 지낸 기간을 합치면 서울에서 이미 3년 반을 보냈기에 해외로 나갈 시점이었다. 또 지난 1년 반 동안 함께 일해 온 믿음직한 임 심 의관이 언제라도 후임이 될 준비를 갖추고 있었으므로 인수인계의 적기라는 생각도 들었다. 나는 용기를 내어 장관을 찾아갔다. 그리고 9월 동방경제포럼 대통령 참석 행사 때까지만 국장직을 수행했으면 한다고 의사를 밝혔다. 윤 장관은 알겠다면서 수락했고, 그 후 리스본행 절차는 일사천리로 진행됐다.

국장직을 마친 후 주포르투갈 대사로 임명되는 것은 그때나 지금이나 모두가 부러워하는 경사다. 물가도 저렴하고 살기에 편안한 나라이기 때문이다. 그만큼 포르투갈은 인기 있는 발령지였다. 공식 발령 후 수많은 선후배 외교관들로부터 축하 인사를 받았다. 인선 과정에서 경합이 생길 수도 있었는데 윤 장관이 깔끔하게 정리해 주었다. 확정되기 하루 전 장관 집무실을 찾아갔는데, 장관은 둘만 남았을 때 "그간 고생이 많았다. 박 국장의 노력과 결과를 높이 평가한다. 사실 리스본보다도 더 좋은 자리가 있으면 보내 주고 싶은 심정이다"라고 말해 주었다. 유럽국장으로 일한 시간은 하루하루 한 줌의 후회도 없는 가슴 벅찬 시간이었다.

외교관의 선서

본인은 대한민국 외무공무원으로서 조국에 충성을 다하여 재외공관(국외파견) 근무 중 헌법과 법령 그리고 정부의 훈령을 성실히 준수하고, 국제법과 국제관례에 따라 국제 친선과 협력을 촉진하여 대한민국의 국위를 선양하며, 국가이익을 보호·신장함으로써 본인에게 부여된 사명과 책임을 완수할 것을 엄숙히 선서합니다.

외무공무원법 제18조(선서) 외무공무원은 재외공관 또는 국외파견근무의 명을 받았을 때에는 외교부장관 앞에서 다음의 선서를 한다.

상춘재 마지막 승지라는 자부심

상춘재는 청와대 시절 대통령들이 귀한 정상급 외빈을 모시고, 오·만찬을 하거나 티타임을 갖던 사교 공간이다. 전통 한옥으로 만들어져 있고, 마당은 녹지원이라고 하여 넓은 잔디밭으로 계절마다 수많은 꽃이 아름다운 곳이다. 상춘재는 '1년 내내 봄이 계속되는 집'이라는 뜻인데 바로 앞에 300년 이상 된 반송 한 그루가 우뚝 솟아있고, 잔디는 정말 한겨울에도 진녹색이 살아 있다. 물론 반송 그늘 바깥 잔디는 희멀겋게 생기 없는 빛깔을 띄고 있다. 신기했다. 그래서 상춘, 늘상 봄 같은 곳이라고 불리는구나. 외교정책비서관의 방은 3평 남짓 자그마한데, 뒷문 창문 쪽으로 상춘재가 내려다보였다. 거기서 사계절 다른 광경을 보면서 마음의 위안을 얻기도 하고, 긴장을 풀기도 했다.

2019년 2월 첫날 청와대 고위 인사로부터 국제 전화를 받았다. 외교정책비서관으로 추천됐으니 검증에 대비하고, 빠르면 한 달 내 발령이 날 수도 있으므로 준비하라는 내용이었다. 주포르투갈 대사로서 임기가 아직 1년이나 남아 있었고, 그해 12월 외교부 정기인사 때 가고 싶은 본부 보직이 있었기에 하루 정도 시간을 달라고 했다. 아내가 서울에 있었으므로 상의할 시간이 필요했다. 또 외교부 기획조정실장과 연락해 어떤 상황인지 확인할 필요도 있었다.

공무원으로서 대통령 비서관에 추천됐다는 것은 그 자체로 큰 영광이었다. 조선시대로 치면 정삼품 당상관이자 여섯 명뿐인 승지 보직에 추천된 것이나 다름없었다. 아무나 할 수 있는 일도 아니었다. 당시에는 1급 관리관을 거쳐야만 비서관이 될 수 있었다. 임무를 완수하게 되면 대부분 차관직으로 영전되는 무거운 책임이 뒤따르는 자리이기도 했다. 외교부의 경우에는 비교적 큰 규모의 해외공관장으로 가는 것이 관행이었고, 나 또한 그렇게 될 것으로 기대했다. 결국 나는 다시 귀국행 비행기에 몸을 싣게 됐다.

2019년 3월 초부터 2020년 12월 초까지, 외교정책비서관으로 지낸 20개월 동안 거의 매일 아침 6시 반 출근해 밤 10시까지 근무했다. 출근하자마자 전날 해외 공관에서 보고된 각종 전문과 국내외 언론 기사를 숙지한 후, 대략 7시 반쯤 시작되는 안보실 비서관 회의에 참석했다. 곧바로 비서실장 주재로 열리는 주요 비서관 회의에 참석한 후, 8시 반쯤 청와대 구내식당에서 아침 식사를 했다. 한바탕 일을 끝내고 사무실에서 잠깐의 커피 타임을 즐겼다. 그러고도 아직 9시가 되지 않았다는 사실에 스스로 감탄한 적도 있었다. 토요일은 기본적으로 휴일이었지만, 24시간 대기 상태였으므로 인근 산에서 체력 보강하는 수준으로 건강을 관리하곤 했다.

일요일은 12시까지 출근하여 2시에 열리는 안보실 회의에 대비해야 했다. 외교비서관의 기본 임무는 외교부가 담당하는 모든 업무를 챙기고, 외교적으로 민감한 사안이나 급변 사안에 대해 대통령에게 보고할 수 있도록 준비하는 일이다. 또 대통령의 해외 순방 행사를 기획하고 실행하는 일, 대통령이 초청하는 해외 인사의 국내 방문 행사도 주관했다.

해외 순방은 임기 첫해인 2019년부터 이루어졌다. 하지만 코로나 팬데믹이 기승을 부리던 2020년에는 모든 순방이 돌연 취소됐고, 외국 정상들의 국내 방문도 거의 이루어지지 않았다. 대신 'K-방역'에 관한 전화 외교가 활발히 이루어졌고, 나는 그 모든 일정을 기획하고 배석하며 대통령을 보좌했다.

2019년 11월 부산 벡스코에서 개최된 한-아세안 특별정상회의는 내게 특별한 기억으로 남아 있다. 외교정책비서관으로서, 신남방정책추진단장으로서 10개월간 최선을 다해 준비했기 때문이다. 본 행사와 부대 행사, 의전 및 실체 모든 면에서 만족스럽다는 이야기를 직접 들었고, 그 공적을 인정받아 홍조근정훈장이 상신됐다.

그 밖에 홍범도 장군의 유해가 봉환되는 실제 과정이나 국제 환경회의인 P4G 정상회의 추진 과정에서 역할을 한 것 역시 자랑스럽다.

상춘재는 대통령들이 귀한 정상급 외빈을 초대해 오·만찬을 하거나 티타임을 갖던 청와
대의 사교 공간이다. 마당 녹지원에는 300년 이상 된 반송 한 그루가 우뚝 솟아 있다.

또 외교부 주도 아래 제74차 유엔 총회에서 '푸른 하늘을 위한 세계 청정 대기의 날'이 유엔 공식 기념일로 제정되도록 한 것도 외교부 기후변화담당국장과 의기투합해 만들어 낸 작품이었다.

외교정책비서관 업무는 매우 힘들었다. 매일 긴장감과 압박감이 반복해서 몰려왔기 때문이다. 때 이른 백내장 수술을 받기도 했고, 귀가하다 빗길에 미끄러져 오른쪽 눈 위에 일곱 바늘을 꿰매는 등 어려움이 적지 않았다. 하지만 이러한 어려움을 이겨 내게 한 것은 자긍심과 자부심이었다. 국익과 국민의 안녕이라는 외교의 대의를 기본으로 하여 최대한 융통성 있고 탄력적인 외교를 추구하되, 대한민국의 당당한 위상을 유지하겠다는 자세로 임했다. 그 덕분일까? 청와대에 근무하면서 내가 관할했던 업무에 대해 하자가 있다거나 문제가 발생했다고 추궁받은 적은 단 한 차례도 없었다.

독일 대사를 꿈꾸다 여의치 않게 됐고, 정상 간 통화에서 생각지도 못한 복병을 만나 어려운 처지에 놓이는 등 뼈아픈 기억도 있었다. 밝히면 재미있는 에피소드임에 틀림없지만, 대한민국판 구중궁궐에서 일어나는 수많은 진실과 오해의 실체를 승지라는 공무원 신분으로 함부로 공개하지 못하는 점이 있음을 양해해 주기 바란다. 지금도 용산 대통령실에서는 비서관들과 수석비서관, 그리고 그 위에 있는 세 명의 실장들 사이에 치열한 밀당이 펼쳐지고 있을 것이다. 이 같은 인간관계는 앞으로도 오묘하게 얽키고설켜 흘러가리라.

참으로 많은 일이 일어난 2019년 청와대

　　　　　　외교정책비서관으로서 가장 부담스러웠던 일 중 하나는 2019년 4월 워싱턴에서 개최된 한-미 정상 회담이었다. 정상 회담 자체는 보통 업무가 아니다. 적어도 2개월 전부터 행사별 동선과 의전 상황을 체크해야 하고, 국민들이 납득할 만한 성과물이 나와야 하기 때문이다.

　특히 미국 대통령과의 회담은 그 비중과 여론의 관심도가 남다르다. 당시 언론은 과거와 비교해 우리 대통령이 홀대를 받지는 않았는지 면밀히 지켜보고 있었다. 행사 내용은 물론 의전상 하자나 오류가 없는지 속속들이 들춰내던 시절이라 윗선에서 각별히 주의해 달라는 주문도 내려왔다. 다행히 잘못에 대한 지적은 없었고, 결과에 대해서도 평균 이상의 평가를 받았다.

백악관 행사가 막 시작되는 시점이었다. 트럼프 대통령이 우리측 공식 수행원들과 악수를 나눴는데, 나는 그가 대선 슬로건인 "미국을 다시 위대하게"(MAGA, Make America Great Again)에 대한 집착이 강하고, 자신에 대한 덕담을 높이 산다는 점을 알고 있었다. 그래서 악수할 때 이렇게 말했다.

"It is a great honour and pleasure for me to shake hands with the greatest man in the USA history."

(미국 역사에서 가장 위대한 분과 악수하게 돼 영광입니다.)

의례적이고 형식적인 악수를 하던 그는 내 말이 끝날 때쯤 손에 힘을 꽉 주더니 나를 돌아보며 이렇게 말했다.

"Do you really think so?"

(정말 그렇게 생각하십니까?)

별것 아닌 덕담이었지만, 그날 그는 회의 벽두에 기분이 아주 좋은 상태에서 우리 대통령을 맞았을 것이다. 트럼프는 머릿속에 입력된 자기만의 이슈를 있는 그대로 쏟아 내어 상대방을 당황하게 만드는 지도자였다. 국무부나 백악관 참모들이 준비한 자료, 소위 토킹 포인트를 아예 쳐다보지 않는 듯했고, 크고 작은 숫자들을 토해 내며 자신의 입장을 변론했지만 나중에 진위 여부를 확인해 보면 오류가 있었다.

당시 한미 간 주요 의제는 북한 핵문제와 주한 미군 분담금 협상이었다. 대중국 공급망 관리 문제와 화웨이 규제 문제도 있었고, 한일 관계 개선 문제에 대한 언급도 있었다. 하지만 정작 회담의

80~90퍼센트는 '김정은 국무위원장과의 친분을 통해 북핵 문제를 관리할 수 있다'는 평가와 '한국의 주한 미군 분담금이 터무니없이 적으니 큰 폭으로 인상돼야 한다'는 지적이었다. 한번은 한국측 분담금이 합리적이라는 우리 주장에 동조하는 취지의 발언을 하던 미국측 참모에게 "당신은 미국 대표가 아니라 한국 대표구먼"이라며 농담조로 수모를 주는 경우도 직접 보았다.

트럼프 대통령은 정상 외교 수행 시 즉흥적인 측면이 강한 것으로 알려져 있다. 우리 대통령과의 통화를 요청하는 과정에서도 예외라고는 없었다. 정상 간 통화는 대체로 한 달 전, 급한 용무인 경우에도 최소 며칠 전 한쪽에서의 요청이 있으면, 이를 검토해 양측이 편한 시간대를 찾는 것이 관례였다. 그런데 트럼프 대통령은 달랐다. 참모들과 업무 협의를 하던 중 한국 관련 이슈가 나오면 즉흥적으로 "그럼 한국 대통령과 통화해서 확인해 보자"고 하거나, 한국의 어떤 이슈가 미국 언론에서 대서특필되면 "통화해서 축하해 줘야겠다"는 식이었다. 하루는 새벽에 안보실 직원으로부터 다급한 전화가 걸려 왔다.

"트럼프 대통령이 문재인 대통령과 오늘 이른 아침 시간에 통화하고 싶다는 백악관 측 요청이 있었습니다. 어떻게 조치할까요?"

나는 안보실장에게 직보하여 대통령께 보고 드려 달라고 하려다 과거에 얻은 교훈이 있어 이렇게 말했다.

"우선 백악관 측에 어떤 용무인지 물어보고, 급한 사정이 아니라면 오전에 정상적으로 대통령께 보고를 드려 저녁 적당한 시간으로 확정하는 것이 좋겠습니다."

결국 급박한 이슈는 아니었다. 백악관 비서실로부터 '그러면 그렇게 하라'는 다소 싱거운 답변을 받고 황당했던 기억도 있다. 2019년 6월 판문점 회담에서 보여준 트럼프 대통령과 김정은 위원장의 즉흥적인 주거니 받거니 행태는 그들이 아니라면 절대적으로 불가능했을 것이라는 세간의 평가에 공감한다.

7월 초에는 대법원의 강제 동원 배상 판결로 이성을 잃은 아베 정부가 반도체 개발에 필수적인 세 가지 품목(플루오린 폴리이미드, 리지스트, 에칭가스)에 대해 대한국 수출 규제를 내린 일이 있었다. 며칠 전 오사카 G20 정상회의에서 유쾌하지는 않았지만 양자 회담을 했던 처지인데 어떠한 사전 통지나 경고 없이 전격적으로 경제 전쟁을 선포한 것이다. 동북아 최대 우방국 간에 있을 수 없는 사건이었다. 이에 그치지 않고 일본은 8월 7일 자로 수출간소화 대상 국가목록인 화이트리스트에서 한국을 제외시키는 초강수를 두었다.

이로 인해 2016년 11월 체결된 한일군사정보보호협정(GSOMIA, 지소미아), 즉 대북 기밀 등 군사 정보를 상호 공유하기로 한 역사상 최초의 한일 간 군사 협정에도 불똥이 미쳤다. 우리 정부가 8월 22일 지소미아 종료를 결정하고 이를 대내외에 공식 발표한 것이다. 최상위 우호관계를 유지하고 있는 인근 국가에 취할 조치가 아니라는 판단에 따른 상응조치 차원이었다. 다만, 이후 한미일 관계와 대북한 대응 체제에서 가지는 지소미아의 가치를 십분 감안하고, 향후 일본과의 경제 전쟁 확전을 방지하겠다는 차원에서, 지소미아 종료 통보의 효력 일시중지라는 묘안을 냈다. 파국으로 치닫던 한일 양국 관계도 소강 상태로 전환될 수 있었다. 나는 그 방법이 현시점에서 최선이라는 결론을 도출하는 데 매우 중요한 기여를 했다고 생각한다.

일본의 경제 전쟁 선포 후 6개월 동안, 경제수석 주재로 정책실과 안보실의 유관 비서관 회의가 거의 매일 개최됐다. 당시 급박했던 한국의 경제 안보 상황을 생생하게 기억한다. 10월 말 어느 때쯤인가, 대학 시절부터 오랜 친구였던 경제수석이 "일본과의 1차 경제 전쟁에서 우리가 잘 버텼다. 하지만 확전된다면 상황이 녹록하지 않다. 더 이상 악화되지 않도록 절대적으로 도와달라"며 호소했던 모습이 눈앞에 생생하다.

이후 상황은 서서히 바뀌어 나갔다. 2020년 8월 강경파인 아베 총리가 건강상 이유로 사임했고, 9월 문재인 대통령과 스가 히데요시 신임 총리 간 첫 통화가 이루어졌다. 이로써 양측은 입장 차이가 있음을 인정하면서도 강제 징용 문제와 관련해 양국 정부와 모든 당사자들이 수용할 수 있는 최적의 해법을 함께 찾아 나가자는 공동 노력의 발판을 마련했다. 2023년 3월, 양국은 정상 회담을 통해 지소미아 종료 철회 선언과 일본의 수출 규제 해제에 합의했다. 이로써 첨예했던 긴장 국면은 역사의 뒤안길로 사라지게 됐다.

전화 외교의 굴곡과 한일 관계의 어려웠던 길목

2019년 12월, 안보실장의 호출을 받았다. 2020년 1년 동안 이루어질 정상 해외 순방 행사 초안을 만들라는 주문이었다. 대한민국의 위상이 명실공히 경제·사회 제 측면에서 세계 10위 안에 들었고, G7+ 체제 안에 우뚝 자리 잡고 있었기에 반드시 참석해야 할 정상 무대가 많았다.

그러나 대통령의 국내 일정을 감안한다면 그 많은 국가들을 전부 방문할 수는 없는 노릇이었다. 한 달에 한 번, 일주일을 넘지 않되 최대 3개국을 포함해야 한다는 불문 규칙을 따라야 했다. 최근에는 EU와의 관계 강화에 따라 브뤼셀 방문도 포함되고 있지만, 일반적으로 취임 첫해는 미국, 일본, 중국, 러시아와 유엔 총회를 방문하게 된다. 두 번째 해는 그 밖의 우방 국가와 경제 협력 관계가 돈독한 중동, 아세안 및 중앙아시아 국가들에 대한 방문이 주를 이루게 된다. 세 번째 해는 수교 30주년 같은 이벤트가 있는 국가나 최근 10년 내 방문하지 않았던 국가들이 해당된다. 아프리카 및 남미 국가들, 그 외 험지 국가들이 주로 포함된다. 나는 이러한 기준에 따라 방문을 약속했던 국가들에 대한 일정을 조정하고 보고했다. 오세아니아 국가를 중심으로 한 양자 방문 일정과 이미 계획된 ASEAN, APEC, ASEM 등 국제 무대 참석 방안을 검토하기도 했다.

하지만 2020년 1월, 코로나가 국제적 이슈가 되면서 많은 것이 바뀌었다. 정상 일정이 연기됐고, 설을 지나고부터는 모든 해외 일정이 전격 취소됐다. 그때부터 정상 간 통화가 대면 외교를 대체하게 됐다. K-방역의 우수성으로 인해 수많은 국가 정상들과 국제 기구 수장, 그리고 빌 게이츠 등 유수한 국제 인사들이 문재인 대통령과의 회담을 희망해 왔다. 하루 최대 세 건을 넘지 않는다는 원칙 아래 대상 국가를 선별했는데, 양자 관계와 급박성, 국제 무대에서의 이미지 제고 가능성을 기준으로 삼았다. 그 결과 전화 외교가 시들해진 그해 가을까지 48개국 정상들과 58차례의 회담이 진행됐다.

전화 외교는 일정 확정부터 보도자료 배포까지 외교정책비서관실 책임 아래 이루어졌다. 물론 다음날 국내 언론의 평가에 대해서도 귀를 기울였다. 단 한 번을 제외하고는 모든 통화가 순조로웠다. 그 한 번이 뉴질랜드 저신다 아던 총리와의 통화였다. 시급한 양자 현안이 없었기에 평소 같으면 시기를 연기하거나 적당한 이유를 달아 어렵다고 양해를 구하면 될 일이었다. 하지만 당시엔 일주일에 한두 건

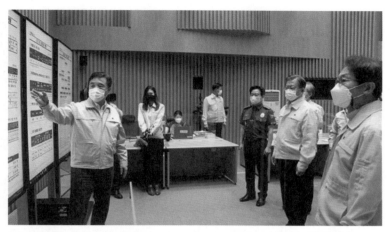

2020년 1월 코로나가 국제적 이슈가 되면서 정상 간 통화가 대면 외교를 대체하게 되었다. K-방역의 우수성으로 인해 수많은 국가 정상들과 국제 기구 수장이 문재인 대통령과의 회담을 희망해 왔다. 그해 가을까지 48개국 정상들과 58차례 회담이 진행됐다.

한도 내로 상대측의 요청에 응해야 한다는 방침이 있었던 데다, 아던 총리가 문 대통령과 각별한 친분을 내세우던 때라 단번에 거절하기가 쉽지 않았다.

짧은 덕담 정도만 오고갈 것으로 짐작했던 당일, 회담을 몇 시간 앞두고 주뉴질랜드 한국 대사관 성추행 사건이 현지 언론을 통해 부각됐음을 알게 됐다. 그간 양측 외교 무대에서 전혀 논의되지 않았던 철 지난 사안이었다. 정상 간 통화에서 거론될 이슈가 아니었기에 별일 없으리라 기대했는데, 통화 말미에 아던 총리가 불쑥 그 이야기를 꺼내는 게 아닌가!

다음날 뉴질랜드 언론은 총리가 자국민 보호 역할을 다했다는 취지의 보도를 냈다. 우리가 골탕 먹을 것이라는 사실을 알면서도 자국 총선에 활용한 것이었다. 그동안의 성과와 공적이 한순간 희석되는 씁쓸함을 맛보았다. 국내 언론의 비난 속에 청와대 내부에서도 불필요한 통화로 대통령을 어려움에 처하게 했다는 지적이 나왔다. 당사자로서 황당하고 억울했다. 지금도 우호 국가 간에는 최소한 지켜야할 선을 넘어서는 안 된다는 생각이며, 그 당시 뉴질랜드 정부의 사후 조치 및 처리 방식은 매우 바람직하지 않았다고 본다.

전화 외교하면 생각나는 두 사람이 있다. 한 사람은 2020년 당시 주한 미국 대사관 차석이었던 로버트 랩슨 공사였고, 다른 한 사람은 일본 외무성 고위급 관료였던 다키자키 시게키 국장이었다. 랩슨 공사는 나에게서 한일 관계 현황과 북한 문제, 그리고 우리의 대중 및 대러시아 현안에 대한 정보를 얻고자 했고, 나도 일정 수준의 공유 가능한 정보를 제공하면서 우리측 입장에 대한 미국의 호응을 얻고자 노력했다. 매달 한 번 이상 만나 이곳저곳에서 커피를 마셨는데, 그의 선호에 따라 주로 성북동 미국공사 관사에서 만남이 이루어졌다. 국무부 출신 전문 외교관인 데다 솔직하고 투명한 성격 덕분에 나와 잘 맞는 편이었다.

　일본 외무성의 다키자키 국장과는 2020년 2월부터 외교비서관직을 떠난 그해 11월 말까지 이메일과 전화 통화, 수차례에 걸친 양자 면담에서 상호 불편한 역사적 현안을 다루었음에도 서로 얼굴을 붉힌 적은 한 차례도 없었다. 2020년 10월 도쿄에서 이루어진 면담은 일본측의 배려로 코로나 격리 조치가 해제된 가운데 이루어졌다. 다키자키 국장에 의하면 코로나 이후 중단됐던 양국 간 인적 방문이 허용된 첫 번째 패스트트랙이라고 했다. 일본 최고의 호텔 중 하나인 도쿄제국호텔의 전층을 나만 사용하는 호사 아닌 호사도 누렸다. 아카사카 맛집에서의 일대일 업무 만찬은 지금도 아름다운 추억이다. 서로 머리를 맞대고 지혜로운 대안을 찾고자 했던 노력은 당장 결실을 거두지는 못했지만, 아마도 시간이 더 흐른 후에는 올바른 평가가 있으리라 믿는다.

평생 외교관 박철민의
외교가 이야기

제2장

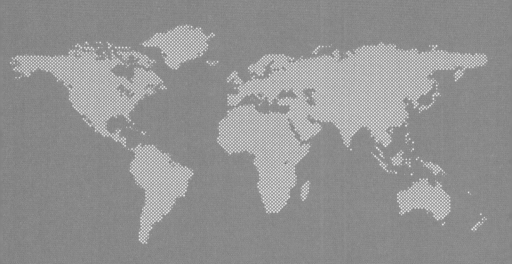

외교관의 삶

외교관의 모든 것

최근 면직하는 외교공무원들이 많아졌다는 기사를 봤다. 장시간 근무와 높은 노동 강도, 그에 비해 낮은 보상, 열악한 험지 근무 환경 등이 주요 원인이라고 했다.

내가 외교부에 입부했던 시절에도 이직을 원하는 사람들은 있었다. 나는 처음부터 외교부를 사랑했고 열심히 공부해서 외교부에 들어섰기에 이직하고 싶은 마음이 전혀 없었지만, 가까운 선후배와 동기 몇몇은 2년이 채 안 돼 이직을 했다. 당시에는 배우자와 떨어져 지내야 하는 부담감, 부모님을 모셔야 한다는 책임감 등 가정적인 이유가 대부분이었다. 또 1년만에 그만두는 사람들 중에는 외교관보다는 법관이 되려는 마음에 이직을 하는 경우가 많았다.

이쯤 되면 외교관의 처우나 직급 체계, 미래에 대해 궁금해질 것이다. 외교관으로 살아가려면 어떤 현실적인 요소들을 고려해야 할까.

먼저 외교관의 봉급은 모든 국가 공무원들과 똑같이 적용된다. 9급부터 1급 관리관까지 매년 오르는 호봉에 따라 같은 직급이면 같은 대우를 받는다. 외교관이라고 다르지 않다. 서울 본부에 근무하는 경우는 외교부에 소속된 국가 공무원으로서 봉급을 받고, 해외에 나가면 근무지나 근무 형태에 따라 봉급에 더해 수당이 주어진다. 해당 국가가 위험한 국가인 경우 위험 수당이, 험지인 경우 험지 수당이 붙는다. 또 스위스, 노르웨이처럼 물가가 높은 나라인 경우 이를 감안하여 수당이 지급되기도 한다. 미국이나 일반적인 유럽 국가들의 경우에는 그렇게 높은 수당을 주지는 않는다. 또 영어, 중국어, 일본어 이외의 언어를 사용하는 공관에서 근무하는 경우 등급에 따라 월 200달러에서 최대 900달러까지 추가 수당을 받을 수 있다. 해당 언어를 구사하는 사람이 적은 지역에 근무할수록 대체로 높은 수당을 받는다.

과장 이상의 경우에는 등급에 따라 성과급을 지급받는데 S등급으로 분류되는 경우 다른 사람들보다는 많이 받게 돼 있다. 물론 놀랄 만큼 큰 돈은 아니다. 상대적으로 도움이 되는 정도, 약간의 뿌듯함과 성취감을 느낄 수 있는 정도다.

다음은 직급이다. 직급은 두 가지로 나누어 생각해 볼 수 있다. 먼저 국내에 있는 경우에는 국가 공무원과 같은 체계를 따른다. 사무관(5급)부터 시작하는 경우 서기관(4급), 부이사관(3급), 이사관(2급), 관리관(1급) 순으로 올라간다. 해외에 근무하는 외교관의 경우에는

대사관에서 근무하느냐 총영사관에서 근무하느냐에 따라 조금 다른 직급 체제를 갖는다.

먼저 대사관에 근무하는 경우다. 대사는 공식적으로 '특명전권대사'라는 이름으로 불리며, 대통령의 신임을 받아 임명된다. 정치, 경제, 문화 등 모든 분야에서 협상을 책임지는 외교관의 최고 직급이다. 그 밑으로는 차석 대사, 공사, 공사 참사관이 있으며, 참사관과 서기관이 있다. 서기관은 세 개의 등급으로 나뉘어진다. 1등 서기관이 가장 높고 그 아래로 2등 서기관, 막내인 3등 서기관이 있다.

다음으로는 총영사관에 근무하는 경우다. 총영사는 특정 도시에 설치된 영사관에서 근무하며, 재외 국민들을 보호하고 비자 등 사무 업무를 총괄한다. 미국이나 중국, 일본 같은 경우에는 우리 재외 동포와 여행객이 많기 때문에 총영사관도 여러 군데가 있는데, 총영사는 모두 현지 대사의 지휘 관할을 받는다. 현재 미국에는 10개의 총영사관과 3개의 총영사관 출장소가 있는데, 각 공관의 총영사가 전부 주미 한국 대사의 지휘 관할 아래 놓여 있다고 보면 된다. 총영사 밑으로는 영사가 있고, 영사 밑으로는 부영사가 있다. LA나 뉴욕처럼 큰 도시에서는 총영사 아래 부총영사를 두기도 한다. 물론 총영사쯤 되면 대사와는 같은 동기일 수 있고, 선배인 경우도 있지만, 외교부 내 등급에 따라 대우나 봉급에는 차이가 있을 수 있다.

다음은 승진이다. 기본적으로 직급별 승진에는 차등이 없다고 보면 된다. 나 역시 동기들과 같은 시기에 4급 서기관으로 진급했다. 그러나 선호 부서나 선호 국가를 두고는 경쟁과 경합이 치열한 편이다. 이때 지연이나 학연보다는 본인의 실력, 그리고 해외 근무를 어떻게 했느냐가 중요하다고 생각한다. 예를 들어 외교부에 들어와서 10년 동안 이 사람이 어떤 길을 걸어 왔느냐, 어느 나라, 어느 대학에서 연수를 했느냐, 첫 과를 어디로 배정받았느냐에 따라 남은 20년을 보람 있게 보낼 수 있을지 없을지가 결정된다고 할 수 있다.

하지만 최근에는 트렌드가 서서히 바뀌어 가고 있다. 예전 같으면 미국 공관에 가기 위해, 또는 주유엔 대표부에 가기 위해 몇 년씩 같은 과에서 힘들게 고생하며 기회를 엿보곤 했는데, 요즘에는 외교부에 여성들도 많이 들어오고 남자 외교관들도 워라밸을 선호하면서 자신이 원하는 부서나 국가를 취사선택하는 경우가 많아졌다. 경쟁과 경합에 있어 조금 여유가 생겼다고 보면 되겠다.

정년 은퇴 후에는 주로 학교 강단에 서는 경우가 많다. 가끔 거대 로펌에 들어가는 동료나 선배들이 있는데, 산업, 통상 분야에 전문성을 갖추고 차관보 이상의 경력을 갖고 있는 이들이 대부분이다. 최근에는 기업체에서 40대 후반에서 50대 초반 과장급, 국장급 외교관들을 스카우트하는 경우가 많아졌다.

외교관으로서의 삶은 도전과 보람이 공존하는 여정이다. 직무의 특성상 다양한 스트레스와 부담이 따르지만, 이를 잘 관리하고 자신의 역량을 꾸준히 발전시켜 나간다면, 외교관으로서의 경력은 그 자체로 큰 자부심이 될 것이다. 또한, 글로벌 사회에서의 한국의 위상을 높이기 위해 외교관들이 수행하는 사회적 책임이 매우 크다는 점을 명심해야 한다. 이러한 책임감을 가지고 외교관으로서의 길을 걸어간다면, 은퇴 후에도 다양한 기회를 통해 국가에 기여할 수 있을 것이다.

플로리다가 아닌 케냐를 선택했다면?

외교부에 입부하면 자연스럽게 수반되는 혜택이 있다. 바로 해외 연수 기회다. 가장 무난한 선택지는 영미권 국가들이다. 미국, 영국, 캐나다, 호주 등 어디든지 선택하면 되는데, 대개 미국의 명문 대학이나 영국 캠브리지 또는 옥스퍼드 대학을 선호한다. 영미권 연수가 여의치 않거나 선호가 다른 경우 중국어, 불어, 아랍어, 러시아어 등 기타 유엔 국제 공용어를 사용하는 국가들도 선택 대상이 될 수 있다. 일본 또는 포르투갈도 가능하다.

하지만 대학 입시 제도가 바뀌듯 연수 프로그램도 영원한 것은 아니다. 어떤 해는 미국 연수생 숫자를 제한하거나 예산 사정을 들어 학비가 많이 드는 명문 사립대를 가지 못하게 하는 경우도 있었다. 선배 한 분은 아이비리그 대학으로부터 입학 허가를 받았는데 담당

과는 학비가 비싸다며 불허했다. 자신이 차액만큼 내겠다고 했음에
도 연수생들 간에 위화감을 조성할 수 있다며 받아들여지지 않았다.

환경협력과에서 해외 연수를 준비할 때의 일이다. 인근 과의 차
석 선배가 케냐 나이로비의 근무 환경을 소개하면서, 그곳 대사관
에서 근무해 보는 게 어떻겠는지 물어 왔다. 영어를 어느 정도 구사
할 줄 알면 꼭 미국으로 연수를 갈 필요가 있겠냐는 것이었다. 케냐
는 영어 사용 국가라 현지에서 실력을 쌓을 수 있는 데다 유엔환경기
구(UNEP)가 있어 국제 환경 업무를 실전으로 배울 수 있는 흔치 않은
기회라고 했다. 반쯤 솔깃해진 나는 가족들과 이 문제를 진지하게 상
의했고, 나의 판단을 따르겠다는 백지 수표까지 받아 냈다.

그런데 평소 따르고 존경하던 선배와 상의했더니 케냐는 마음이
있다면 나중에라도 지원하여 근무할 수 있지만, 해외 연수는 단 한
번 주어지는 기회여서 잃어버리면 다시는 만질 수 없는 막차 표라는
말을 했다. 지역도 기왕이면 미국으로 해서 석사 학위까지 받을 것을
적극 권했다. 며칠을 고민한 끝에 미국행을 결심했다. 몇 개 주립대
학과 캐나다 밴쿠버에 있는 브리티시컬럼비아대학에 원서를 냈다.

대부분의 대학으로부터 입학 허가를 받았는데, 문제는 인근 아파
트 월세와 아이들 학비가 감당하기 어려울 정도로 비싸다는 데 있었
다. 1995년 당시 외교부 공무원들의 월급은 그렇게 높지 않았다. 정
부에서 자녀 교육비를 지원해 주기는 했지만, 학비가 비싼 국가에 체
류하는 경우 국가에서 주는 돈만 가지고는 도저히 감당이 안 되는 수

준이었다. 자녀가 세 명이라면 전체 해외 수당을 다 털어서 교육비에 할당해야 했다. 나 역시 월급과 연수 수당을 다 합쳐도 2,000달러 남짓한 상황이라 도저히 엄두가 나지 않았다.

아쉽기는 했지만 부랴부랴 플로리다대학을 선택했다. 본래 동기 K가 오래전부터 마음에 두었던 대학인데, 입학하고 보니 정말 이런저런 장점이 많았다. 특히 대학이 위치한 플로리다주 게인즈빌은 가족들이 살기에는 안성맞춤이었다. 집값, 전기세, 유치원비 등이 다른 대도시에 비해 반 이상 저렴했기 때문이다. 날씨와 기후는 지상 낙원이 따로 없을 만큼 좋았다.

남쪽으로 2시간 쯤 운전하면 디즈니월드가 있는 올랜도가 있고, 서쪽으로 1시간 반쯤 달리면 멕시코만에 접한 시더 키가 있다. 동쪽으로 두 시간 정도 운전하면 미국판 포뮬러 원의 레이싱 도시 데이토나비치와 잭슨빌, 세인트 오거스틴 등 대서양에 접한 아름다운 해변 도시가 즐비했다. 북쪽으로 5시간 가면 코카콜라와 CNN 본사가 있는 조지아주 애틀랜타가 있고, 남쪽으로 4시간 정도 거리에 마이애미가 있다. 좀 더 가보면 어니스트 헤밍웨이의 집과 미국 대륙 최남단 지점을 밟아볼 수 있는 키 웨스트도 있다. 재즈의 도시 뉴올리언스도 자동차로 충분히 갈 수 있는 거리였는데, 실천에 옮기지 못해 아쉽다.

플로리다대학은 학부와 대학원생의 만족도와 학업 평가 점수가 상위권에 드는 명문 대학이다. 특히 남녀 대학생 사교 클럽 인지도와 위상은 미국 내 최고 수준을 자랑하며, 대학 미식축구의 오랜 명문이

게인즈빌

내가 2년간 머무른 게인즈빌은 장점이 많은 도시였다. 물가가 저렴했고 날씨와 기후는 지상 낙원이 따로 없었다. 남쪽으로 2시간 쯤 운전하면 디즈니월드가 나왔고 좀 더 가보면 어니스트 헤밍웨이의 집과 미국 대륙 최남단인 키 웨스트가 나왔다. 플로리다대학은 학부와 대학원생의 만족도와 학업 평가 점수가 상위권에 드는 명문 대학이다.

기도 하다. 내가 다닌 2년간은 학교 역사상 가장 훌륭한 쿼터백으로 평가 받는 대니 워플이 있어 우승과 준우승을 번갈아 거머쥐었다.

1996년 애틀랜타 하계 올림픽으로 한 달간 차출됐을 때는 큰맘 먹고 SUV 차량을 빌려 리치몬드, 워싱턴 D.C., 뉴욕, 보스턴, 버팔로를 거쳐 나이아가라 폭포까지 다녀왔다. 4,000킬로미터가 넘는 멀고 긴 여정이었지만, 큰 배움과 여행의 즐거움이 있어 잊을 수 없는 일주일이었다.

학교 골프장 연 회원권은 200달러였고, 한국 학생들의 권유와 지도가 있어 비교적 쉽게 입문했다. 장타를 치는 편이고 폼도 나쁘지 않은 터라, 많은 선배들이 1년 내 싱글로 만들어 줄 수 있겠다며 의욕을 보였다. 하지만 실력파 선배들의 정성을 다한 지도와 매일 라운딩을 하는 각고의 노력에도 눈에 띄는 진전은 없었다. 스승을 자처했던 선배들도 하나둘 사라져 갔다. 3학기부터는 석사 논문에 집중해야 했기에 골프장과는 더욱 거리를 두게 됐다. 학위를 포기하고 골프에 열중했더라도 별 소용 없이 시간만 낭비했을 듯싶다.

플로리다에는 자그마한 천연 호수들이 많고 엘리게이터라고 하는 작은 악어들이 살고 있다. 가끔 안전사고가 발생했다는 지역 언론의 보도도 있었다. 캠퍼스 내 골프장에서는 어슬렁거리는 악어들을 쉽게 볼 수 있었다. 골프공을 물고 도망가는 악어도, 페어웨이 중간에 자리 잡고 길을 터주지 않는 호기로운 악어도 보았다.

만약 플로리다 대신 케냐를 선택했다면 야생 동물 대이동의 장관도 보았을 것이고, 지금쯤 환경 분야 전문가가 됐을 수도 있다. 그런 점은 물론 아쉽다. 하지만 그때의 선택 덕분에 나는 따사롭고 바삭바삭한 플로리다 특유의 햇볕을 마음껏 즐길 수 있었다. 무엇보다도, 40미터를 질주한 와이드리시버가 터치다운을 하는 묘미와 4만 명이 한 목소리로 외치는 "Go Gator!"의 짜릿한 전율을 그 어디서 느껴 보았겠는가?

국제 사회에는 영원한 적도 동지도 없다

1997년 여름, 연수가 끝나갈 무렵 정성스럽게 한 장의 편지를 썼다. 수신자는 유엔국장이었다. 내가 누구인지 소개하면서 조약과에서 핵확산금지조약(NPT) 업무를 담당했고 1995년 군축비확산과가 신설된 이래 계속 근무하고 싶었으며, 이제 연수를 마치고 군축과 발전에 기여할 수 있는 실력을 갖추었으니 꼭 선발해 달라는 요지였다. 외교학과 선배여서 학연의 힘을 살짝 활용했지만, 국제 안보와 군축 분야 전문가로 성장하고 싶은 마음은 진심이었다.

나중에 듣기로 유엔국장은 편지를 읽고 젊은 외교관의 충정과 의욕을 느낄 수 있었다며 군축과장에게 가급적 받아주라는 지침을 내렸다고 했다. 군축과에서 일할 기회를 준 국장과 과장 두 분은 공교롭게도 후에 나처럼 주헝가리 대사를 역임했고, 지금은 한국-헝가리

친선협회 자문역을 함께 맡고 있다.

첫 번째 임무는 생화학무기 분야였다. 전쟁 시 생화학무기 사용을 금지한 제네바의정서, 생물 및 독소무기의 개발·생산·비축을 금지한 생물무기금지협약(BWC), 화학무기의 개발·생산·비축·사용 금지 및 폐기를 의무화한 화학무기금지협약(CWC)의 이행 여부를 확인하고 감독하는 일이었다.

원자력 관련 업무를 보조하기도 했다. NPT와 국제원자력기구(IAEA)의 관점에서 국제사찰이 잘 이루어지고 있는지 검증하는 일과 원자력의 평화적 이용을 장려하고 국제적으로 지원하는 업무였다. 1993년 3월 북한이 IAEA 사찰을 거부하고 NPT 탈퇴를 선언하면서 시작된 1차 북핵 위기는 1994년 10월 제네바합의*로 일단 봉합됐기에, 그 이행 상황을 관찰하는 일이 현안이었다. 모든 곳에서 모든 종류의 핵실험을 금지하는 포괄적핵실험금지조약(CTBT) 업무도 추가됐는데, 맡겨진 임무 하나하나가 모두 소중했다. 주어진 업무라면 마다하지도 두려워하지 않았는데, 정말 재미있었기 때문이다.

그 밖에 BWC 전문을 새롭게 번역하는 일도 맡았다. 조항별로 비교 항목을 만들어 우리 정부가 관심을 가지고 추진해야 할 후속 조치들과 단순하게 상황 파악만 하면 될 사항을 따로 정리했다. 담당 과장이 이를 좋게 평가해 준 덕인지, 당시 떠오르는 국제협약인 CWC 이행 전반을 관리하는 임무도 수행할 수 있었다.

---

* 한국, 미국, 일본이 북한에 경수로를 제공하는 대신, 북한은 영변 핵시설을 동결하기로 함.

1997년 겨울 화학무기금지기구(OPCW)에서 각 회원국 업무 담당자를 대상으로 하는 연수 프로그램이 생겼는데, 운 좋게도 발탁돼 네덜란드 헤이그 땅을 난생 처음 밟아 보았다. 10여 일간의 교육과 훈련을 통해 국제 군축 및 비확산 분야 협약 이행을 위해 설립된 최초의 국제 기구인 OPCW가 앞으로 어떤 사항에 비중을 두고 역할을할 것인지, 또 회원국들이 준수해야 할 의무의 세부 사항은 무엇인지 배울 수 있었다. 특히 화학무기 폐기 시 단계별로 국제사찰관을 어떻게 접수할 것인지, 우리의 화학 산업을 보호하고 피해를 최소화하려면 어떻게 해야 하는지에 대해서도 연구할 수 있었던 유익한 시간이었다.

CWC의 각종 의무 사항을 국내법에 반영시키는 노력에 집중하던 1998년 5월 어느 날, 인도가 이틀에 걸쳐 다섯 번의 핵실험을 감행했다. 파키스탄도 뒤질세라 두 번에 걸쳐 여섯 번의 핵실험을 했다. 인도는 이미 1974년 평화적 핵폭발이란 명목으로 첫 번째 핵실험을한 바 있어, 횟수 자체는 파키스탄과 같은 6회였다. 지금까지 두 나라는 더 이상 핵실험을 하지 않고 있다. 인도가 핵실험을 더 했더라면 딱 그 수만큼 파키스탄도 추가 실험을 했을 것 같다.

당시 핵무기를 은밀하게 개발하고 있던 북한도 2006년부터 2017년까지 핵실험을 여섯 번 했고 핵무기 완성을 선언했다. 이스라엘과 함께 사실상 핵무기 보유 국가인 북한과 인도, 파키스탄 중에 누가 먼저 마의 숫자 6을 깰까? 나는 북한일 것으로 예측한다.

인도와 파키스탄의 핵실험 이후 미국은 즉각적으로 양자 및 다자 채널을 총동원해 두 국가에 대한 포괄적인 국제 제재에 나섰다. 우리 정부에게도 제재에 동참할 것을 강력히 요구했다. 정부는 비단 양국 관계 뿐만 아니라 북한의 핵무기 개발을 절대적으로 억지한다는 차원에서 최선을 다해 협력했다.

그런 미국 정부가 2001년 9.11 테러를 계기로 아프가니스탄과 중동 지역에서의 협력이 필요해지자 파키스탄과 인도에 대한 제재를 전격적으로 해제해 버렸다. 심지어 2006년에는 미국-인도 핵협정을 체결하며 인도를 사실상 핵보유 국가로 용인하기까지 했다. 중국의 부상에 대비한 전략적 가치가 더해진 결과였다. 미국은 핵공급그룹 (NSG) 규정을 개정해 군사용·민간용 핵 기술과 물질을 인도에 제공할 수 있도록 만들었으며, 인도의 가입 동의를 얻기 위해 NPT와 NSG 가입 국가들에게 다각적 로비를 벌였다. 다양한 반대를 집요하게 굴복시키기는 모습을 보면서 국제 사회에서 영원한 적은 없음을 실감하게 됐다. 물론 미국은 앞으로도 한국과 끈끈한 우방 관계를 이어나갈 것이다. 북한의 전략적 가치가 우리보다 더 크지는 않을 것이기에….

비엔나와 헤이그는 하늘과 땅

      1998년 겨울 인사철이 되었다. 다음 해 2월 해외로 부임할 외교관들을 배정하는 시즌이었다. 나는 군축과 비확산 전문가로 성장하고자 하는 열망이 컸기 때문에 다자 업무를 담당하는 군축 업무 공관을 염두에 두고 있었다. 주유엔 대표부는 가장 인기가 높은 곳이었지만, 유엔국 동료 직원이 2년째 그곳만을 목표로 성실히 일하고 있었던 터라 나로서는 본부 복귀 1년 만에 언감생심 손을 들 수 있는 처지가 아니었다.

      다음은 주제네바 대표부였는데 자리가 나지 않았다. 세 번째 순위는 주오스트리아 대사관, 즉 국제원자력기구(IAEA), 전면핵실험금지기구(CTBTO) 등 핵 문제를 다룰 수 있는 비엔나였다. 당시 CTBTO 업무 주무를 하고 있었던 데다, 반기문 주오스트리아 대사가 이듬해 상반기 CTBTO 의장을 수임할 예정이어서 가능성이 높았다. 대사관에서 나를 선호했고 이런 사정이 인사과에도 전달됐기에 큰 어려움이 없을 것으로 보았다.

그런데 문제가 생겼다. 반 대사가 미래의 장관감이라는 소문이 기정 사실이 되고 있던 즈음에, 주미 대사관 자리를 놓고 경합하던 직원들이 탈락하면서, 누가 봐도 차순위였던 주유엔 대표부를 건너뛰고 오스트리아를 정조준했다. 해외 공관이 처음이고 국내 근무 경력이 1년밖에 되지 않던 나로서는 치명적이었다. 결국 인사위원회 개최 일주일 전, 비엔나행 티켓이 다른 사람에게 내정됐다는 사실을 비공식적으로 통보받았다. 지금은 문제가 있지만 당시에는 관행처럼 여겨지는 일이었다.

그러자 평소 나를 아끼고 격려해 주던 유엔국장이 비엔나는 어렵게 됐지만, 화학무기금지기구(OPCW)가 있는 헤이그에 보내 주겠으니 적극적으로 검토해 보라고 했다. 주네덜란드 대사관에서 참사관 보직을 갑작스럽게 증원하게 됐다면서 그 자리를 서기관이 갈 수 있는 자리로 바꿔 주겠다고 했다. 다만 다음날까지 결정해 달라고 했다. 예전부터 오스트리아에 가보고 싶었던 데다, 아프리카에서 첫 해외 근무를 해 보는 것도 나쁘지 않겠다는 생각이 있었기에 가족들의 동의를 얻은 후 이튿날 유엔국장실로 올라갔다. 비엔나를 1차로 하고 탈락하면 아프리카 어디라도 가겠다고 비장하게 말했다. 국장은 알겠다면서 "Good Luck!"이라고 응원해 주었다. 그런데 그 사이 직속 상관인 군축과장이 인사과장을 찾아가서 당사자가 헤이그에 가기로 했다며 내 의도에 반하게 통보해 버렸다. 인사과를 통해 결정을 번복시켜 달라고 요구했지만 받아들여지지 않았다.

　과장은 차마 나를 아프리카에 보낼 수는 없었다고 했지만, 그 의도는 여전히 분명하지 않다. 본인도 주유엔 대표부에 가고 싶어 했기 때문에, 내가 비엔나로 가면 한 과에서 두 명이 선호 공관에 배정되기 어려울 것을 염려했다고 말하는 사람도 있었다. 혹은 비엔나를 두고 경합했던 다른 직원의 상사와 맺은 인간적 관계 때문일 수도 있었다. 나를 진정으로 아껴서 그랬을 수도 있다. 그렇게 믿고는 있다. 어쨌거나 헤이그에 부임했고, 첫 해외 임지인 네덜란드는 나에게도 가족들에게도 영원한 추억의 나라가 됐다.

뭐든 최초가 되고 싶은 '자유'와 '튤립'의 나라

네덜란드는 튤립의 나라로 잘 알려져 있다. 세계 제일의 튤립 생산국으로, 전 국토가 튤립으로 덮혀 있어서다. 봄 두 달간 열리는 튤립 축제 때면 가족들과 함께 쾨켄호프에 찾아가곤 했다. 집은 사무실에서 걸어갈 수 있는 적당한 거리에 있는 나지막한 아파트였는데, 아침저녁으로 출근길을 걸을 때면 사시사철 다른 광경 속에서 콧노래가 절로 나왔다.

스케브닝겐 해안에서 실려 오는 바다 향기도 좋았고, 봄철 물오른 가로수의 연초록 잎새 내음, 여름 한낮 길가에서 막 깎은 상큼한 풀 냄새도 좋았다. 계절을 가리지 않고 집집마다 자그마한 앞마당에, 뒷정원에, 집안 화병에 단아하게 봉오리 머금은 온갖 색깔의 튤립들은 단연 최고였다. 어떤 말로 표현할 수 있을까? 첫 번째 쾨켄호프 방문

네덜란드는 참으로 섬세한 아름다움을 가진 나라다. 국토 면적은 우리나라의 반보다 작은 정도지만, 도자기로 유명한 델프트, 풍차 도시 잔세스칸스 등 각각의 도시가 고유한 매력을 지니고 있다. 2002년 월드컵 4강을 이끈 히딩크 역시 네덜란드 사람이다.

이후 튤립을 감상하는 취미가 생겼다. 매주 몇 송이라도 사서 예쁜 꽃병에 꽂아 놓았고, 흐뭇한 표정으로 바라보곤 했다. 뉴욕, 리스본 등 튤립을 쉽게 살 수 있는 도시에서도 사무실과 집에 튤립을 들여놓고 그 아름다움을 만끽했다.

네덜란드는 참으로 섬세한 아름다움을 가진 나라다. 국토 면적은 우리나라 절반보다도 작다. 경상도와 경기도를 합쳐 놓은 크기여서 한 시간 정도면 어디라도 갈 수 있다. 암스테르담과 로테르담은 물론이고 도자기로 유명한 델프트, 풍차 도시 잔세스칸스 등은 적어도 열 번 이상 가본 듯하다. 그런데 암스테르담과 헤이그 둘 중에 어디가 수도일까? 보통의 입헌군주국처럼, 네덜란드도 국왕의 본궁이 있는 암스테르담이 수도다. 하지만 국왕이 상주하는 곳은 헤이그이며, 이곳에는 총리 공관을 비롯한 행정부와 세계 각국 대사관이 모두 모여 있다. 그래서 헤이그를 수도로 오해하는 사람들이 많다.

네덜란드 시내를 걷다 보면 어느 건물이든 내부가 훤히 들여다보인다. 사무실이든 가정집이든 창문 커튼이 모두 젖혀져 있다. 주택가 1층도 예외가 없다. '프라이버시가 없는 나라인가?' 하는 의문이 자연스럽게 생겼다. 예전에는 남자들이 바다에 나가면 수 주일 또는 수 개월 동안 집에 돌아오지 못하는 경우가 많았다. 그래서 부인들이 남편을 기다리며 다소곳하게 지내고 있음을 보여 주었는데, 이러한 오랜 관행이 집안을 속속들이 보여 주는 문화로 정착된 것이라고 한다.

네덜란드는 자전거 길이 잘 조성돼 있다. 지금은 한국도 전용도로로 수백 킬로를 달릴 수 있게 됐지만 당시 네덜란드는 전 세계 최고의 벤치마킹 대상이었다. 참으로 많은 정부 및 지방자치단체 대표단의 방문이 잇달았다.

네덜란드는 이름처럼 해수보다 '낮은 땅'이 많아 크고 작은 운하가 전 국토에 걸쳐 연결돼 있다. 1980년대까지만 해도 겨울이면 헤이그에서 암스테르담까지 스케이트로 이동할 수 있었는데, 그게 동계 스포츠 강국이 될 수 있었던 배경이라고 들었다. 1990년대 중반부터 기후 변화 영향으로 얼음이 얼지 않아 지금은 빛 바랜 사진이나 오래된 그림으로만 그때를 확인할 수 있다.

네덜란드도 게르만 문화의 영향을 받았기에 혼욕 문화가 있다. 스케브닝겐 해변 근처에 남녀 혼욕탕이 있었는데, 평소 사우나와 찜질방을 즐겨 찾던 터라 용기를 내어 가 본 적이 있다. 우리 목욕탕과는 확실히 분위기가 달라 당황스러운 적도 있었지만, 여러 차례 다녀 보니 목욕과 사우나를 즐기는 곳이라는 점에서는 똑같았다. 출장자나 친구들이 희망하는 경우 데리고 가기도 했다.

스케브닝겐 혼욕탕은 십수 년 전에 없어졌다. 외국인들의 '다른 문화 체험하기' 명소가 돼서 정작 네덜란드인들이 이용하기 어렵게 되자 미풍양속을 해친다는 이유로 행정 명령을 내렸다고 한다.

네덜란드는 매춘도 합법이다. 불법 도박이라고는 없다. 도박장을 왕가에서 운영하고 있고, 외교관들은 무료로 출입할 수 있다. 이뿐 아니라 세계 최초로 안락사를 인정하고, 마약을 합법화한 나라이기도 하다. 유교 문화에 젖어있던 동방예의지국 출신으로서는 쉽게 이해하기 어려웠다. 인간답게 살 수 있는 존엄권과 개인의 결정에 맡기는 자유권을 최대한 보장한다는 의미에서 먼저 출발한 것이리라. 20년이 채 되기도 전에 수많은 국가가 뒤따라 도입하고 있는 것을 보면, 세상에 불변하는 진리는 없는 듯하다.

표적이 되면 누구도 자유로울 수 없다

세상 곳곳에는 참으로 나쁜 사람들이 많다. 유럽도 예외는 아니다. 난민 정책이 관대해지고, 셍겐 조약으로 국경 출입이 자유롭게 되자 소매치기나 사기꾼이 많아졌다. 외국인들을 주로 노리는데, 주로 외화를 많이 소지하고 있는 걸로 알려진 한국, 중국, 일본 등 아시아인들이 표적이다. 암스테르담으로 가족 나들이를 할 때면, 아이들에게 사주 경계를 주문했다. 엄마가 앞서고 아이들은 중간에 위치하고, 나는 그 뒤를 바짝 붙어서 걸었다. 아내는 앞쪽 상황을 주시했고 딸아이는 왼쪽, 아들은 오른쪽, 그리고 나는 등 뒤의 상황과 가족들 주변 동정을 살피기 위해 최선을 다했다. 하루 여행을 마치고 집에 복귀하면, 누구 할 것 없이 안도의 한숨을 내뱉었다. 긴장이 풀리면서 몰려온 극도의 피곤함에 때 이른 잠을 청하기도 했다.

어느 봄날 부모님이 헤이그에 오셨다. 점심을 드신 후 국제사법재판소에서 집까지 40여 분의 가로수길을 걷겠다고 하셨다. 그런데 업무를 마치고 집에 돌아와 보니 놀랄 만한 이야기가 기다리고 있었다. 두 분이 주변의 아름다운 자연환경에 도취돼 행복한 마음으로 길을 걷고 있을 때였다. 어떤 멀쩡하게 생긴 두 사람이 다가와 영어로 "주변에 은행이 있나요?"라고 물었고, 부모님은 "잘 모르겠다. 우리도 여행객들이다"라고 친절하게 대응했다.

바로 그 순간 뒤에서 건장한 남자 두 명이 불현듯 나타났다. 자신들을 사복 경찰이라 소개하며 암행 수사 중이라고 했다. 그들은 "지금 마약 거래를 하는 것이냐? 아니면 위조지폐를 바꾸려는 것이냐?" 하고 다그쳤다. 그런 게 아니라고 하자 처음에는 가까운 경찰서로 동행해 달라고 했고, 잠시 후에는 위조지폐 소지 여부만 확인하면 된다며 지갑을 달라고 했다. 아주 짧은 '확인' 시간이었지만 그 사이 100달러 지폐들은 모두 1달러로 바뀌어 버리고 말았다. 지갑을 살펴보기 전까지는 부모님도 사기당한 사실을 전혀 몰랐다고 했다. 참으로 어처구니없는 일이었지만, 20여 년 전 네덜란드에서는 자주 일어난 사건이다.

나도 몇 년 전 부다페스트에서 비슷한 일을 겪은 적이 있다. 다뉴브 강가를 걷고 있는데 거동이 수상한 두 사람이 부자연스러운 눈빛을 보내며 다가왔다. 뭔가 이상하다고 느낀 순간, 그들은 "가까운 곳에 은행이 있느냐? 돈을 바꿔야 한다"라며 말을 걸어 왔다. 아니나 다를까, 곧이어 두 명의 덩치 큰 사람들이 다가왔다. 그들이 "우리는 경찰이다"라며 말을 이어 가려는 순간 나는 배에 힘을 주고 큰 소리로 외쳤다.

"너희들이 경찰이라면 나는 인터폴이다! 너희들을 연행하겠다! 동료들을 부를테니 잠시 여기 서 있어라!"

사기꾼들은 내 말을 듣더니 웃으며 엄지를 '척' 들어 올렸다. 그러고는 "Are you Korean? Smart!"라고 말한 뒤 뒷걸음치며 사라졌다.

20년 전 부모님이 당했던 쓸쓸한 기억이 떠오르면서 한편으로는 그간 발전하지 못한 시나리오에 헛웃음이 났다. '저렇게 어설픈 연기로, 불량기 약한 행색에 어찌 먹고 살꼬?' 하는 쓸데없는 걱정까지 들었다. 그들은 난민 또는 불법 체류자들일 가능성이 높은데, 먹잇감을 주로 아시아인들에게 한정하곤 했다. 다행히 사람들을 해치지는 않는다고 했다.

포르투갈에 근무할 때다. 우리 젊은이들은 리스본 관광 명소인 코메르시우 광장, 로시우 광장, 피게이라 광장에서 다른 외국인 관광객들과 말을 섞고 여행 경험을 나누면서 저녁 식사와 포도주를 함께 즐기는 경우가 많았다. 대부분 좋은 추억을 안고 돌아가지만, 개중에는 수면제나 마약 또는 독주에 취해 범죄자들에게 카드 비밀번호를 알려주는 경우도 있었다. 다음날 계좌에 잔금이 남아 있지 않음을 깨달았을 때는 이미 늦은 것이다.

피해자들의 이야기를 종합해 보니 혐의자는 우리말이 어느 정도 가능한 사람이었다. 한국에 다녀온 경험담을 이야기하면서 초반 경계심을 풀게 하는 수법이 같았고, 인상착의도 비슷했다. 이점에 착안

하여 포르투갈 경찰의 협조를 얻은 결과, 두 달 여만에 범인을 현장 검거할 수 있었다.

유럽에서는 철도 여행을 많이 하게 되는데, 부지불식간에 가방이나 배낭이 사라지는 경우가 많다. 여권 분실 등으로 대사관을 찾는 사람 대부분은 언제 어떻게 분실됐는지를 몰랐다. 헤이그에서 영사 업무를 담당하던 어느 날이었다. 누구라고 밝히면 대부분 알 만한 어느 유명한 교수가 여권과 지갑을 분실했다고 했다. 그분은 해외 여행을 셀 수 없을 정도로 많이 했고, 암스테르담이 매우 위험한 곳이라는 것도 잘 알고 있었기에 매사 조심했다고 했다. 호텔 체크인 데스크에서 확인 서명을 위해 다리 곁에 잠깐 내려놓은 그 짧은 순간, 가방이 홀연 사라졌다면서 혀를 내둘렀다. 그렇다. 표적이 되면 누구도 자유로울 수 없다.

또 어떤 분은 나이지리아 고위 관리를 사칭한 국제 사기꾼의 말에 속아 대사관을 찾아왔다. 압류 상태에 놓인 수천만 달러를 사용하려면 지폐에 찍힌 빨간색 낙인을 지워야 하는데, 관련 경비를 제공하고 전체 달러를 한국으로 가져다 주면 수백만 달러를 주겠다고 했단다. 그는 한국으로 달러를 운송할 방법이 있는지 문의하러 온 것이었다. 나는 일언지하에 그가 사기를 당했다고 설명했다. 그 당시 유사한 사례가 많이 있었음을 설명해 주고 인터폴과 함께 혐의자들을 채포해 보자고 권유했다.

그는 자신이 사기 사건에 연루된 것을 믿고 싶지 않아 했다. 사기꾼들을 잡고자 연락을 계속 취했으나 여의치 않게 되자, 결국 적지 않은 돈을 잃은 채 귀국하고 말았다. 그도 처음에는 모르는 외국인으로부터 알 수 없는 메일이 들어왔기에 철저히 무시했다고 한다. 그럼에도 1년에 걸쳐 집요하게 유사한 메일이 계속 들어오자 호기심으로 읽어본 것인데, 이런 처지가 됐으니 참으로 한심스럽다고 자책했다. 지방대 교수였던 그분의 쓸쓸한 뒷모습에 울화통이 치솟았다. 지금은 뭘 하고 계시려나? 지금도 가끔씩 생각나곤 한다.

OPCW 목장의 결투

       1999년 봄 헤이그에 부임하면서 화학무기금지기구 (OPCW) 업무를 맡게 됐다. 1997년 화학무기금지협약(CWC)이 발효됨에 따라 헤이그에 협약이행기구인 OPCW를 두었고, 본부에 있을 때 화학무기 업무를 담당한 경험이 있었기에 헤이그에서도 같은 업무를 맡게 된 것이었다.

  CWC는 오랜 산고 끝에 태어난, 군축비확산 분야에서는 매우 귀한 늦둥이다. 협약에 따라 이미 만들어진 화학무기는 전량 폐기돼야 했고, 과거 화학무기를 생산했던 공장들은 위험 정도에 따라 파괴되거나 공정 전환을 거쳐 일반 화학물질을 생산해야 했다. 향후 화학무기의 생산, 사용, 이전 등 화학무기와 관련된 모든 위험성을 봉쇄하기 위해 OPCW 사찰단이 회원국에 파견되기도 했다. 이들은 무기

화학무기금지기구(OPCW)는 화학무기금지조약(CWC)을 이행하는 기관으로 네덜란드 헤이그에 본부를 두고 있다. 화학무기를 없애기 위한 광범위한 노력을 인정받아 2013년 노벨평화상을 수상했다.

및 생산 공장의 폐기 공정을 감독하고, 기타 생산 시설에서 무기급 화학물질을 만들지 못하도록 감시했다.

대량살상무기(WMD)는 핵무기, 화학무기, 생물무기를 말하는데 인류 역사상 최초로 실현된 대량살상무기에 대한 총괄적인 금지조약이 화학무기 분야에서 이루어졌다. 화학무기는 대량살상무기 중에서도 가장 잔인하고 비인간적이며 빈번하게 사용됐기 때문이다. 화학무기 금지라는 금자탑을 이룬 국제 사회는 생물무기 금지기구를 두고도 열띤 협의를 진행했다. 또, 핵확산금지조약(NPT)의 의무 이행 강화와 함께 미래에는 아예 핵무기까지 금지시켜야 한다는 움직임도 탄력을 받고 있었다.

냉전 종식과 함께 더 이상 어떤 형태의 무기도 불필요하다는 인식이 확산되면서 재래식 무기의 생산과 이전까지 규제하자는 목소리도 점차 높아졌다. 군축과 비확산 그리고 안보 분야의 국제 무대였던 뉴욕, 제네바, 비엔나, 헤이그는 인류의 안보와 평화를 위한 논의로 연일 뜨거웠다. 특히 이제 막 출범한 군축계의 골든보이인 OPCW 회의장은 가히 과열 상태였다. 회원국들은 자국의 이익을 최대한 확보하기 위해 최선을 다했다. 마치 투우사들의 결투장을 보는 듯했다.

소련 패망 이후 경제 사정이 열악했던 러시아는 국제 사회로부터 화학무기와 그 생산 공장의 폐기 비용을 얻어 내기 위해 사력을 다했고 미국, 인도 및 유럽 국가들은 자국의 화학공장에 대한 OPCW 사찰을 최소화하기 위해 필사적이었다.

우리나라도 다르지 않았다. 우리 대표단은 핵무기, 화학무기, 생물무기 등 3대 WMD를 모두 보유한 유일한 국가인 북한의 CWC 체제 편입을 유도하기 위해 필요한 국제적 관심과 지지를 얻고자 분투했다. 대부분의 국제 무대는 비슷한 양상이지만, 군축과 안보라는 민감한 사안을 다루는 회의장에서 각 국가들은 미리 준비한 발언문을 낭독하는 경우가 많다. 미국이나 유럽 국가들도 마찬가지다.

그날도 과거 화학무기 보유국가 그룹과 비보유국가 그룹 사이에, 또 화학시설 보유국가와 그렇지 않은 국가들 간에 열띤 공방이 벌어졌다. 그런데 함께 회의장을 지켜보던 동료가 예정에도 없던 발언권을 신청하는 게 아닌가. 느닷없는 요청이었다. 당시 OPCW 회의장에서 발언권을 얻기 위해서는 손을 들거나 명패를 세워 놓는 대신 각국 대표 좌석 테이블 위 버튼을 눌러 의장석 뒤에 있는 대형 모니터에 발언 국가 명단을 추가해야 했다. 그날 의제 중에는 우리 관심 사안이 없었고, 본부로부터 특정한 훈령도 없었다. 그래서 그냥 관망하는 자세로 분위기를 지켜보면 됐는데…. 무슨 말을 하려고 하는지 궁금하기도 했고, 원고가 없는 상태에서 발언하려는 용기도 부러웠다. 이윽고 우리 순서가 됐고, 동료 서기관은 마이크를 잡았다.

"Thank you, Mr. Chairman for giving me the floor."

(발언 기회를 주셔서 감사합니다, 의장님.)

이때까지만 해도 분위기가 좋았다. 그런데 더 이상 발언을 이어 가지 못하고 몇 분을 침묵하는 게 아닌가? 다른 국가 대표단들도 처음에는 '마이크가 고장났나 보다', '발언문을 잠시 잊어버렸나 보다' 하고 대수롭지 않게 있다가, 침묵이 길어지자 모두 우리 쪽으로 눈과 귀를 집중했다. 결국 동료는 더 이상 이어 가지 못하고 발언을 마무리하고 말았다.

"Thank you, Mr. Chairman."

(감사합니다. 의장님)

같은 한국 대표로서 얼굴이 화끈거렸다. 한동안 OPCW에 회자되던 부끄러운 일화였다.

며칠 후 동료에게 왜 준비 없이 발언권을 신청했는지 물어보았다. 그는 다른 외국 대표들이 자국의 관심 현안이 아닌 사안에도 발언문 없이 자유롭게 입장을 밝히는 것이 부러워서 그랬다고 대답했다. 그런데 막상 발언 순서가 되니 하늘이 노래지고 아무 생각도 나지 않더라는다. 다자 무대를 경험한 외교관이라면 누구든 공감할 것이다. 나도 국제 무대에서 소위 '날고 뛰는' 회의 전문가들을 보면서 부러워한 적이 많았으니까.

영어를 모국어로 쓰는 미국이나 영국 외교관들보다는 독일, 네덜란드, 인도, 브라질 외교관들이 논리와 표현력에 있어 타의 추종을 불허했다. 그들은 대체로 주니어 시절부터 이 분야 전문가로 발탁돼 '4대 군축공관'에서 모두 근무했고, 이후 참사관 이상의 지위에 이르면 누구도 범접할 수 없을 정도의 내공으로 무장됐다.

발언문 없이 수백 명의 외국 대표단이 주목하는 긴장을 이기기 위한 도전은 한 번쯤 해 봐야 하고, 빠를수록 좋다. 몇 주 후 동료 외교관은 완전히 다른 사람이 돼 있었다. 원고 없이도 몇 분이나 자신 있게 입장을 밝혔다. 심지어 몇몇 나라 대표들로부터 호응까지 얻어 내면서 말이다. 동료의 무리수는 평생의 교훈이 됐다.

국제 무대에서 날고 뛰는 다자 전문가들

        외교부 입부 때부터 개별 국가를 대상으로 하는 양자 업무보다는 국제 무대에서 다채롭게 펼쳐지는 다자 업무가 매력적으로 다가왔다. 1년 차 때 두 번째로 배정된 과가 다자 관계를 다루는 국제기구조약국이라 그런 것도 있었고, 첫 해외 출장지인 제네바에서 핵무기 확산 금지와 관련해 한 달간 보고 배운 바가 실로 컸기 때문이기도 했다.

    실제로 중견 외교관으로 성장하는 25년 동안 다양한 다자 업무를 경험할 수 있었다. 조약과, 환경협력과를 거친 뒤 군축과에서 과장직을 수행했으며, 헤이그와 뉴욕 등지에서는 여러 다자 외교 공관에서 근무했다. 유엔국 국제기구협력관으로 일하기도 했다. 어찌나 많은 국제 회의에 참석했는지, 유엔 본부 총회의장과 안전보장이사회

회의장, 화학무기금지기구(OPCW) 본회의장은 카페테리아와 화장실 위치가 지금도 눈에 선하다.

그 밖에도 각종 군축 관련 다자수출통제체제*와 국제협력체** 총회 및 유관 회의가 매년 각 회원국을 순회하면서 개최됐기에 동기들에 비해 상대적으로 많은 경험을 할 수 있었다. 그때마다 날고 뛰는 외국의 다자 전문가들을 숱하게 보았다.

첫 번째 다자 무대였던 1990년 제네바 NPT 4차 평가회의에서 본 유럽 외교관들의 논변은 가히 놀라 턱이 빠질 정도였다. 영어와 프랑스어 등 유엔 공용어를 자유롭게 구사하면서 자국의 입장을 최대한 반영하는 모습은 능숙함을 넘어 화려하기까지 했다. 그들이 기민하게 성숙한 외교 역량을 펼치는 모습은 아직까지 머릿속에 깊게 남아 있다. 회의 직전까지 입장 유사국(like-minded countries)과 일사분란하게 동조 여부를 확인하고 다른 입장을 가진 국가 대표단을 최대한 설득하려는 교섭 능력 또한 돋보였다.

다자 회의는 유관 국제조약문을 도출해 내기까지 길게는 10년 이상, 적게는 수삼 년이 걸리는 산고를 거쳐야 한다. 때문에 과거 회의들의 진행 경과는 물론 결과까지 꿰뚫고 있어야 한다. 공식 회의 중 상대방 주장에 오류가 있다면 언제든 자신 있게 반박해야 하기 때문이다. 이때 자국에 유리한 사항은 즉시 제기하여 상대를 압박하고 결

- 원자력공급국그룹(NSG), 쟁거위원회(ZC), 호주그룹(AG), 미사일기술통제체제(MTCR), 바세나르체제(WA) 등이 있다.
- •• 확산방지구상(PSI), 글로벌파트너십(GP), 세계핵테러방지구상(GICNT), 핵군축검증국제파트너십(IPNDV), 핵군축환경조성구상(CEND), IAEA핵안보국제회의(ICONS) 등이 있다.

정적 타격을 가해야 한다. 그렇게 하면 상대는 더 이상 발언을 이어가지 못하게 되고, 최종 입장 변경을 유도해 낼 수 있다.

나의 주니어 시절은 화학무기금지조약(CWC), 생물무기금지조약(BWC) 등 유관 조약들이 양산되던 소위 군축과 비확산 분야의 르네상스 시대였다. 안타깝게도 이 시기 우리나라는 국제 무대의 주역이 아니었다. 유엔 회원국이 된 1991년 이후에야 제대로 발언권을 행사할 수 있었기 때문이다. 그때까지는 제대로 된 전문가를 키울 수 있는 여건도 상황도 아니었다. 당시만 해도 국제회의장에서 미리 준비된 영문 텍스트를 긴장하지 않고, 떨리지 않는 목소리로 제대로 읽을 수 있는 외교관은 많지 않았다.

하지만 상전벽해라 했던가. 지금은 다자 무대를 주름잡는 후배 외교관들이 즐비하다. 영어 실력과 논리력도 수준급이고 다른 국가의 외교관들을 설득하는 데도 능통하다. 우리의 이해를 반영하기 위해 절대 물러서지 않고 자신이 가진 외교 역량을 총동원하는 경우도 많다. 특히 다자 무대에서는 누군가 가슴 뭉클한 이야기를 하거나 훌륭한 웅변을 하고 나면 손가락 끝을 모아 책상을 두드리는 전통이 있는데, 우리 외교관들의 경우에도 100명이 넘는 참가자들을 설복시키는 분들이 있었다. 참으로 엄청난 발전이라고 할 수 있다.

한편 수십 년간 다자 업무를 경험한 나로서는 양자 업무가 그다지 어렵게 느껴지지 않는다. 오히려 편하고 수월하다는 표현이 맞을 것 같다. 실제로 한-EU 정상 회담을 앞두고 상대국 대표단과 회담 결과 문건을 협의했을 때는 다양한 교섭 수완을 발휘할 수 있었다. 덜 주

유엔 안전보장이사회 회의장. 안전보장이사회는 국제 평화와 안전 보장을 위해 설립된
유엔의 핵심 기관으로, 193개 유엔 회원국에 대해 구속력을 갖는 결정을 내릴 수 있다.
5개의 상임이사국(미국, 영국, 프랑스, 러시아, 중국)과 10개의 비상임이사국으로 구성돼
있다. 대한민국은 2023년 비상임이사국에 선출돼 2025년까지 임기를 수행하게 된다.

고 많이 얻는 '바꿔 먹기' 방식을 취하거나, 더 이상 양보는 없다는 취지의 최종 통보를 상황에 맞게 탄력적으로 활용했다. 190여 개 국가의 대표들이 지켜보는 가운데 우리 입장을 집요하게 최종 문서에 반영시켰던 경험으로 무장한 전문가 입장에서는 그리 어려운 일이 아니었다.

물론 상대국에게 절대 양보할 수 없는 레드 라인이 있다면 설득 가능성이 희박해진다. 이럴 때는 가급적 빨리 당초 목표를 포기하고 대체 방안을 찾는 것이 현실적이다. 그리고 보면 제갈량이 와도 불가능한 일을 재빨리 파악하는 것 역시 다자관계 전문가가 갖춰야 할 필수 능력이 아닌가 싶다.

외교부 내에서 양자 업무 분야 최고의 전문가들은 워싱턴 주미 한국 대사관이나 북미국에서 근무한 직원들이다. 주니어 시절부터 업무 관계로 시작된 인간관계는 고위직으로 올라갈수록 네트워크가 두터워지기 때문이다. 또한 대미국 업무는 외교부 본부와 대통령실 모두가 관심을 가지는 민감 현안인 만큼, 일찍부터 고위급 양자 회담에 동석할 기회가 많다. 회담이 끝나면 그 내용을 밤을 새워 가며 다듬고 보고하는 역량을 배양해 왔기에 이들은 핵심 전문가로서 큰 신뢰를 받는다. 이런 점에서 북미국 출신 외교관들에 대한 선호도는 높은 편이며 이들은 고위급으로 성장할 가능성이 크다.

다만 양자 전문가들은 차관보급 이상 고위직에 오르거나 다자 공관 대사처럼 다이내믹한 활동이 요구되는 환경에 처할 경우 능숙한 대처에 한계를 보일 수 있다. 국제 무대 경험이 비교적 적기 때문이다. 그래서 하루에 3~4시간 이상 쉬지 않고 며칠씩 이어지는 각국 대표들의 발언이 이들에게는 무의미하게 여겨질 수 있다. 또 컨센서스를 기본으로 하는 회의의 성격상, 수 주간의 회의에도 결과물이 나오지 않는 경우가 허다하므로 다자군축협의체 자체에 대한 회의를 느끼기도 쉽다. 어렵사리 결과물이 도출됐다 해도 이행 강제성이 없기에 다자외교의 존재나 필요성에 대해서도 의문을 가지기 십상이다. '왜 내가 이렇게까지 고생해야 하는가?' 하는 생각이 드는 것이다. 결국 꼭 참석해야 하는 경우가 아니라면 부하 직원을 대리로 참석시키게 되고 회의장과도 점점 멀어지게 된다.

더 나아가 다른 국가 대사들이 회의장이나 리셉션장에서 부지런히 움직이며 의견을 교환하는 행위 자체를 시간 낭비로 보는 단계에 이르면 끝장이다. 다자 무대에서는 일단 '목소리가 없는 사람'(voiceless)으로 간주되면 더 이상 교섭의 대상이 아니라고 보기 때문이다. 찾아 주는 사람도, 초청해 주는 사람도 없는 외교관은 호구로 전락하거나 쓸쓸한 외톨이가 될 수밖에 없다.

반면 다자 전문가들에게는 어떠한 경우에도 기죽지 않도록 키워진 근성이 있다. 주니어 시절부터 이런 환경에 잘 적응해 왔기에 민감하고 복잡한 양자 현안을 맞닥뜨려도 결코 물러서지 않는다. 심지어 능글능글하게 여유까지 부리면서 적절한 해결책을 찾는 데도 익숙하다. 적어도 내 생각은 그렇다.

What a long and eventful dog-day!

너무나 길고 다사다난했던 하루

2010년 3월 모스크바에서 주유엔 대표부로 발령을 받았다. 집은 뉴저지주 테너플라이에 있었고, 사무실은 맨해튼 소재 유엔 본부 건너편에 자리 잡고 있었다. 출근 시 교통 체증을 피하려면 매일 아침 6시 반 전후에는 집에서 출발해야 했다. 뉴욕에서의 3년은 매일매일이 다람쥐 쳇바퀴 돌듯 비슷한 일상이었지만 참으로 잊을 수 없는 시간을 보낸 날이 있었다.

그날도 여느 날처럼 6시에 일어나 얼굴만 씻고 양복을 입었다. 맨해튼의 숨 막히는 출근길 러시아워를 피하려면 6시 30분까지 조지 워싱턴 다리를 건너야 했기 때문이다. 서류 가방을 챙겨 아래층으로 내려가는데 따박따박 나무 계단을 내려오는 나쵸의 무거운 발자욱 소리가 들렸다. 나쵸는 출근할 때면 머리를 깊이 숙여 "잘 다녀오세

나쵸는 출근할 때면 머리를 깊이 숙여 "잘 다녀오세요" 인사하는 우리 가족의 하나뿐인 반려견이었다. 국제 여행용 비자가 있어서 한국에서 모스크바로, 다시 뉴욕으로 날았고, 포르투갈에서도 함께했다. 외교관 생활 중 찾아오는 외로움을 달래 주곤 했다.

요" 인사하는 우리 가족의 하나뿐인 반려견이었다. 대견하고 이뻤다.

다행스럽게도 그날은 시간 안에 다리를 건널 수 있었고, 할렘 강 주변 이면 도로를 들쭉날쭉 드나드는 변칙 운전도 성공했다. 예상보다 일찍 FDR 자동차 전용도로에 진입했다. 기어를 올려 최대 규정 시속으로 달렸고, 창문을 내려 상큼한 새벽 강바람 내음을 맡았다.

유엔 본부 지하 외교관 전용 주차장에 차를 세우고, 1번가 횡단보도를 건넌 뒤, 45번가에 자리 잡은 주유엔 한국 대표부 9층 사무실에 도착했다. 서류 가방을 소파 위에 던져 놓고 운동복이 든 스포츠 가방을 챙겨 인근 YMCA 헬스장으로 향했다. 한 시간 남짓 땀을 빼고 복귀했는데도 아직 9시가 되지 않았다.

그때 누군가 방문을 두드렸다. 후배 박 서기관이었다. 그는 어제 오후에 있었던 유엔 총회 결과 보고서를 작성하는 과정에서 차석대사로부터 참을 수 없는 핀잔을 들었고, 이해하기 힘든 업무 지시도 받았다며 하소연을 늘어 놓았다. 문득 얼마 전 그의 사무실에서 본 천장 얼룩이 떠올랐다. 물어보니 아주 가끔 참을 수 없을 정도로 스트레스가 쌓이면 커피가 남아 있는 채로 종이컵을 천장에 던져 버리곤 했는데, 그 흔적이라고 했다. 멋쩍어하는 표정 너머로 후배의 고충이 느껴져 어쩐지 안쓰러운 마음이 들었다.

그와의 대화가 무르익어 갈 무렵, 차석대사로부터 긴급 호출을 받았다. 11시에 시작될 유엔 총회에서 북핵 문제가 다뤄질 가능성이 있으니 반드시 참석해 발언하고, 북한 대표단의 억지 주장을 무력화시키라는 주문이었다. 갑작스럽게 소집된 탓에 준비할 시간은 두 시간도 채 남지 않은 상황이었다. 다급했다. 우선 지난밤 서울에서 내려온 관련 지시 전문을 검토해 1차 발언문에 포함시켰고, 현장에서 북한 대표의 반박에 대응할 요지도 작성했다. 사무실로 헐레벌떡 뛰어 올라온 나에게 차석대사가 말했다.

"오케이, 오늘 잘해 봐. 대사님도 유엔 실황 방송 채널을 통해 회의 상황을 지켜볼 예정이다."

북한 대표부의 군축 담당 참사관은 그날도 예외 없이 발언권을 행사해 얼토당토 않은 소리를 늘어놓았다. 북한의 핵개발은 자위권의 발동에 따른 것이며, 미국의 적대 정책에 생존하고자 하는 불가피한 조치라는 것이었다. 또 주한 미군이 한국에 핵무기를 보유하고 있다는 둥 한국에게도 핵 개발 야욕이 있다는 둥 헛주장을 펼치기도 했다. 나는 준비한 대로 발언을 이어 나갔고, 북한 측의 연이은 반박과 재반박에도 또박또박 대응해 주었다. 북한 대표가 다시 손을 들어 세 번째 반박 권리를 주장하자 의장은 더 이상 발언권을 주지 않았다. 그는 씩씩거리며 회의장을 빠져나갔고, 미국과 독일 등 우방국 동료들은 나를 향해 '엄지 척' 사인을 보내 주었다.

비로소 안도의 한숨을 쉬며 허겁지겁 미국 대표부의 서기관이 기다리고 있을 오찬장으로 달려갔다. 며칠 전 있었던 한·미 대사들 간 면담 결과를 반영해 더욱 강력한 대북 제재를 만들어 내기 위한 자리였다. 이렇게 만들어진 대북 제재는 추후 안보리 결의안에 포함될 예정이었다. 북한 문제를 다룰 때는 언제나 중국과 러시아의 입장을 미리 파악하고, 이를 바탕으로 우리가 만든 초안에 동조하도록 설득하

북한 대표부의 군축 담당 참사관은 그날도 예외 없이 얼토당토 않은 소리를 늘어놓았다.
나는 준비한 대로 발언을 이어 나갔고, 북한 측의 연이은 반박과 재반박에도 또박또박
대응해 주었다. 유엔 총회에서 북핵 문제와 관련해 발언을 하고 있는 장면.

는 노력이 무엇보다 중요했다. 미국 측 서기관은 중국의 반대가 여전하다면서 나와 개인적으로 친분이 있어 보이는 중국 측 참사관을 만나 이해를 구해 달라고 요청했다.

전화를 걸어 보니 마침 중국 참사관은 유엔 본부에 있었다. 그는 우리측 입장을 충분히 이해한다면서도 북경에서 더 이상 양보해 주지 말라는 지침이 있었다며 단호하게 선을 그었다. 오히려 러시아의 입장도 중국과 다르지 않은 것으로 안다며 미국을 설득해 달라고 했다. 나는 여기서 물러서면 안 되겠다는 생각이 들었다. 이번만큼은 우리도 타협할 의사가 없다고 분명히 말했고, 중국이 동조해 주지 않을 경우 더욱 강력한 제재안을 제시하겠다고 압박했다. 참사관의 얼굴에는 당황스러운 기색이 역력했다. 나는 이 기회를 놓치지 않고 중국이 러시아를 설득해 우리가 제시한 마지막 안을 수용하는 것이 모두가 윈윈할 수 있는 마지막 기회임을 강조했다. 그리고 내일까지 기다리겠다고 말하며 자리를 떠났다.

사무실로 복귀해서 11층 대사 사무실에 막 들어가려던 차에 국내 모 일간지의 뉴욕 특파원으로부터 전화가 걸려 왔다. 평소 잘 알고 지내던 사이였고, 하루 종일 전화를 받지 못했던 터라 일단 받은 뒤 나중에 다시 걸겠다고 말하며 전화를 끊었다. 대사는 업무 보고를 마친 나에게 이런저런 지시를 한 뒤 북한 대표와의 공방이 훌륭했다며 격려해 주었다.

그런데 대사 집무실을 나서며 휴대폰을 꺼내든 순간, 발걸음이 얼어붙고 말았다. 그와의 전화가 아직 연결돼 있었던 것이다. 등골이 오싹해졌다. 방금 대사와 주고받은 내용은 언론에 노출돼서는 안 되는 민감한 비밀 사안이었다. 나는 휴대폰을 귀에 가까이 대고 조심스럽게 "기자님, 혹시 듣고 계신 건가요?"라고 물었다. 그는 "예, 깨끗하게 잘 들리던데요"라며 너스레를 떨었다. 나는 상황을 설명하며 방금 내용을 기사로 내보내지 말아달라고 간곡하게 부탁했다. 그는 기자가 지켜야 할 본분이 있다며, 자신은 국가 이익과 국민의 알 권리 중 어느 것이 더 중요한지 항상 고심한다고 말했다. 별로 대서특필할 내용도 없었는데 무슨 걱정이냐며 농담까지 던졌다. 그는 약속대로 그 내용을 기사화하지 않았다. 십년감수할 일이었다. 그날 이후 그는 진정한 프로 언론인으로 내 마음속에 각별하게 자리 잡고 있다.

어느덧 퇴근 시간이 되어 맨해튼 한인 타운에 위치한 '더 큰집'으로 향했다. 몇몇 한인 교포 지인들과 만찬이 예정돼 있었기 때문이다. 웨스트 32번가에 있는 한인 타운으로 가려면 최소 30분 정도를 걸어야 했다. 걷는 것을 좋아하는 나에게 맨해튼은 보물창고 같은 곳이었다. 이것저것 볼거리도 풍부했고, 지나가는 한 사람 한 사람 모두가 그들만의 이야기를 간직한 듯 흥미로운 표정을 짓고 있었다. 그들이 어디로 가고 있는지를 상상하는 것만으로도 즐거운 기분이 들었다.

어느새 약속 장소가 눈앞에 있었다. 뉴욕에서 매우 귀한 막걸리를 모처럼 접하다 보니, 당초 생각과는 달리 한 잔이 두 잔이 되고 석 잔이 됐다. 9시쯤 식사를 마치고 지인이 운영하던 '라디오스타'로 자리를 옮겼다. 여느 뉴요커들처럼 상큼한 모히토 칵테일 한 잔을 마신 뒤 상쾌하면서도 쓴 맛이 일품인 더블 에스프레소로 마무리했다.

반주를 겸한 만찬이 있는 경우, 8번가와 웨스트 42번가가 만나는 지점에 있는 포트 오소리티 터미널에서 테너플라이 행 버스를 타는데 그날도 예외는 아니었다. 터미널까지 가는 길은 여러 가지가 있지만, 그날은 엠파이어 스테이트 빌딩, 메이시스 백화점을 지나 타임스 스퀘어를 통과하는 길을 선택했다. 길거리 연주 등 실시간으로 벌어지는 다양하고 생동감 넘치는 볼거리는 눈과 귀를 만족시키기에 조금의 부족함도 없었다.

50분 정도를 달려 집 근처 버스 정류장에 도착했다. 집으로 걸어가는 동안 온몸에 땀방울이 맺혔지만 한여름 밤바람은 그만큼 시원하게 느껴졌다. '오늘 하루도 무사히 지나갔구나. 그래도 내일은 딸아이를 데리러 프린스턴에 가는 날이지. 딸과 함께 주말을 함께 보낼 수 있으니 행복하다' 생각하며 현관문을 살짝 열자 나쵸가 머리를 깊이 숙여 '다녀오셨어요?' 하고 반겨 주었다.

What a long and eventful dog-day! 참으로 많은 일이 일어난 긴 하루였다.

뉴욕을 빛낸 우리 대통령님들

뉴욕은 미국 최대 도시로 맨해튼, 브롱크스, 브루클린, 퀸스, 스태튼 아일랜드 등 5개의 자치구(Borough)로 이루어져 있다. 6,400마일에 달하는 거리의 구석구석을 걸어 보는 것은 평범한 일상에 자극을 주는 멋진 탐험이 된다. 뉴욕만의 독특한 문화를 체험할 수 있기 때문이다. 이곳에서만 벌어지는 크고 작은 이야기들 또한 감탄과 놀라움을 자아낸다.

중심부인 맨해튼 최남단에는 17세기 네덜란드인들이 개척한 뉴암스테르담의 본거지이자 오늘날 국제 금융 중심가인 월가가 있는데, 돌진하는 황소상(Charging Bull)은 누구든 타 보고 싶은 충동을 느끼게 한다. 북쪽 다운타운에는 맨해튼을 남북으로 관통하는 브로드웨이 애비뉴를 중심으로 뮤지컬 공연장들이 좌우로 도열해 있고 타임스 스퀘어, 메이시스 백화점, 엠파이어 스테이트 빌딩, 매디슨 스퀘어 공원 등이 이어진다. 브로드웨이 42번가는 타임스 스퀘어로 뉴욕에서 가장 번화한 곳이며, 멀지 않은 곳에 유서 깊고 아름다운 펜실베이니아 역, 그랜드센트럴 역이 위치하고 있다. 맨해튼에서 가장 유명하고 복잡한 대로인 5번 애비뉴를 따라 록펠러 센터와 채널 가든(The Channel Gardens)의 아기자기한 즐거움을 만끽할 수 있다. 잠시 넋을 놓고 걷다 보면 티파니 등 즐비하게 늘어서 있는 명품 가게들이 눈길을 사로잡고 어느새 뉴욕공립도서관이 보인다. 5번 애비뉴와 8번 애비뉴를 사이에 끼고 넓게 펼쳐진 센트럴 파크 주변에는 카네기 홀과 링컨 센터가 있고, 뉴욕현대미술관(MoMA)을 포함한 수많은 박물관과 미술관들이 있다. 이들을 어찌 모른 척 지나칠 수 있으랴. 맨해튼 서쪽을 감싸고 흐르는 허드슨 강가에는 첼시 마켓과 수를 헤아리기 힘들만큼 많은 갤러리들이 모여 있고, 동쪽으로 자리 잡은 이스트 강의 중앙에 유엔 본부와 주유엔 한국 대표부가 있다.

뉴욕에서 벌어지는 일상은 매일매일 흥미로웠지만, 때로는 긴장감 넘치는 다이내믹한 하루를 보내야 했다. 숨 가쁘게 촌각을 다투면서 유엔 빌딩 복도를 달려 보기도 했고, 어느 오후엔 샌드위치 두 조각으로 점심을 끝낸 후 맨해튼 거리를 활보하기도 했다. 밤낮으로 귀따갑게 울리는 경찰차와 앰뷸런스 소리도 익숙해졌고, 이름 모를 거리의 악사들이 제공하는 공짜 연주의 즐거움은 창조적인 영감을 이끌어내기도 했다.

마천루 아래에 서면 얼른 고개를 직각으로 쳐들어야 빌딩 숲 틈새

뉴저지에서 바라본 맨해튼. 이곳에서 보낸 3년은 감동과 스릴이 이어지는 나날이었다. 말로는 표현할 수 없을 만큼 매력적인 곳이었기에 지치지도 않았고 지루할 틈도 없었다.

로 살짝 지나가는 조각구름들을 볼 수 있다. 킹콩 영화로 유명해진 엠파이어 스테이트 빌딩도 있고, 뉴욕을 대표하는 랜드마크이자 아메리칸 드림의 상징이기도 한 자유의 여신상이 100여 년 전 이미 자리 잡았다니 경이롭기까지 했다. 이렇듯 맨해튼에서의 3년은 감동과 스릴이 이어지는 나날이었다. 말로는 표현할 수 없을 만큼 매력적인 곳이었으므로 지치지도 않았고 지루할 틈도 없었다. 영원히 잠들지 않을 것 같은 맨해튼의 불야성을 지나치면서는 수많은 상념에 잠겨 보기도 했다. 내일은 또 어떤 사람들을 만나고 어떤 길을 걸으며 어

외교관의 삶

떤 음식을 먹을까 하는 즐거움이 있었고, 또 무슨 일이 기다리고 있을까 하는 설레임도 적지 않았다.

세계 최고의 관광 도시 중 하나인 뉴욕은 매년 9월 셋째 주가 되면 더욱 붐빈다. 유엔 총회가 열리는 주간이기 때문이다. 일주일간 전 세계 국가 원수들과 대규모 대표단이 방문하는데, 보통 셋째 날까지 약 150개 국가의 정상들이 모인다. 이 즈음엔 맨해튼 내 모든 호텔들의 숙박료가 3배 이상 뛰고, 음식 값도 덩달아 널뛰기를 한다. 눈 뜨고도 당하는 바가지 시즌이다. 그래서 보통은 국가 정상들이 참석할 것으로 예상하고 고급 호텔을 미리 예약해 두고, 하루하루 피 말리게 본부와 연락을 취하다가 막상 아니다 싶으면 급하게 취소하기도 한다. 엄청난 규모의 위약금도 걱정스럽지만, 취소가 잦다는 오명이 쌓이면 다음해엔 예약조차 쉽지 않기 때문이다.

너무 고급스럽지 않고 유엔 빌딩 접근이 용이한 곳으로 대표단의 숙소가 정해지고 나면, 다음으로는 대통령실이 희망하는 대로 발언 순서를 확보해야 한다. 우리는 대체로 대통령이 발언하는 경우, 첫째 날 오전이면서 유엔 사무총장이 주관하는 정상 초청 공식 오찬 이전에 완료할 수 있도록 시간을 잡아야 했다. 첫 발언은 관행대로 브라질 대통령이 하고 그 다음 순서는 미국 대통령이 맡게 되는데, 발언이 끝나면 대부분의 국가 정상들이 이석한다. 때문에 세 번째, 네 번째 발언자들은 어수선한 분위기를 감당할 수밖에 없다. 각국 정상들의 인내심이 그만큼이라 그런 것도 있지만, 총회 회의장 뒤편에서 이루어지는 미국 대통령과의 악수 행사나 별도 장소에서 개최되는 각자의 양자 회담에 참석하기 때문이다. 그렇기에 연설 순서는 통상 일곱 번째에서 열 번째 사이가 최선이다.

2011년 이명박 대통령이 유엔 총회에 참석했을 당시 현장 의전 총괄(Program Officer)을 맡았다. 2008년 9월 이 대통령의 러시아 방문 때도 PO 역할을 했기에 일이 낯설지 않았고, 반기문 유엔 사무총장이 한국인이라는 덕도 상당히 볼 수 있었다. 물론 넋 놓고 이룰 수 있는 성과는 아니었지만, 원하는 대로 발언 순서를 확보할 수 있었고, 사무총장 주관 공식 오찬장에서도 헤드 테이블에 당당히 자리 잡을 수 있었다. 2015년 유럽국장 시절에는 박근혜 대통령의 유럽국가 양자 회담 수행을, 2019년 대통령 외교정책비서관 시절에는 문재인 대통령의 유엔 방문을 총괄한 적이 있다.

그때마다 매년 한국의 위상이 높아지고 있음을 실감했다. 우리 대통령의 기조 발언을 경청하면서 노트에 열중하는 외국 대표단의 수가 늘고 있음을 일부러 세어 보며 즐기기도 했다. 우리 대통령과의 양자 면담을 희망하는 국가들이 너무 많아 선별해야 하는 과정을 거치면서, 또 면담 결과를 자국 언론에 대서특필해 성과로 홍보하는 것을 보면서 뉴욕의 9월은 특별히 비싼 만큼 가치가 있다고 생각했다. G7에 가까워진 우리의 국가적 위상과 한반도 정세에 대한 국제 사회의 관심을 고려하면 더욱 그렇다.

반기문 유엔 사무총장은 1970년 서울대학교를 졸업한 뒤 외무부에 입부해 오랜 기간 외교관 생활을 했다. 2004년부터 2006년까지 외교통상부 장관을 역임한 후 2007년부터 2016년까지 두 번에 걸쳐 유엔 사무총장 직을 수행했다.

미국 뉴욕 소재 유엔 본부 내 회의장. 매년 9월 셋째 주가 되면 전 세계 국가 원수들과 대규모 대표단이 이곳을 방문한다. 총회에서의 발언은 관행에 따라 브라질 대통령, 미국 대통령이 차례로 맡게 된다. 최상의 연설 순서는 일곱 번째에서 열 번째다.

120

외교관의 외향성과 인적 네트워크

    35년간 외교관으로 근무하며 본부에서 약 17년, 해외에서 17년 동안 6개국 7개 공관을 순회하며 정말 많은 사람들을 만났다. 이들 중 다수는 그 국가의 엘리트들이었으며, 외교부로 치면 해당 국가의 미래에 중요한 역할을 할 가능성이 높은 인물들이었다. 외교관으로서 이러한 인적 네트워크를 완벽하게 관리했느냐고 자문해 보면, 꼭 그렇지만은 않았던 것 같다. 하지만 지금 와서 생각해 보면 외교관으로서 인적 네트워크 관리는 필수이며, 이를 보다 철저하게 관리할 필요가 있다는 점을 다시금 느끼게 된다.

  예를 들어, 지금 미국 대통령실에서 다자 관련 선임 보좌관으로 일하는 인물은 우리로 치면 차관급 이상의 중요한 위치에 있는 사람이다. 그는 나와 2010년부터 2013년까지 북한 핵실험과 관련된 유엔 안보리 제재 레짐 강화를 위해 동고동락했다. 당시 북한의 사치품 목록을 다양화하거나, 수출 제한 품목을 정하고, 중국과 러시아처럼 북한에 대해 동정적인 태도를 취하는 국가들의 움직임을 견제하기 위해 매일 머리를 맞대고 최선을 다했다. 이 과정에서 중국, 일본, 러시아의 참사관들과 긴밀하게 협력하기도 했다.

이러한 경험을 통해 인적 네트워크의 중요성을 깊이 깨닫게 됐다. 외교는 궁극적으로 사람과 사람 사이의 관계에서 시작되기 때문에, 이 관계를 잘 구축하고 유지하는 것이 성공적 외교 활동의 기초가 된다. 물론 국가 이익이 첨예하게 대립할 경우에는 개인적 친분으로 해결할 수 없는 문제도 있겠지만, 그렇지 않은 경우에는 서로의 입장을 이해하고 공감하는 가운데 더 나은 협력을 도모할 수 있다.

물론 인적 네트워크는 단순히 밥을 함께 먹는 것으로만 형성되는 것이 아니다. 외교관이 상대방과 마음을 나누며 진정성 있는 관계를 맺고, 존중과 존경, 그리고 사랑을 바탕으로 한 인간관계를 구축해야 한다. 이를 유지하기 위해 이메일을 주고받거나, 좋은 정보를 공유하는 등의 노력이 필요하다.

이를 위해서는 현지에서부터 최대한 주도적이고 능동적 태도로 업무에 임해야 한다. 간혹 외교관의 자질로 외향적 성격을 이야기하는 동료나 선배들을 보게 되는데 이는 어느 정도 맞는 말이라고 생각한다. 여러 사람이 모여 있는 자리에서 외교관은 아웃사이더로 머물러 있기보다 대화를 이끄는 이니시에이터가 되도록 노력해야 한다.

예를 들어 대사 관저에서 다른 국가의 외교관들을 초대해 식사를 하는 경우 적절히 대화를 이끌어가지 못해 호스트로서의 주도권을 잃는다면, 관저는 단순히 놀고 먹는 장소로 전락할지도 모른다. 그렇게 되면 스스로 기분이 좋지 않아질 뿐더러 대한민국 대사로서의 권위도 손상될 가능성이 높다. 정작 다른 국가의 초대는 받지도 못하는 웃지 못할 해프닝이 벌어질지도 모른다.

그렇게 되지 않으려면 와인이라든지 음식이라든지 역사라든지 그 나라의 다양한 문화를 깊게 공부해 두는 게 좋고, 그 나라의 고위급 인사들과의 친분을 직·간접적으로 과시하는 것도 필요하다. 특히 요즘처럼 K팝이나 한류가 세계적으로 큰 인기를 끌고 있는 상황에서는 한국 문화를 소개하고 관련 행사를 적극적으로 주최하는 데도 최선을 다해야 한다. 이러한 노력을 통해 외교관으로서의 역할을 충실히 수행할 수 있으며, 국가의 이익을 효과적으로 증진시킬 수 있을 것이다. 외교관에게 인적 네트워크와 외향성은 단순한 선택 사항이 아닌, 필수 요소다. 성공적인 외교관이 되기를 꿈꾸는 사람이라면 이 두 가지 소양을 키우도록 노력해야 한다.

외교관은 상대방과 마음을 나누며 진정성 있는 관계를 맺고, 존중과 존경, 그리고 사랑을 바탕으로 한 인간관계를 구축해야한다. 주 헝가리 대사 시절 헝-한 의원친선협회 회원 관저 만찬 장면(위), 헝가리를 방문한 염수정 추기경과 함께(아래).

평생 외교관 박철민의
외교가 이야기

제3장

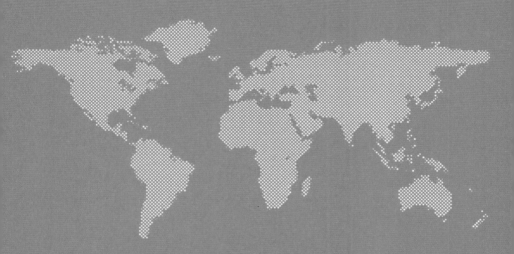

모스크바 이야기

모스크바에 보드카는 있고 마네킹은 없더라!

나에게 러시아는 미지의 땅이자 경외의 대상이었다. 막연한 동경의 대상이기도 했다. 닥터 지바고의 고장, 푸시킨의 시와 톨스토이의 소설이 만들어진 곳, 최초의 공산주의 국가, 반세기 동안 접근이 허용되지 않던 철의 장막, 동토의 땅이었기에.

러시아에서 근무한 선배들과 동료들은 러시아엔 마네킹들이 거리를 활보한다고 했다. 러시아 여인들은 서울의 백화점에서 한껏 자태를 뽐내는 어느 마네킹보다 더 예쁘다는 것이었다. 그런 인형의 도시 모스크바는 평생 한 번은 근무해 보고 싶은 곳이었다.

러시아에서도 시간은 빠르게 흘러갔다. 2008년 2월 중순 셰레메티예보 국제공항에 첫발을 내딛었을 때 설레던 순간이 바로 어제 같았는데, 눈 깜짝할 사이에 3년 차에 접어들었으니 말이다. 누군가 나에게 "러시아란?" 하고 깜짝 질문을 던진다면, 주저 없이 "눈 오는 날의 보드카와 다드나(건배라는 뜻)의 그 맛"이라고 답할 것이다. 한번 상상해 보자. 아침 7시 침대에서 일어나 커튼을 열어도 빛은 없고 칠흑 같은 어둠만 가득하다. 출근해서 한참을 일하다 '이제는 환해졌겠지' 하고 생각해도, 창밖으로 보이는 것은 온통 잿빛 하늘뿐이다.

오후 3시면 다시 캄캄한 밤에 빠져든다. 3주간 햇빛을 전혀 보지 못했다. 함박 같은 눈송이만 쉼없이 내렸다 멈췄다를 반복했다. 펑펑 소리까지 내다가 싸락눈으로 잠시 모습을 바꾸는 듯하더니 다시 함박눈이 된다. 눈 뭉치들은 맛깔나는 소고기 마블링을 연상케 하는 흰색 자작나무 가지 위에, 심지어 그 커다란 둥치에도 하얗게 하얗게 쌓여 간다. '벨라야 베료즈카!'(하얀 자작나무), '크라시바야!'(아름답다)의 탄성은 자연스럽다. 이쯤 되면 술을 거부하던 친구들도 마려운 오줌처럼 참기 어려운 다드나의 유혹에 빠져들게 된다.

겨울의 보드카 맛은 아는 사람은 다 안다. 알코올 농도 40도의 정화된 보드카를 이삼일 꽁꽁 냉동 보관했다가 첫 잔을 넘겨 보시라. 혀를 거치면 그 맛을 느끼지 못한다. 목젖을 지나 식도를 타고 내려가는 그 차갑고 찌릿한 감촉은 작은 창자, 큰 창자를 지나 엉덩이 끝에 닿는다. 막 시작된 다드나의 합창 속에 스탄다르트 보드카 1리터는 순식간에 사라져 버린다. 다드나를 외치면 한 방울도 남김없이 삼켜 버리는 것이 이곳의 음주 문화고, 또 보드카에 대한 예의다. 보드카와 함께하는 밤의 향취가 깊어 갈수록, 우정은 심연처럼 깊어진다.

다드나를 외치면 한 방울도 남김없이 삼켜 버리는 것이 이곳의 음주 문화고, 보드카에
대한 예의다. 보드카와 함께하는 밤의 향취가 깊어 갈수록, 우정은 심연처럼 깊어진다.

모스크바에서 7년간 지점장으로 근무하다 서울로 복귀한 친구는
이제 막 보드카의 참맛을 알아가는 나에게 이런 경고를 날렸다.

"보드카는 강력하고 매혹적이야. 진짜 보드카는 1년간 냉동해도
절대 얼지 않지. 지난밤에 몇 병을 마셔도 아침이면 언제 그랬냐는
듯 깨끗하고 숙취도 없어. 문제는 그런 하루를 7년 보내고 나면 머리
는 멀쩡한데 속은 썩어 버린다는 거야."

모스크바엔 마네킹이 걸어 다닐 거라는 환상을 가진 많은 사람들
이 갖는 공통의 의문이 있다. 아르바트 거리, 크렘린 광장과 굼 백화
점(크렘린궁 앞에 있는 모스크바 최고의 백화점) 주변을 이리저리 둘러봐

도 마네킹이 없다는 것이었다. 한국 여인들의 아름다움에 익숙한 우리 눈에는 러시아 미인들이 그저 그렇게 보일 수도 있겠고, 아름다움은 보는 사람의 눈 속에 있으니까 그럴 수도 있겠다.

그게 아니라면 10년 전까지만 해도 대중교통을 이용하느라 이리저리 걷고 있을 그 마네킹들이 지금은 러시아 벼락부자 남편이나 남자 친구들이 사준 자가용을 몰고 있거나, 갑부들만 다니는 명품 숍에서 쇼핑을 하거나, 초호화 맨션에서 수천 불짜리 프랑스 와인을 마시고 있을 수 있겠다. 미인을 볼 요량으로 러시아 땅을 밟고자 한다면 차라리 단념하는 게 좋을 듯하다.

기후변화의 수혜자 러시아의 유기견

러시아에서 근무하며 신기하게 느꼈던 것은 모스크바 뒷골목이나 크고 작은 공원 이곳저곳에서 쉽게 볼 수 있는 버려진 개들이었다. 셰퍼드와 레브라도 같은 대형견들이 대부분이었는데 보통 대여섯 마리가 무리를 이루고 있었다. 유기견 수가 2만 마리가 넘는다고 했는데, 자그마한 체형의 개들은 거의 보지 못했다. 애당초 무리에 끼지 못했거나 신체 구조상 추운 겨울을 이겨내지 못했기 때문이 아닐까?

브루나이에 근무할 때도 느꼈던 것이지만 태국, 인도네시아 등 동남아 국가들에는 유기견들이 참으로 많았다. 더위 탓인지 대체로 눈동자에 힘이 없었고, 비쩍 말라 몸도 쉽게 가누지 못했다. 사람들이 지나가도 멀뚱멀뚱, 나무 그늘이나 주차된 차량 밑 같은 데서 멍하게

모스크바 사람들에게 유기견은 안보 지킴이이자 공존의 대상이다. 간간이 개떼가 지하철로 이동하고, 심지어 좌석에 앉아도 시민들이 허용하기도 한다. © 박선호

누워 있을 뿐이었다.

　그런데 모스크바 유기견들은 일단의 무리로 이루어져 있었고, 잠깐 살펴도 서열을 쉽게 구분할 수 있었다. 대장견과 보좌견, 그들 주변에서 사주경계를 하는 호위견 등 다양했다. 총명스러워 보이기도 했다. 모스크바의 도로는 대체로 간격이 넓은 편이었다. 유기견들은 이 대로를 건널 때마다 대장견의 뒤를 따랐는데, 가만히 보면 매우 질서정연했다. 경계를 확실히 하면서 자동차가 섰을 때나(주로 운전자들이 양보한다), 멀리서 오고 있음을 확인한 후에야 건넜다. 더욱 놀라운 사실은 견공들이 횡단보도를 이용한다는 것이었다. 머리가 총명한 페디그리(순수혈통) 종이 많고, 버려지기 전에 주인들로부터 익힌 습성이 남아있어서 그럴 수도 있겠지만, 복잡한 도로와 험한 운전자들 사이에서 살아남은 결과인 듯했다. 간간이 개떼가 지하철로 이동하고, 심지어 좌석에 앉아도 시민들이 허용한다는 이야기도 들었다.

　러시아 사람들은 개고기를 먹지 않는다. 한국에 대한 이미지는 대체로 나쁘지 않은데, 개고기를 먹는 나라라는 인식은 강한 편이라 개를 주제로 대화를 나누는 경우 보신탕 문화에 대해 종종 묻곤 했다. 정부나 시 당국의 유기견 대책은 대책이라기보다 방치하는 편에 가까웠다. 광견으로 신고될 경우에는 보건 당국에서 데려가지만, 이 경우에도 백신을 투여하거나 광견병 여부를 확인한 후 별다른 이상이 없다고 판정되면 거리로 돌려보낸다고 했다.

　사람들도 유기견들을 처리해 달라고 당국에 요구하지 않는다. 안락사는 러시아 개들에게는 있을 수 없는 개념이다. 그래서인지 시민들이 거리의 유랑견들에게 물렸다는 보도나 소문들이 적지 않았다. 그럼에도 유기견들에게 대한 동정심이 깊고, 함께 사는 데 어려움을 느끼지 않는 듯했다. 주인 없는 개들을 없애 버리면 모스크바 인근에 있는 진짜 무서운 들개 떼가 대신 거리를 활보할지 모른다고 했다. 모스크바이트(모스크바 주민)에게 유기견들은 안보 지킴이이자 공존의 대상이었다. 골칫거리 쥐들을 잡거나 먹어 줘서 고맙다고도 하고.

모스크바에 사는 한국인들이라면 항상 듣는 이야기로, 특히 겨울엔 공원에서 조깅하지 말라는 충고가 있다. 하얀 눈속을 달리고 싶은 충동도 대단한데 좀 뛰다 보면 어김없이 개들이 따라온다. 열 마리 정도의 개들이 뒤를 바짝 따라온 적도 있었다. 어찌저찌 위기는 피할 수 있었지만, 그날 이후 나의 모스크바 겨울나기 재미 하나는 사라졌다. 지금도 그 생각만 하면 등골이 오싹해진다. 여름이 지나면 유기견들 숫자가 늘어나는데, 긴 휴가를 해외에서 또는 멀리 떨어진 '다차'(교외에 위치한 별장)에서 보내기 위해 버리거나 더 이상 키울 사정이 못 되는, 특히 나이 어린 주인들이 버리는 경우가 많기 때문이라고 했다.

유기견들은 사람이 그리워 함께 놀자며 따라오는 것이다. 물론 놀아주지 않을 것이고, 그런 실랑이 과정에서 무는 경우도 많다. 대사관 동료 중 한 사람은 매일 저녁 집 근처에서 조깅을 하고 있는데, 항상 수십 개의 크고 작은 러시아 동전을 가지고 다닌다고 했다. 어느 순간 뒤쪽에서 함께 뛰고 있을 유기견들을 쫓기 위해서였다. 몇 번은 요긴하게 사용했단다.

최근 유기견들이 더 많이 증가했다는 이야기가 있다. 왜일까? 지구 온난화의 결과라고 말하는 사람들이 많다. 과거에는 영하 30도 혹한의 길고 긴 겨울을 견딜 수 있는 유기견들은 알래스카 출신의 견공들을 포함해 극소수에 불과했다. 요사이 모스크바는 덥다. 겨울도 상대적으로 짧아지고 있다. 그만큼 유기견들의 겨울나기가 쉬워졌다. 기후변화의 수혜자인 모스크바 유기견들에게 새 주인을 찾아줄 수 있도록 범정부적 캠페인이 있기를 바란다. 모스크바의 진풍경 하나를 잃어버리는 것이겠지만.

요즘은 아주 가끔씩 자정이 훨씬 지난 시간에 산발적으로 울리는 총성을 듣는 경우가 많다고 한다. 인명 피해가 발생한 밤에는 경찰이 출동해 유기견 사냥에 나선다고 한다. 굳이 심야 시간대에 현장 사살을 하는 이유는 환경론자들과 견공 애호협회 회원들의 반대를 피하기 위해서라고 한다. 어느날 아침 유기견 무리가 보이지 않는다면 그런 경우다.

처칠 수상이 두려워한 러시아인들의 겨울나기

2008년 겨울, 모스크바에 부임할 때 가장 먼저 챙긴 물품은 내복과 파카와 털신이었다. 영하 20도가 넘는 동토의 나라에서 얼어 죽지 않으려면 반드시 준비해야 할 겨울나기 장비였다.

그런데 막상 모스크바에 도착해 보니 예상 외로 견딜만 했다. '금년엔 봄이 조금 빨리 오려나 보다'라는 생각마저 들었다. 10월부터 이듬해 3월까지 이어진 겨울도 별것 아니었다. 영하로 떨어졌지만 서울에 비하면 춥다고 느낄 정도는 아니었다. 날씨가 따뜻한 탓도 있었지만 아파트의 난방 시설 덕분이기도 했다. 어떤 날은 실내 온도가 너무 높아 창문을 열어야 할 정도였다. 이런 호강은 난방 스팀을 무상으로 공급한 공산주의 시절 전통 덕분이었다. 개별 난방이 불가하다는 단점은 있었지만, 당시 정부는 중앙 집중식으로 최적의 난방을

모스크바의 겨울은 매우 길다. 그해 10월부터 이듬해 3월까지 5개월이다. 거의 매일 구름에 덮혀 있고, 하루 반나절 정도를 제외하고는 모든 시간이 칠흑 같이 어둡다.

무한대로 공급해 주고 있었다. 모스크바의 겨울은 더 이상 두려운 존재가 아니었다.

하지만 혹독한 겨울은 2009년에 그 진면모를 드러냈다. 기온이 갑작스럽게 영하 26~28도로 뚝 떨어진 것이다. 그게 어느 정도일까 하는 호기심으로 거리를 굳이 걷기로 했다. 물론 방한모에 털 외투를 챙겨 입었지만, 5분쯤 걷고 나자 그 결정이 잘못된 것임을 본능적으로 깨달았다. 포기하고 가까운 찻집에서 일단 몸을 녹여야겠다는 강한 유혹을 느꼈다. 콧김이 얼어버리는 통에 코털들이 곤두서 있는 느낌이었고, 얼굴 모공의 수분이 모두 얼어버린 듯한 느낌이었다.

지나가는 사람들의 얼굴을 살펴보았다. 어떤 이들의 얼굴은 빨갰고, 어떤 이들의 얼굴은 백짓장처럼 하얗게 변색됐다. 왜 다른 색깔로 나타나는지 궁금해하면서 10분쯤 걷다 보니 발가락에도 동상의 징후가 스멀스멀 올라왔다. 러시아 사람들에게 방한모는 겨울철 필수품인데, 그날은 쓰지 않은 사람을 아예 볼 수 없었다. 방한모를 등한시하면 머리 꼭대기 실핏줄이 터져 버린다고 했다. 3~4일 계속된 혹한으로 모스크바 강은 꽁꽁 얼어 버렸다.

모스크바의 경우, 지난 2006년 12월 영하 30도까지 내려가 최근 10년 내 가장 혹독한 추위였던 반면 이듬해는 따뜻한 겨울이었고, 그 다음해는 더욱 따뜻해져 12월 평균 기온이 영상 3도를 넘었다고 했다. 유사 이래 가장 따뜻한 겨울이었다고 했다. 1999년 겨울은 2006년만큼 추웠다 하고, 역사상 가장 추운 겨울로 1988년이 기록되고 있는 것을 보면 모스크바 맹추위는 10년 주기로 오는 것인가.

2009년 12월 영하 20도가 넘는 강추위가 며칠 계속되자 많은 사람들이 저체온증으로 사망했다. 경찰은 노숙자들이 지하철이나 기차역 내에서 추위를 피하는데 불편이 없게끔 주의하라는 특별 지침을 하달했다. 풍물인 유기견들에게도 그런 날에는 특별히 보호시설에서 쉬다 갈 수 있는 조치를 해 주었으면 했다.

영하 20도와 영하 30도는 큰 차이가 난다고 했다. 영하 30도 이하가 되면 일단 길을 걸을 생각을 하면 안 되고, 상·하수도관이 파열돼 목욕탕이나 화장실을 이용하지 못하는 사태가 발생한다고 했다. 또 전력 소비량이 폭발적으로 증가해 정전도 자주 일어난다고 했다. 이듬해 봄에는 유기견도 더 이상 볼 수 없게 된다고 했다. 한겨울 영하

50도까지 내려가는 동시베리아에 다녀온 친구는 소변을 보면 즉각 얼어 버려 그 궤적이 어떻게 만들어지는지 실험해 보았다고 했다. 공중에서 얼지는 않고 일단 땅에 떨어지는 대로 얼어 뭉쳤다고 브리핑해 주었다.

모스크바의 겨울은 매우 길다. 그해 10월부터 이듬해 3월까지 5개월이다. 거의 매일 구름에 덮혀 있고, 하루 반나절 정도를 제외하고는 모든 시간이 칠흑 같이 어둡다. 겨울 내내 눈이 내리는 탓에 화이트 크리스마스는 큰 감흥을 주지 못한다. 나폴레옹과 히틀러의 침략을 폐퇴시킨 주역이 결국 러시아의 겨울이었기에 사람들은 한파에도 각별한 정을 느끼는 듯하다. 겨울철에도 아이스크림 판매량이 높다. '많이 추우면 털모자와 털옷을 더 입으면 되고. 그래도 안 되면 보드카를 좀 더 마시면 되고.' 처칠 수상은 "겨울철 거리에서 아이스크림을 먹고 있는 사람들은 결코 이길 수 없다"고 말했다 한다.

택시는 없고 레이서들은 있다

모스크바에는 택시가 거의 안 보인다. 몇 개월 적응기가 지나면서 캡을 지붕에 단 택시를 몇 대 보긴 했지만, 정상적인 차를 찾기가 쉽지 않았다. 서울에서 흔히 볼 수 있는 전용 정류장은 아예 없었다.

모스크바 주민들은 개인 승용차나 지하철, 공공버스만 이용하는 가 하면 그렇지는 않았다. 지나가는 모든 굴러가는 것들을 택시로 간주하고 손을 흔들어 세워 보시라. 10대 중 한 대는 분명 선다. 러시아 경제 사정이 안 좋았던 우울한 시기에는 탱크도, 경찰 장갑차도 방향이 같으면 요금을 흥정했다고 한다. 어떤 교민들은 다른 국가의 공관장 차량이나 러시아 정부 고위 인사의 출퇴근 자동차를 타 본 적도 있다고 했다. 물론 대사나 고위급이 직접 운전한 것은 아닐 테고,

아마 운전기사들이 부족한 월급을 만회하려고 그랬을 것이다.

대체로 '라다'(lada)라고 불리는 러시아산 고물 자동차들이 주로 영업 활동을 하는데 운 좋으면 벤츠나 BMW도 탈 수 있다. 흥정만 잘 되면 어디든지 갈 수 있다. 이런 차를 '집시 택시'라 하는데, 물론 불법이다. 타는 사람도 영업하는 사람도 붙잡히면 벌금을 내야 하지만, 그 누구도 아랑곳하지 않는다. 경찰차 앞에서도 타고 내리기를 두려워하지 않는다.

'집시 택시'를 애용한 친구는 이렇게 불평했다. "러시아 경제 상황이 좋아지면서 고급 차량이 영업 전선에 뛰어드는 경우가 현저하게 줄어들고 있다. 점차 안정성 측면에서도 문제가 생기고 비쌀 뿐 아니라 잡는 데 훨씬 오래 걸린다." '집시 택시' 잡는 로망도 얼마 남지 않은 것인가.

모스크바의 또 다른 진풍경이 있다. 도로를 종횡으로 지그재그 주행하는 운전자들의 마법사 같은 솜씨였다. 좋게 보면 포뮬러 원의 레이서 같고, 나쁘게 이야기하면 죽으려고 환장한 것 같았다. 벤츠, BMW, 재규어 등 아우토반을 질주해야 제값을 할 고급차들이 꽉 막힌 교통 체증 속에서 틈만 생기면 급히 엔진 출력을 높였다. 지굴리, 라다 같은 러시아산 고물차도 위험천만한 폭주에 가담하니 참 진풍경이었다.

문제는 교통안전 준칙을 제대로 숙지하지 못한 채 거리로 나온 미숙자들이 매우 많다는 사실이다. 그렇기에 사고가 많이 일어났다. 사무실에서 집까지 10킬로미터 남짓되는데 매일 거의 두세 번 정도는 접촉 사고를 보았다. 모스크바에서 무사히 귀가하려면 사주경계와 철저한 방어 운전은 필수다. 때문에 10킬로미터 거리를 2시간씩 걸려 운전한다. 예외 없이 파김치가 되고 말았다.

한때는 운전면허증도 돈으로 살 수 있다고 했다. 그래서 왕초보 기사들이 많았는데, 이들도 몇 개월 험난한 실전 주행을 경험하면 바로 거리의 폭주족으로 변모하고 말았다. 한 번은 러시아에서 운전을 배운 동료의 차를 뒤따라 가다 10분도 안 돼 놓쳐 버린 일이 있었다. 친구는 나의 운전 솜씨를 탓했지만, 그는 이미 러시아 폭주족 가운데 한 명이었다.

2008년 휴가철이 끝난 9월 말쯤, 일간지에 실린 기사를 보고 공포를 느꼈다. 그 달, 도로에서 만 명 넘게 사망했다는 보도였다. 이유는 사고가 아니라 로드 레이지였다. 모스크바 도로는 말 그대로 생지옥이다. 출퇴근 시간대가 아니라도 도로 전체가 주차장처럼 막히는 일이 수시로 일어났다. 이유도 없고, 예측도 불가능했다. 서울의 교통체증이 신사처럼 느껴질 정도였다. 여름 휴가로 한두 달쯤 '다차'나 해외에서 바캉스를 즐긴 후, 모스크바의 교통지옥으로 복귀한 러시아인들 중에는 말다툼에서 그치지 않고 총으로 상대를 쏘아 버리는 사람들도 있었다.

그래서일까? 나는 운전 중에 화를 내거나 욕하지 않았고, 눈을 맞추어 도발한 적도 없었다. 헤드라이트를 깜빡이거나 클랙슨을 누른 적도 없었다. 매일매일이 전쟁터 같은 이곳에서, 나는 조용히 살아남는 법을 배워야만 했다.

베르나드스코바 대로의 질주

모스크바는 눈이 많다. 겨울에는 거의 매일 볼 수 있다. 그래서 매년 두 차례 타이어 교체는 필수다. 10월 말 이전에 겨울용으로 바꿔야 한다. 서두르지 않으면 긴 시간을 정비소에서 기다려야 한다. 눈발이 내리기 시작하면 부르는 게 값이 된다. 메탈릭 스파이크를 박은 타이어가 대세다.

모스크바에서만 주행한다면, 일반 스노우 타이어만 장착해도 괜찮다. 나도 그렇게 지냈다. 왜냐하면 전 세계 주요 도시 가운데 제설 작업의 신속성과 효율성은 단연 으뜸이었기 때문이다. 듣기로는 제빙용 염화나트륨을 흙에 섞어 뿌리고, 도로 밖으로 눈을 밀어내거나 이를 담아 인근 공터로 운반하는 제설 차량만 3,000대를 보유하고 있다고 했다.

모스크바의 제설 능력은 전 세계 주요 도시 가운데 단연 으뜸이다. 제설 차량만 3,000 대를 보유하고 있다고 한다.

차주들의 꿈은 지하 주차장을 가지는 것이다. 소련 시절 지어진 대부분의 주거용 건물에는 지하 차고가 없다. 그래서 최근 아파트들을 선호하는데 문제는 가격이었다. 서울 강남보다 평당 가격이 비싸고 주차 공간은 별도 분양을 받아야 하는데, 대체로 10만 달러가 넘었다. 아직 컴컴한 아침 7시 바깥 온도가 영하 20도라면, 쌓인 눈 속에 파묻힌 자동차 윈도우 쉴드의 시야를 확보하는 데 30여 분은 족히 걸린다. 10만 달러면 적정한 가격 아닐까?

러시아 주요 도시의 간선도로는 파도 모양으로 파여 있다. 거의 모든 차선에 두 줄의 선명한 요철이 마치 계곡 같다. 파인 부분이 움푹

144

해서 멀쩡한 부분은 마치 강둑처럼 도톰하게 올라와 있다. 의문은 이 듬해 겨울이 돼서야 풀렸다. 징 박은 타이어들 탓이었다. 11월 초부 터 이듬해 4월까지 자동차들은 징을 박은 채 모스크바 곳곳을 질주 했다. 수백만 대의 차량이 매일매일 달린 결과였다. 겨울이 지나면 도로 보수가 시작되지만, 우리의 '빨리빨리' 잣대로는 참을 수 없는 슬로우 모션이었다. 그래도 다음 겨울 첫눈이 내리기 전에는 끝나는 게 다행이었다.

신록의 봄이 오면 가끔 우달초바에서 크렘린까지 쭉 뻗은 베르나드 스코바 대로를 시속 100킬로미터 이상 밟았다. 곳곳에 포진한, 때로 는 안 보이는 곳에 웅크리고 숨어 있을 교통 경찰과의 심리전이 주는 짜릿함에 더해 지난 겨울 파인 도로의 요철이 제공하는 롤러코스터 주행은 이색 즐거움이었다. 잠깐! 급차선 변경은 절대 금물이다.

'백만 송이 장미'는 일상

모스크바에 부임한 지 얼마 되지 않아 가까운 친구가 대사관에서 그리 멀지 않은 코커서스 식당으로 데려갔다. '우피로스마니'라는 이름의 작고 아름다운 식당이었다. 16~17세기의 대표적 건축물들이 모여 있는 노보데비치 수도원* 바로 앞에 있었는데, 모스크바에서는 꽤 알려진 명소였다.

그런데 샤슬릭** 과 하차푸리*** 를 맛있게 먹고 있을 때 어디선가 익숙한 멜로디가 들려왔다. '백만 송이 장미'였다. 심수봉 씨의 자작곡이라고 알고 있었건만, 뜻밖에도 러시아어로 불려지고 있었다.

---

* 1524년 설립됐고, 현재는 여자 수도원으로 사용 중인데, 수도원 내에 고골, 체홉, 후루시쵸프, 옐친 등 저명인사의 묘지가 있다.
** 코커서스 지방 고유음식, 육류 꼬치구이
*** 코커서스 지방의 대표적인 음식으로 양, 닭, 소, 돼지 등 육류 꼬치와 치즈가 듬뿍 들어 있는 빵

친구는 이 노래에 얽힌 이야기가 실화라고 강조했다. 옛날 러시아의 남코커서스 지방에 '니코 피로스마니'라는 화가가 살았는데, 어느 날 유랑 극단의 여배우를 보고 첫눈에 반했다. 그는 가지고 있던 모든 재산과 그림을 팔아 백만 송이 빨간 장미를 샀고, 밤새 그녀의 숙소 앞마당에 펼쳐 놓았다. 자신의 사랑이 얼마나 깊은지 보여주기 위해서였다. 다음 날 아침, 그녀는 장미를 보고 큰 감동을 받았지만 홀연히 떠나가고 말았다. 그의 그림 같은 사랑은 결국 이루어지지 못했다. 화가의 이름을 딴 식당 홀엔 그의 그림들이 진열돼 있었는데 진품 같지는 않았다.

러시아 남자들은 이처럼 사랑하는 여인에게 꽃을 준다. 공항 입국장 앞에서 꽃다발을 들고 기다리고 있는 남자들을 쉽게 볼 수 있다. 처음에는 '멀리 있는 친척들을 오랜만에 보는가 보다' 생각했는데, 그보다는 짧은 여행을 다녀온 여자 친구나 부인을 위한 꽃다발일 가능성이 더 크다는 걸 곧 알게 됐다. 러시아 거리를 한번 걸어 보시라. 남성들이 꽃다발 아니면 꽃 한송이라도 손에 들고 바쁘게 걷고 있는 모습을 볼 수 있을 것이다. 사교 클럽 근처나 유명 음식점 앞에는 꽃을 든 남자들이 더 많다.

꽉 막힌 퇴근 시간대에는 꽃을 든 여성들을 볼 수 있다. 남자 파트너를 위해 꽃을 든 여자들일까? 아니다. 러시아의 도로 사정은 악명 높기로 유명한데, 특히 출퇴근 때면 주차장으로 변한다. 그런 사거리에서 퇴근하는 남자들을 타깃으로 꽃을 파는 여인들이다. 한국 같으면 음료수나 뻥튀기, 삶은 옥수수를 팔았을 텐데 러시아에서는 꽃이

꽃 선물은 러시아에서 가장 흔하면서도 중요한 이벤트로 사람들의 일상에 녹아든 문화다. 기차역과 지하철역 등 사람들이 많이 오가는 지역에서는 24시간 꽃집도 흔하게 볼 수 있다.

주요 판매 품목이었다.

대학교 다닐 때 친구들과 술 내기, 밥 내기를 참 많이 했다. 그 가운데 한 가지는 신림동에서 안암동까지, 봉천동에서 신촌까지 가는 버스 구간에 가장 많이 볼 수 있는 업소 간판이 무엇인지 알아맞히는 게임이었다. 대체로 다방, 교회, 당구장 중 하나를 선택했다. 2등과 3등은 노선에 따라 다방 또는 당구장으로 순위 변동이 있었지만, 부동의 1등은 언제나 교회였다. 특히 어둑한 밤일 때면 1등과 2등의 격차는 더 컸다.

러시아의 경우에는 약국, 식료품 판매대, 꽃집이 경합한다. 꽃집을 의미하는 단어인 '츠베뜨이'가 적혀 있는 간판은 모스크바 어디에서

건 쉽게 볼 수 있었다. 대로를 걷고 있노라면 대략 100미터마다 하나씩 있었다. 아파트촌 주변 골목에는 당연히 있고 백화점 슈퍼마켓, 각종 편의점 내에도 꽃집은 필수 점포다. 적어도 소규모 꽃 판매대는 분명히 있다. 24시간 영업하는 꽃집도 물론 많다. 러시아는 세계 6위의 송이 꽃 수입국이다. 매년 10억 달러 정도 수입하고 있는데, 그 중 75~80퍼센트는 네덜란드산이다.

꽃이 가장 많이 팔리는 날은 매년 3월 8일 '국제 여성의 날'과 2월 14일 '발렌타인 데이'로, 두 날에만 2,500만 송이의 꽃이 팔린다고 한다. 양대 기념일에 즈음하여 꽃 사업에 종사하는 사람들은 상상을 초월할 정도로 큰 돈을 번다고 한다. 러시아 여성들은 돈이나 귀금속 선물에도 감동을 받지만, 꽃이 빠져서는 안 된다. 특히 국제 여성의 날이 되면 남성들은 자신들이 알고 지내던 모든 여성들에게 꽃을 선물해야 한다. 연인 사이가 아니라고 해도 문화이자 에티켓이기 때문이다.

부임 첫해엔 러시아의 꽃 문화를 알지 못해 그냥 지나쳤다. 둘째 해엔 모르는 척 지나가려고 했다. 그런데 직장 동료가 던진 충고에 마음을 돌렸다. 남자 상사로부터 꽃 선물을 받지 못하면 직장 내에서 자신의 존재감을 인정받지 못한다는 기분이 들어 자괴감에 빠질 수 있다는 것이었다. 그래서 러시아인 여자 비서들을 위해 꽃 선물을 자그맣게 준비했는데, 지금 생각해 봐도 참 잘했다는 생각이 든다.

구세주 성당의 저주

공산주의 시절 종교 자유를 누리지 못했기 때문일까? 러시아 사람들은 대부분 종교를 가지고 있다고 한다. 러시아 정교(70%), 회교(15%), 로마 가톨릭(2%), 신교(0.7%), 불교(0.6%), 유대교(0.3%) 순인데, 종교가 없다고 이야기하는 사람들은 10퍼센트 남짓이라고 한다.

러시아 정교회가 압도적인데, 약 1억 명이 믿고 있다고 한다. 러시아 정교는 10세기경 공식 채택된 오랜 역사를 가지고 있으므로 독실한 신자들뿐만 아니라, 일반인에게도 일종의 문화 전통으로서의 연대감을 주는 대상이기도 하다.

초등학교나 중학교 다닐 때 집안에서 믿는 종교가 뭐냐는 질문을 받았던 기억이 있다. 지금은 전체가 가톨릭 신자들이지만 어릴 때 부모님은 특정 종교를 가지고 있지 않았다. 그렇지만, 가까운 법당에 부모님 손을 잡고 가본 적이 있고, 집안 야유회 등 계기마다 우연찮게 산사가 보이면, 어김없이 들러 촛불을 켜고 향을 피우고 백팔배에 가깝도록 많은 숫자에 도전하면서 이런저런 기원도 했다. 무교라고 하면 무신론자로 비춰지거나 멋대로 살고 있다는 부정적인 이미지로 비춰질까 봐 설문지의 종교란에 불교라고 적었던 것 같다.

러시아 사람들에게 러시아 정교란 예전 한국인들이 불교에 대해서 느끼는 내재적 심성 비슷한 것 아닐까. 독실한 신자임을 자처하는 러시아 지인 한 사람은 이렇게 설명했다.

"러시아 사람들 중 70퍼센트 이상이 신자라고 하지만 정기적으로 미사에 참례하는 사람들은 매우 적다. 가벼운 마음으로 가끔 성당에 들러 초에 불을 붙이고 짧은 기도를 바치는 경우가 대부분이다. 기원하는 내용도 '가정의 행복', '사업 성공', '시험 합격' 등이 주를 이룬다. 그런 소극적이고 무늬뿐인 신도들이 50퍼센트 이상이라고 보면 된다. 따라서 신자들이 정기적으로 기여하는 헌납금으로 교구 운영을 할 수 없으므로 성당에서 결혼·장례 등 행사를 통해 얻는 수입으로 충당하기도 하고, 대체로 정부 지원금에 의존하고 있다."

러시아는 법률상 'ZAGS'라 불리는 정부 관할 예식장에서 결혼식을 치르고 혼인 신고도 그곳에서 해야 하지만, 요즘은 등록만 하고 성당에 가서 성직자의 축복 속에 예식을 치르는 경우가 대부분이다. 물론 부자들은 같은 날 고급 호텔이나 값비싼 레스토랑에서 두 번째 결혼식을 올리기도 한다.

구세주 성당은 세계에서 가장 높은 러시아 정교회 성당으로, 호화로운 금장식과 웅장한 외관이 그 특징이다. 높이가 105m에 이르는 이 성당은 오늘날 모스크바의 대표적 관광 명소로 자리 잡았다.

어느 공휴일, 러시아 정교 사원을 무심하게 들른 적이 있다. 신도들이 앉을 의자가 안 보였고, 미사 보는 공간이 너무 좁다는 느낌을 받았다. 러시아 정교는 미사를 서서 본다는 데 답이 있었다. 또 정교회 성당에는 첨탑이 없었고, 십자가의 모습이 달랐다. 가톨릭 성당이나 교회의 십자가는 수직과 수평 두 개의 '바'(bar)로 이루어져 있는데 비해, 정교회의 십자가는 수직 '바' 하나에, 다른 길이의 수평 '바' 세 개로 이루어져 있다. 제일 밑에 있는 것은 똑 바르지 않고 기울어져 있는데 예수 그리스도가 못 박혔던 십자가 모양을 있는 그대로 재현한 것이라고 한다.

가장 규모가 큰 성당은 단연 '구세주 성당'(Cathedral of Christ the Saviour)이다. 시내 중심부 모스크바 강가에 위치하고 있는데, 크렘린궁에서도 매우 가깝다. 1812년 12월 나폴레옹 군대의 침략을 물리친 것을 기념해 비잔틴 양식 건축가였던 콘스탄틴 톤의 설계로 지어졌다. 1839년부터 44년이나 걸려 완공됐는데, 스탈린의 종교 탄압으로 1931년 완전히 파괴됐다. 소련이 붕괴된 직후, 옐친 대통령은 특별포고령을 선포해 공산주의 시절 파괴됐거나 방치된 건물들에 대한 복원 사업을 추진했는데, 구세주 성당이 첫 번째 복원 대상이었다. 정부의 재정 지원과 국민 성금으로 4년간의 공사 끝에 2000년 초 재건됐다. 기술의 발전을 감안하더라도 이렇듯 빠른 시일 내에 복원할 수 있었던 건 그만큼 억눌렸던 러시아인들의 종교적 열정이 한꺼번에 폭발했기 때문이리라.

러시아 사람들은 구세주 성당에 얽힌 전설을 믿고 있다. 건립 당시 인근 수녀원을 이전해야 했는데, 이에 반대한 한 수녀가 '새로 건립되는 성당은 50년 이상 살아남지 못할 것'이라는 저주를 퍼부었다고 한다. 결국 48년 만에 파괴됐던 것이다. 스탈린은 1931년 12월 구세주 성당을 파괴한 후, 그 자리에 미국 엠파이어 스테이트 빌딩보다 높은 '소비에트 성'을 건립하고자 했다. 2차 세계 대전 발발로 건설이 지연되다 공사를 재개했으나, 지반이 약해 고층 건물 건설이 불가능하다는 사실을 알게 된 후 중단됐다. 대신 이미 깊이 파인 부분을 활용해 '모스크바'라는 이름의 대중 야외 수영장을 만들었고, 1995년까지 시민들이 애용했다. 러시아 사람들은 수녀의 저주가 끝난 것으로 믿고 있다. 그게 아니라면 2050년 쯤 또 한 번 파괴될 텐데, 부디 그렇게 되지 않기를 바란다.

1917년 볼세비키 혁명 이후 러시아 사람들은 강요된 무신론자들이었다. 그러나 1,000년 이상 이어진 뿌리 깊은 종교적 열정을 100년도 채 안 된 시간으로 막을 수는 없었다. 이제 러시아는 신앙 국가로 돌아가고 있다. 다만 국가와 종교 구분이 불투명했던 과거처럼, 정교회의 영향력이 점점 커져서 정치·사회 전반에 부정적 영향이 미치지 않을까 하는 우려가 생겨나고 있다. 실제로 최근 러시아 정교가 종교의 긍정적인 역할에 있어 선을 넘지 않도록 해야 한다는 논쟁이 심심찮게 벌어지고 있다. 성직자를 존중하는 문화, 초등학생들을 대상으로 한 종교 교육 의무화, 종군 성직자 제도, 핵추진 군함과 잠수함에까지 세례명을 부여하는 문제 등이다.

이임에 즈음하여 서울에 정교회 성당을 건립하기를 희망한다는 기사가 한국 언론에 보도된 적이 있다. 하느님의 말씀이 러시아 정교회를 통해서도 서울 하늘에 들리기를 희망했다.

메드베데프와 푸틴, 발걸음이 닮았다

러시아는 푸틴이라는 인물과 함께하고 있다. 1998년 8월 연방 보안부장이던 푸틴은 옐친 대통령에 의해 전격적으로 총리에 발탁됐다. 당시 러시아는 2년이 되지 않는 짧은 기간 동안 네 번이나 총리가 교체될 정도로 극심한 혼란을 겪고 있었다. 옐친은 대통령 재임 기간이 5개월이나 남은 1999년 12월 마지막 날 전격적으로 사임했고, 푸틴 총리가 대통령 권한 대행이 됨으로써 러시아의 부활기를 맞게 됐다.

옐친 집권 10년은 정치적 혼란과 경제적 어려움이 극에 달한 시기였다. 결국 1998년에는 국가 파산 상태에 이르렀다. 총리 취임 이후 체첸전쟁을 성공적으로 이끈 푸틴은 국민들에게 강력한 지도자로 깊은 인상을 심어 주었다. 2000년 3월 대선에서 승리했고, 이후 2008

년 5월까지 8년에 걸쳐 두 번의 임기를 성공적으로 마쳤다. 푸틴은 취임 당시 지지 기반이 약해 단명할 것으로 예상됐으나, 옐친 패밀리와 올리가르히*세력을 견제하는 데 성공했다. 또한 상트페테르부르크 출신의 신진 전문 관료와 KGB 출신들을 중심으로 '실로비키' 세력을 만들어 권력 기반을 굳건히 했다.

푸틴은 가끔씩 상의를 벗어제끼고 식스팩을 파파라치들에게 의도적으로 보여준다. 또 유도 올림픽 메달리스트를 매트 위에 내다꽂아버리는 강한 마초맨십도 연출한다. "테러리스트들은 지구 끝까지 추격해 파국적 결말을 안겨 주겠다"는 푸틴의 선언과 실제 대테러전 이행은 80년대 공산주의의 마지막 시기를 보내며 한숨만 쉬었던 러시아 사람들에게 꼭 필요한 영웅의 이미지를 심어 주었다.

푸틴 대통령은 두 차례에 걸친 집권 기간 동안 75~80퍼센트의 높은 지지율을 유지했다. 연평균 7퍼센트 이상의 지속적인 경제 성장, 국내 정세 안정, 마피아 근절과 법 질서 확보가 그 이유였다. 러시아 경제의 원동력이기도 한 석유, 가스, 광산 물자의 국제 시장 가격이 재임 기간 중에 지속적으로 올랐는데, 많은 사람들은 푸틴이 복을 가져왔다고 믿었다. 소련 붕괴 이후 국민들이 그토록 갈망해 온 러시아의 국제적 위상이 회복됐고, 조국에 대한 자부심과 애국심도 크게 고양됐다.

이렇듯 푸틴에 대한 지지가 절대적인 상황에서 임기 종료가 다가

---

* 소련 붕괴 후, 특히 옐친 대통령 시기에 석유, 가스, 철강 등 기간산업을 국유화하는 과정에서 부와 권력을 챙긴 그룹

1994년 상트페테르부르크 부시장으로 승진한 푸틴은 메드베데프를 자신의 법률 보좌
관으로 삼았고, 이후 메드베데프는 푸틴의 대선을 도우며 신임을 얻게 됐다. 2024년 지
금도 메드베데프는 러시아의 집권 여당인 통합 러시아 당의 당 대표로서 푸틴 정권의 2
인자 역할을 하고 있다.

오던 2007년 말, 그가 과연 자신의 오랜 공약대로 러시아 헌법에 규정된 3선 연임 불가 원칙을 지킬 것인가 하는 데 대한 의견이 분분했다. 누구를 후계자로 내세울 것인가에 대해서도 마찬가지였다.

푸틴은 헌법을 개정하는 무리수를 두지 않고 명분을 택했다. 메드베데프 당시 제1부총리를 자신의 후계자로 지명한 것이다. 여당이 재집권할 경우 자신은 차기 정부의 총리직을 맡겠다는 의사도 표명했다. 메드베데프를 후계자로 선택한 이유는 푸틴만이 알 수 있겠지만, 그로서는 메드베데프가 자신을 배반하거나 외롭게 하지 않고 4년 후 고스란히 통치권을 넘겨줄 인물이라 믿었을 것이다. 메드베데프 대통령과 푸틴 총리가 운영하던 러시아 정국을 양두체제 또는 탠덤(tandem) 정치라고 했다.

2008년 3월 메드베데프 대통령이 70퍼센트 이상의 지지율로 대통령에 당선되던 날, 그리고 같은 해 5월 취임식 날 메드베데프와 푸틴 총리가 함께 걷는 모습이 TV에 라이브로 방송됐다. 두 사람이 나란히 힘차게 걷는 모습이었다. 그 광경을 보면서 나는 무릎을 탁 쳤고, 함께 TV를 보던 모 언론사 특파원에게 즉석 퀴즈 하나를 던졌다.

"언젠가 메드베데프 대통령과 푸틴 총리의 탠덤에 균열이 생긴다면 어떤 징조를 보고 판단할 수 있겠습니까?"

특파원 친구는 탠덤에 대한 국민 지지율 저하, 양 진영 간 세력 다툼 가시화, 푸틴 총리에 의한 국회의 대통령 탄핵 발의 등을 예로 들었다. 촉망받는 국내 유수 일간지의 정치부 기자답게 영민하고 예리한 분석이었지만 내가 원했던 모범 답안은 아니었다. 메드베데프에게 있어 푸틴은 지난 20년간 정치적 운명을 함께 해온 영웅이자 스승이었다. 그래서인지 함께 걷는 모습이 너무나 닮아 있었다. 보통 사람들과는 다르게 오른팔을 옆구리에 딱 붙인 채 왼손만 앞뒤로 흔들며 걸었다. 같은 보폭에 왼손, 왼발이 나가는 순서도 같았다. 마치 병정들이 열병하는 모습처럼 다정하면서도 절도 있는 모습이었다. 나는 메드베데프에게 다른 마음이 생긴다면 걷는 모습부터 달라질 거라 장담했다. 그렇지 않다면 그는 언제까지나 푸틴의 사람일 것이었다.

푸틴은 확대 내각회의를 소집하고 부총리와 각료들을 호령하는 국정 운영의 실질적인 중심이었다. 또한 집권 여당인 통합 러시아 당의 당수로서 국회를 장악하고 있어 헌법상 부여된 총리 이상의 권한을 행사했다. 당시 러시아에서는 "급한 일인데 대통령을 거쳐 총리에게 보고해야 할지, 아니면 총리에게 바로 보고해야 할지 모르겠다"라는 우스갯소리도 있었다. 푸틴의 측근들은 대통령 행정실, 내각, 주요 공기업 등에 광범위하게 포진해 있었다. 가끔 메드베데프 대통령의 신임을 잃은 각료급 인사들에 대한 스캔들이 보도되기도 했지만 그뿐이었다. 분명한 것은 메드베데프는 과거에도 지금도 푸틴의 사람이라는 사실이다.

2012년 3월, 대통령 선거를 앞두고 푸틴 총리와 메드베데프 대통령은 서로 의논해서 한 사람이 대선에 출마하겠다는 의향을 비추었다. 당시 러시아 사람들은 푸틴이 2012년 대통령에 피선돼 두 번의 연임을 통해 2024년까지 하고 그 이후 메드베데프가 6년을 하는 시나리오도 예상했다. 물론 푸틴의 건강이 허락하고 러시아인들이 계속해서 그를 지지한다면 12년을 더 할 수도 있을 것으로도 보았다.*

* 2008년 헌법 개정을 통해 대통령 임기를 4년에서 6년으로 늘리되, 3선 이상 연임을 금지했지만, 2020년 또 한차례의 개정을 통해 사실상 2036년까지 연임할 수 있는 길을 터 놓았다.

광활한 기회의 땅 러시아

러시아는 참 넓다. 서쪽 칼리닌그라드에서 동쪽 블라디보스토크까지 면적만 1,708만 제곱킬로미터에 달한다. 이 광활한 크기를 어떻게 표현하면 좋을까? 언젠가 동료와 이를 주제로 이야기를 나눈 적이 있다. 동료는 '11시간의 시차를 가진 나라'라고 했고, 나는 '한반도의 78배이며, 미국보다는 1.8배 큰 나라'라고 했다. 누구의 표현이 더 알싸하게 느껴지는가? 어쨌든 러시아는 세상에서 가장 큰 나라다. 그 다음으로 큰 캐나다와 미국, 중국, 브라질도 러시아 면적의 60퍼센트에 미치지 못한다. 1991년 15개 국가로 분열되기 전에는 지금보다 25퍼센트가 더 컸다.

이렇게 광활한 땅 속에는 막대한 천연 자원이 묻혀 있다. 석유는 매장량 기준 전 세계 10위 권이고, 연간 생산량은 세 번째다. 천연

가스 생산량은 세계 2위이다. 그 밖에도 구리, 철, 망간, 흑연 등 주요 광물의 중요한 생산국이고 백금, 팔라듐, 니켈, 금 등을 수출한다. 1998년 러시아판 IMF 위기가 닥쳤을 때도 이러한 천연자원 덕분에 국가 파산 위기를 이겨냈다. 강대국으로 부활하기를 꿈꾸는 러시아 사람들에게는 그야말로 생명수라고 할 수 있다. 풀이 나지 않는 곳에서도 자원이 넘쳐 나니 러시아는 신이 주신 축복의 땅이 분명하다.

러시아 하면 무엇이 떠오르는가? 동토의 나라, 스탈린과 6.25 전쟁, 표트르 대제와 예카테리나 여제, 모스크바와 상트페테르부르크, 블라디보스토크와 태평양 함대, 카자크 부대와 모피 전쟁, 몽골의 지배와 밍크 모자, 모스크바 초토화 작전과 나폴레옹, 나치의 몰락, 볼셰비키 혁명과 레닌, 톨스토이와 도스토예프스키, 푸시킨의 〈삶이 그대를 속일지라도〉, 차이코프스키 음악과 볼쇼이 발레, 라흐마니노프와 쇼스타코비치의 로맨틱 클래식, 고르바초프의 글라스노스트와 페레스트로이카 등이 아닐까?

그렇다면 한-러 관계사에 있어 러시아의 이미지는 어떤가? 한반도 분단과 6.25 전쟁 주적으로서의 소련의 이미지는 점차 약해지고 있다. 6.25를 자본주의와 공산주의 양대 진영 간 체제 경쟁 속에서 불가피했던 슬픈 역사의 한 단면이라고 보는 시각도 있다. 이는 역사의 뒤안길로 사라져 버린 패자에 대한 관대함이 작용한 탓일 수 있겠다. 양국 관계 강화를 위해 노력하고 있던 외교관으로서는 적어도 러시아를 이해하려는 바탕에서 접근하고자 했다.

1896년 고종 황제의 아관파천과 1904년 러·일 전쟁 당시 러시아의 역할도 긍정적으로 평가하고 있다. 만약 러시아가 일본과의 전쟁에서 패배하지 않았다면 우리 국권이 유지될 수 있었을 것이고, 36년간의 일제 강점기도 분단도 없지 않았을까? 이러한 상상에 빠져 있다 보면, 러시아와 러시아 사람들이 오래된 친구처럼 반갑고 정겹게 느껴진다.

러시아에 있어 한국과 한국인에 대한 이미지는 긍정적이다. 러시아인들은 한국의 경제력과 기술력을 높이 평가하면서, 경제 협력의 훌륭한 파트너로 인식하고 있다. 한국인이라고 하면 근면하고 성실하며 우수한 사람들이라고 여긴다. 특히 현대·삼성·LG·롯데 등 우리 기업 브랜드에 대한 러시아인들의 인지도가 매우 높은 편이다. 러시아의 한반도 전문가들은 한국 기업들의 브랜드 인지도가 러시아와 오랜 유대 관계를 맺어 온 이탈리아 등 유럽 국가들보다도 높다면서, 미래 성장의 큰 자산이라고 평가한다. 한국을 친미 국가로 인식하는 경향도 보이지만, 전반적으로는 한국전쟁, 남북분단, 북한 핵문제 등에 대한 단편적인 지식만 가지고 있는 것으로 분석된다.

다행스럽게도 러시아인들은 미래 통일 한국과의 전략적 경제 협력에 대한 기대가 높고, 한반도의 통일을 지지하고 있다. 러시아는 유라시아 국가임을 자부하고 있다. 유럽에 치중하지 않고 극동 국가와의 관계 강화와 실질적인 경협 확대를 도모하고 있다. 특히 푸틴 집권 이후 중국과의 관계 강화에 각별하게 신경을 써 왔는데, 2001년 선린우호협력조약 및 2004년 국경조약 체결을 통해 공조 체제의 근간을 마련했다. 이후 러·중 양국은 실리주의에 기반한 전면적 협력

관계를 유지하면서 주요 국제 현안에 유사한 입장을 견지하는 등 상호 협조하는 양상을 보이고 있다. 또한 상하이협력기구 및 BRICS*의 핵심 참가국으로서 목소리를 함께 내고 있다.

그러나 러시아와 중국은 역사적으로 오랜 경쟁 관계에 있었고, 불편한 과거사로 인해 양국 국민 간의 불신과 안티이즘(anti-ism)의 뿌리가 깊이 박혀 있다. 특히 중국이 글로벌 강대국으로 부상함에 따라 러시아의 지정학적 텃밭에 영향력을 행사하려는 시도가 눈에 띄게 드러나고 있다. 인구가 급격히 줄고 있는 극동 지역에 대한 중국인들의 인구 침투 현상은 러시아로서는 경계하지 않을 수 없는 일이다.

한편 러시아와 일본은 2차 대전 마지막 순간까지 총부리를 맞대고 싸운 적대국이었고, 쿠릴 열도의 경우 지금까지도 평화 협정이 체결되지 못한 채 분쟁이 이어지고 있다. 국제법상 러·일 양국은 아직도 전쟁상태에 있는 셈이다. 영토 분쟁이 해결되지 않은 상태에서 양국 간 진정한 관계 개선은 어렵다고 본다.

반면 한국과 러시아 사이에는 그러한 장애가 없다. 그만큼 양국 간 장래는 밝다. 두 나라는 공산주의와 자본주의라는 높은 장벽으로 인해 오랜 기간 외교적 공백이 있었지만, 1990년 9월 외교 관계가 복원된 이후 정치·외교·경제·문화 등 다방면에서 눈부신 발전을 이루고 있다. 2008년 9월 이명박 대통령의 러시아 공식 방문으로 양국은 전략적 협력 동반자 관계로 격상됐고, 양국의 미래 협력 방향으로서

• 브라질, 러시아, 인도, 중국, 남아공 등으로 구성된 경제협의체

'3대 신실크로드 비전'이 제시됐다. 한반도 횡단철도(TKR)와 시베리아 횡단철도(TSR)를 연결해 남-북-러시아의 철도 대동맥을 건설하는 '철의 실크로드'가 첫 번째고, 러시아의 풍부한 에너지 자원과 한국의 기술력 및 인프라 건설 경험을 결합하는 '에너지 실크로드'가 두 번째다. 연해주의 광활한 농림지에 우리의 영농 기술과 효율적인 경영 시스템을 접목시키는 '녹색 실크로드'가 세 번째다. 오늘날 여러 사정으로 인해 지연되고 있지만 이러한 3대 실크로드가 구축되는 그날 러시아는 우리에게 단지 광활한 땅이 아니라, 기회의 땅이 될 것이다.

핵무기의 아이러니와 러시아의 핵 문제

핵무기가 없었다면 제3차 세계 대전이 이미 일어났을 수도 있다. 핵무기의 아이러니는 그것이 세계의 종말을 초래할 수 있음에도 핵심 경쟁국들 간 전쟁을 억제했다는 점이다. 상호확증파괴로 정의되는 핵무기의 가공할 파괴력은 냉전 시기 자본주의와 공산주의 진영 간의 전면전과 핵무기 사용을 막았다. 이와 같은 아슬아슬한 평화를 '공포의 균형'이라고 부른다.

오늘날 국제 사회에서 핵무기 보유를 공식적으로 인정받고 있는 국가는 미국, 러시아, 중국, 프랑스, 영국 등 5개국이다. 핵확산금지조약(NPT)은 이들을 제외한 모든 국가들이 핵무기를 개발하거나 보유하지 못하도록 금지하고 있다. 이스라엘, 인도, 파키스탄도 사실상 핵무기를 보유하고 있지만 NPT 회원국으로 가입하지 않은 채 비밀리에 핵무기를 개발했다. 이와 달리, 북한은 회원국이었음에도 원자력의 평화적 이용 권리를 악용해 은밀하게 핵무기를 개발했고, 개발 사실이 탄로 나자 국제원자력기구(IAEA) 탈퇴를 선언했다. 또 지금까지 여섯 차례에 걸쳐 핵실험도 했다. 명백한 NPT 위반이었고, 국제 핵 비확산 체제의 근간을 흔드는 용납될 수 없는 행위였다.

NPT는 핵무기 관련 국제법의 바이블이라 할 수 있다. 핵심 목적은 핵무기의 비확산에 있지만, 핵 비보유국을 달래기 위해 원자력의 평화적 이용을 돕기도 한다. 또한 핵무기 보유를 인정받은 5개국에 대해서는 핵 감축 의무를 준수하도록 하여 궁극적으로는 핵무기가 전혀 없는 세계를 만드는 것을 목표로 하고 있다.

이러한 핵무기 군축 의무는 그간 미국과 러시아를 중심으로 이행돼 왔다. 전략핵무기감축협약(START I), 중거리핵전력조약(INF), 전략공격무기감축조약(SORT) 등이 대표적인 사례다. 물론 핵 비보유국들은 보유국의 핵군축 의무 이행 실적과 그 속도가 기대에 못 미친다며 큰 불만을 표출하고 있다.

1991년 말 소련이 붕괴된 뒤, 그를 승계한 러시아는 노후화된 핵무기와 관련 시설을 유지하고 관리할 능력이 없었고, 그럴 의지도 없었다. 국제 핵 테러리스트들에 의해 탈취될 가능성도 높았다. 핵무기 전문가들의 해외 유출 가능성도 우려하지 않을 수 없었다. 이러한 환경 속에서 미국은 1991년 넌-루가 법(Nunn-Lugar Act)을 제정해 소련 지역 내 핵무기와 무기급 핵물질의 운송, 저장, 방호 및 폐기를 위해 막대한 재정지원을 했다. 2002년에는 G8 글로벌파트너십을 주도하여 2012년까지 200억 달러의 국제 기금을 조성한다는 야심찬 계획도 세웠다. 이 기금은 러시아의 무기급 핵물질 폐기, 퇴역 핵잠수함 해체, 대량살상무기(WMD) 프로그램에 종사한 과학자의 재고용, 화학무기 폐기를 지원하는 데 사용될 예정이었고, 실제로 일정 수준 성과를 거두었다. 러시아의 핵무기는 이러한 국제 사회의 지원과 독자적인 감축 계획에 따라 그 수가 현저히 줄어들었다. 한때 지구상에 존재했던 5만 개 이상의 핵 탄두는 냉전 시대의 3분의 1 수준까지 감축된 것으로 알려지고 있다.

비교적 안정적으로 유지돼 오던 양국의 전략적 안보 협력 관계는 2000년대 초반부터 이상 조짐을 보였다. 부시 대통령은 이란의 장거리 미사일 위협을 이유로 폴란드와 체코에 미사일방어망(MD) 시스템을 구축하려 했고, 러시아는 이를 자국의 전략적 이해를 침해하는 적대 행위로 보고 강력하게 반발했다. 미국이 MD를 포기하지 않고 계속 추진한다면, 칼리닌그라드와 벨라루스에 이스칸데르 미사일*포대를 배치하겠다는 의지를 표명했다. 이렇게 되면 미국은 NATO 회원국 전역에서 방어력을 강화해야 했고, 러시아도 이스칸데르 미사일의 사정거리를 늘려야 했기에 두 나라 모두 딜레마에 빠질 수 있었다. 2009년 초 출범한 오바마 행정부는 러시아와의 타협이라는 옵션을 선택했고 동구에서의 MD 추진 계획을 잠정 철회했다. 러시아도

---

* 이스칸데르 미사일은 핵탄두를 탑재할 수 있고, 사정거리는 300킬로미터이지만 큰 기술적 어려움 없이 500킬로미터 이상으로 확대할 수 있다. 또한 이스칸데르 발사대를 이용하면, 사정거리 2,000킬로미터의 핵탑재 순항미사일 발사도 가능하다.

이를 환영하고 미국과의 관계 회복을 선언했다. 2010년 미국과 러시아는 신전략무기감축협정(New START)을 체결하며 실전 배치된 핵탄두의 수를 대폭 줄이기로 합의했다.

하지만 최근 우크라이나 전쟁 여파로 2023년 푸틴 대통령이 참여 중단을 선언하면서 양국 간 핵조약은 코마 상태에 빠지게 됐다. 모든 핵감축 조약은 폐기됐고, 진행 중인 교섭도 없는 상황이다. INF도 트럼프 전 대통령이 조약의 불평등성과 러시아의 이스칸데르 미사일 실전 배치에 반발하면서 2019년 9월 역사 속으로 소멸되고 말았다.

냉전 시대 초강대국이었던 러시아는 아직도 핵이라는 공포의 무기를 세계에서 가장 많이 보유하고 있는 무서운 나라다. 미국과의 핵무기 군축 협상이 성공적으로 체결되더라도, 또 자체적으로 자국 핵무기 폐기를 모범적으로 해 나가더라도 향후 100년 간은 세계에서 가장 무서운 국가로 남아 있을 것이다. 러시아가 NATO의 회원국이 되거나, 핵무기보다 더 강력한 무기가 발명된다면 또 모를까.

러시아를 두렵게 하는 5개 과제

　　　　　1999년 주네덜란드 대사관에서 화학무기금지기구 (OPCW) 관련 업무를 맡고 있을 때였다. 당시 OPCW의 핵심 의제 중 하나는 냉전 시대에 생산돼 보관되고 있던 어마어마한 분량의 러시아산 화학무기를 어떻게 폐기해야 하는가였다.

　　화학무기협약(CWC) 규정상 화학무기 생산국들은 전액 자신들의 비용으로 그토록 무시무시한 무기를 폐기해야 했다. 그러나 러시아는 경제 상황이 워낙 어려워서 폐기 비용을 국제 사회의 지원에 의존할 수밖에 없었다. 러시아 대표단은 회의 석상에서 거의 떼를 쓰다시피 돈을 지원해 달라고 호소했고, 다른 나라 대표단들은 기부금이 다른 용도로 사용될 가능성을 의심했다. 러시아는 그만큼 절박한 상황이었다.

러시아가 진면목을 드러내기 시작한 건 2000년대 중반부터였다. 푸틴의 등장과 더불어 정국이 안정됐고, 국제 유가와 천연가스 가격의 지속적인 오름세가 경제적 풍요를 가져다 주었다. 물론 모스크바, 상트페테르부르크, 예카테린부르크 등 주요 도시에 한정된 풍요이기는 했지만, 90년대 내내 자존심과 자부심을 버리고 국제 사회에 양손을 벌려야 했던 그들에게는 중요한 변화가 아닐 수 없었다.

2008년 5월 취임한 메드베데프 대통령은 푸틴이 남긴 업적을 더욱 다듬고 발전시키기 위해 노력했다. 부패 척결, 정치·경제·사회의 현대화, 법 질서 강화, 시민사회 성장 등을 기치로 삼고 관련 개혁을 적극 추진했다. 러시아 최고위층과 관계가 좋은 어떤 인사는 메드베데프가 변호사 출신이라 반부패 개혁 성향이 강하고, 이해 집단의 로비에도 초연한 모습을 견지하는 것이라고 했다.

메드베데프는 2009년 9월 'Go Russia' 건설을 주창하며 러시아의 발전을 가로막는 5대 문제점을 제시했다. 그 첫째는 경제적 후진성이다. 에너지 자원에 편중된 산업 구조를 다변화해야 한다는 절실함을 가지고 부패와 레드테이프로 점철된 경제 구조에서 탈피해야한다는 지적이다. 대통령 직속으로 경제현대화위원회를 설치했고, 5대 전략 분야(생산성 제고와 에너지 효율, 핵기술, 정보통신, 우주과학, 의학)를 제시했다.

둘째는 소련식 생활 습성이다. 일이 잘 풀릴 때는 자기가 잘 나서고, 잘못됐을 때는 남 탓만 하면서, 정부가 뭔가를 해줄 것으로 의존하는 전근대적 생활 태도를 떨쳐 버려야 한다는 것이다.

셋째는 제도화되지 못한 민주주의다. 현재 러시아 민주주의는 소위 주권민주주의(sovereign democracy)다.[*] 1960~70년대의 한국처럼 만족할 만한 수준의 경제적·사회적 안정을 확보하기 전까지는 러시아 정세에 맞는 민주주의를 시행하겠다는 의미다. 메드베데프도 서방의 민주주의 경험을 참고할 수는 있겠지만, 단순히 모방하지 않고 스스로 민주주의를 건설해 나가겠다는 입장을 밝혔다. 그는 법의 원칙이 지배하는 투명한 민주주의를 목표로 일련의 정치 개혁 조치를 취했다. 입법부 권한 강화, 지방정부 및 의회의 권한 강화, 선거 및 정당 제도 개편, 공직자 재산 공개, 부패 척결위원회 설치 등이 그 예다.

넷째는 저출산 문제다. 2023년을 기준으로 러시아에는 1억 4400만여 명이 살고 있는데, 최근에는 인구가 연평균 50만~60만 명씩 줄고 있다고 한다. 유엔은 이러한 추세가 계속될 경우 2050년에는 인구가 1억 2000만 명까지 줄어들 것으로 예상하고 있다. 경제 활동 인구가 턱없이 부족해지면 해외 이민자 반입을 적극 장려해야 하는데, 외국인들의 단순 입국 비자 및 단기 노동허가증 발급에 인색한 러시아 정부가 발상의 대전환을 요구하는 대담한 조치를 할 수 있을지 의문이다.

다섯째는 코카서스 지역의 불안정한 정세다. 특히 체첸, 잉구세티아, 다게스탄 등 북 코카서스의 정세가 매우 불안정하다. 한낮 모스

---

[*] 푸틴 대통령은 2005년 국정연설에서 "러시아 스스로 민주주의의 방향과 조건을 결정하는 것"이 주권민주주의의 원칙이라고 정의 내렸다.

크바 대로에서 코카서스 출신 테러리스트 간 총격전이 벌어지기도 하고, 모스크바발 상트페테르부르크행 특급열차가 테러 공격으로 폭파되는 사건도 발생했다. 메드베데프가 제시한 5개 문제점은 시간은 걸리겠지만 언젠가는 극복될 것이다. 이 모든 도전 과제들이 해결되는 그날 우리는 살아있는 곰 러시아를 보게 될지 모른다.

자랑스러운 고려인들

        19세기 말 만주 지역으로 건너간 조선인들의 후손을 '조선족'이라고 부르는 것처럼, 같은 시기 러시아 땅에 정주한 사람들의 후손을 '고려인'이라고 부른다. 현재 약 50만 명의 고려인들이 독립국가연합(CIS) 회원국 전역에 흩어져 살고 있고 그중 20여 만 명이 러시아에 살고 있다.

  고려인들의 조상은 조선 후기 양반들의 수탈과 압정을 피해 머나먼 타국으로 이주한 가난한 농민들이었다. 그들과 후손들은 춥고 외로운 이국땅에서도 자신들만의 땅을 일구며 행복을 찾았다. 열심히 일해 자신들의 농장을 세웠고, 성실한 노동자로서 모범적인 삶을 살아 제정 러시아 정부로부터 귀화를 권유받기도 했다. 일본 제국주의에 맞서 민족주의 정신을 길렀고, 독립 투쟁의 전사를 양성하는 근거지를 제공하기도 했다.

1930년대 후반 소련과 일본 사이에 전운이 감돌면서 고려인들은 삶의 터전이었던 연해주와 시베리아를 떠나 수천 킬로미터 떨어진 중앙아시아 지역으로 강제 이주되는 비운을 맞았다. 일본인들의 앞잡이가 될 수도 있다는 근거 없는 이유 때문이었다. 이 과정에서 많은 지도자들이 유배되거나 추방됐고 죽어 갔다. 하지만 고려인들의 손길이 미치면서 척박하기만 했던 중앙아시아 땅은 비옥한 기회의 땅으로 바뀌었다. 열렬한 교육열과 끈기, 그리고 억척스러운 삶으로 그들은 부와 학식을 갖춘 소수 민족으로 성장해 나갔다. 오늘날 고려인은 독일인, 유대인과 함께 러시아 150개 민족 가운데 당당한 삶을 살고 있는 몇 안 되는 소수 민족 중 하나로 인식되고 있다.

물론 고려인들은 러시아 사람이고, 또 우즈베키스탄, 카자흐스탄, 키르기스스탄, 우크라이나, 타지키스탄, 투르크메니스탄 국적을 가지고 있다. 공산주의 시절을 포함하여 오랫동안 한국어 교육을 받을 수 없었기에 대부분 한국말을 할 줄 모른다. 그렇지만 세계 10위권 경제 대국으로 우뚝 성장한 한국인과 뿌리가 같은 민족임을 자랑스럽게 여긴다. 그래서 한국어와 한국 문화를 배우려는 노력도 남다르다. 모스크바의 1086 학교는 고려인 학교로서 교장 선생님도 고려인이다. 한국어를 선택 과목으로 편성하고 있고, 많은 고려인 학생들이 한국어와 한국 역사를 배우고 있다. 모스크바 한국문화원이 제공하는 다채로운 문화 프로그램의 주요 고객 역시 고려인들이다.

고려인들 가운데는 성공한 사람들이 많다. 텐 세르게이 투바자치

러시아에는 성공한 고려인들이 많다. 좌측부터 텐 세르게이 투바자치공화국 제1부총리, 엄 넬리 1086 학교장, 김 아나톨리 전원소설가, 김 마리나 국영 TV 앵커, 빅토르 초이.

공화국 제1부총리, 엄 넬리 1086 학교장, 김 아나톨리 전원소설가, 김 마리나 국영 TV 앵커를 비롯해 예술계·음악계에 많이 진출해 있다. 가장 유명한 인물로는 빅토르 초이(1962~1990)를 빼놓을 수 없다. 러시아의 엘비스 프레슬리로 추앙받던 그는 비운의 자동차 사고로 일찍 생을 마감했지만, 많은 러시아 사람들은 지금도 잊지 못하고 그의 노래를 즐겨 부른다.

러시아가 시장 경제로 전환된 이후에는 경제계에서도 두각을 보이는 사람들이 나타났다. 은행업, 유통업, 가전 산업 등 다양한 분야에서 활발하게 활동하고 있다. 러시아에서 손꼽히는 부자도 있고, 양봉업을 자영하는 사람들도 있다. 이들은 교민들을 초대해 겨울 낚시

를 즐기고 샤슬릭을 구워 먹으며 함께 즐거운 시간을 보낸다. 한국
사람들처럼 설날이 되면 술떡을 나눠 먹고 국수를 즐겨 먹기도 한다.
모두가 자랑스럽다.

소련이 붕괴된 이후 많은 고려인들이 무국적자가 됐다. 국적을 재
신청해야 했는데 그러지 못했던 것이다. 신청해야 한다는 사실 자체
를 몰랐거나, 알았어도 관련 서류를 분실했거나 필요성을 느끼지 못
했다. 결국 국민으로서 누릴 기본적인 혜택을 받지 못했고, 그런 불
이익이 자손들에게도 이어지고 있다. 한국 대사관은 이러한 무국적
고려인들이 러시아 국적을 취득할 수 있도록 법률 지원 서비스를 제
공했고, 시범 영농사업을 통해 경제적 자립 기반을 마련할 수 있도록
돕고 있다. 부디 빠른 시일 내에 이들이 성공한 고려인 대열에 합류
할 수 있기를 두 손 모아 바란다.

고려인들은 한국이 잘 사는데 긍지를 가지고 있으며, 더욱 번영하
기를 기원하고 있다. 또한 남북한이 통일되기를 바라고 있다. 비록
러시아 국적인 데다 한국말도 잘하지 못하고, 외양마저 변해 가고 있
지만 한국을 사랑하고 잘 되기를 바란다는 점에서는 우리와 별반 다
르지 않다. 나에게 러시아가 유독 가깝게 느껴졌던 것도 어쩌면 그런
이유 때문인지도 모르겠다.

'다드나' 마법을 부르는 러시아 외교관

        1999년 3월, 처음으로 참석한 화학무기금지기구(OPCW) 회의에서 있었던 일이다. 비공식 회의인 데다 우리의 관심 현안을 다루지 않을 것이라 예상했기에 별다른 준비 없이 가벼운 마음으로 참석했다. 그런데 갑작스럽게 어떤 나라 대표가 긴급 제안을 요구하면서 의제에도 없던 한국 관련 사항이 논의되는 게 아닌가. 잠자코 있을 수는 없어 마이크를 잡았지만, 어떤 발언을 어떻게 했었는지 모르겠다. 가슴은 융단 폭격을 받은 듯 쿵쾅거렸고 머릿속은 하얗게 점멸돼 갔다. 부끄럽지만 소중한 경험이었다.

    그날 나를 괴롭혔던 장본인은 러시아 외교관이었다. 주헤이그 러시아 대사관 내 OPCW 담당 참사관은 수려한 영어 구사력으로, 또 자국 입장을 대변하는 탄탄한 논리로 자신과 조국의 당당함을 돋보

이게 했다. 그때 받은 충격과 감명은 지금까지도 나의 노력과 분발을 촉구한다.

러시아 외교부에는 인재들이 즐비하다. 1991년 소련이 붕괴하기 전까지 미국과 함께 45년 이상 국제 사회를 분점해 왔던 저력은 쉽게 무너지지 않을 것이고 무시할 수도 없는 노릇이다.

2001년 어느 날 있었던 일이다. 그날도 OPCW 현장에서는 회원국 간 한 치의 양보도 없는 논쟁이 계속됐고, 회의는 끝날 줄을 몰랐다. 그러자 러시아 대사가 핵심 국가들만의 밀실 회의 소집을 요청했다. 하지만 작은 방에서 속개된 회의는 세 시간이 넘는 마라톤 논쟁에도 끝이 보이지 않았다. 그는 자국 대표단 한 사람에게 뭐라고 속삭였고, 잠시 후 그 직원은 플라스틱 백에 뭔가를 담아 왔다. 보드카였다. 러시아에서는 소위 '회의가 춤을 출 때'면 보드카의 힘을 빌려 결론을 낼 때가 많다고 했다.* 우리는 러시아 대사의 수 차례 '다드나'(건배) 제의에 취해 버렸다. 어느새 10여 개국에서 온 20여 명의 참석자들은 두 병의 보드카를 바닥까지 비워 내고 말았다.

다드나의 마법이 통하기라도 한 걸까? 다음날까지 각국 본부의 승인을 받아야 한다는 조건을 달기는 했지만, 회의는 결론에 도달할 수 있었고, 기분이 최상인 가운데 마무리됐다. 하지만 보드카의 힘은 딱 하루만 유효했다. 대부분의 국가가 본부의 승인을 얻지 못했기 때문이다. 어쨌거나 러시아 대사가 보여준 리더십과 순발력은 나에게 깊

---

* 외교가에서는 'The meeting is dancing'이라고 표현한다. 지루한 논쟁이 이어지면서 결과물이 나오지 않는 상황을 말한다.

러시아 외교부 건물은 '세븐 시스터즈'라고 불리는 스탈린 양식의 건물들 중 하나로, 소련 정부가 2차 대전 이후 독일군 포로들을 활용해 10년에 걸쳐 완공했다. 참새 언덕에 위치한 모스크바국립대학, 모스크바 강변에 우뚝 솟아 있는 우크라이나 호텔 등을 포함해 7개의 유사한 건물이 시내 전역에 흩어져 있다.

은 감동을 주었다.

모스크바에 부임해서 처음 1년은 다자 정무 참사관으로, 다음 1년은 양자·다자총괄 정무 참사관으로 일했다. 다자 정무 업무는 러시아와 제3국 간 관계에 관한 것으로 군축, 안보 등 국제 기구 업무와 러시아의 대미, 유럽, 아시아, 중동, 독립국가연합 관계를 망라하는 매우 넓은 범위를 커버해야 했다. 그래서 미드(MID, 러시아 외무부)에 일주일에 수 차례 방문한 적도 있다.

러시아는 유엔 안전보장이사회 상임이사국이자 G20 회원국으로 강대국의 면모를 갖추고 있고, 여전히 국제외교 무대에서 목소리가 크다. 그렇기에 다양한 국제 현안에 대한 러시아의 입장을 확인하고 정책 방향을 가늠하는 일은 매우 중요하다. 친구를 만들고 긴밀한 관계를 유지하는 것 역시 중요하다.

러시아 외교관들은 거의 대부분 모스크바국제관계대학(MGIMO)이나 모스크바국립대학(MGU) 등 명문대 출신의 엘리트들로 충원되고 있다. 과거 헤이그 근무 시절 깊은 인상을 남겼던 그 외교관들을 미드 청사 곳곳에서 만났다. 90년대 국가 파산이라는 큰 곤경을 거치면서도 국제 무대에서 러시아의 자존심을 지킨 사람들이다. 러시아의 국제적 위상이 재부상할 수 있었던 배경에는 외교부 엘리트들의 능력과 헌신도 크게 기여했을 것이다.

대통령을 '동지'라고 통역한 러시아 외교관

러시아 외교부 내 한국담당과는 한국과 북한 업무를 함께 다룬다. 그래서 한국과 직원들은 대부분 서울 또는 평양에서 한국어를 배웠거나 외교관으로 활동했던 사람들이다. 20대에서 30대 신참들과는 달리 고참 직원들은 평양에서 여러 번 근무했기에 북한 말투를 쓴다. 실제로 예전에는 북한 말투에 익숙한 사람을 통역으로 세우기도 해서 대통령 '동지'라는 표현을 쓴다든지 하는 당황스러운 일이 종종 일어났다고 한다. 물론 지금도 북한 고위급 인사와의 교류에서는 북한 말에 익숙한 직원들이 활약하고 있지만, 최근에는 서울에서 공부를 마친 후 주한 러시아 대사관에서 근무한 직원들이 상당수 배출되고 있다. 그래서 정상 회담 등 고위급 면담에서는 서울 생활에 익숙한 직원들이 통역을 맡고 있다.

북한과 러시아는 1948년 10월 수교했고, 6.25 전쟁을 포함해 냉전 시대 내내 동맹 관계를 유지해 왔다. 1961년 양자 간 체결된 상호 원조조약*은 이념적·군사적 동맹 관계의 근간이었다. 북한은 한국과 러시아와의 외교 관계 수립을 크게 반대했고, 1991년 8월 실패로 끝난 군사 쿠데타를 북한이 지지함으로써 양국 관계는 급속도로 냉각됐다.

옐친 대통령 시절 줄곧 소원한 관계였던 양국은 푸틴 대통령이 집권하고 러측이 적극적 대외 정책을 전개함에 따라 전기를 맞았다. 2000년 러·북 간 신우호협력조약을 체결했고, 고위급 인사들의 교류가 재개됐다. 동맹국으로서가 아닌, 통상적인 양자 외교 관계로 재정립된 것이었다. 2000년 7월에는 푸틴 대통령의 방북이 있었고, 2001년 8월과 이듬해 8월에는 김정일 국방위원장이 러시아 극동 지역을 방문해 정상 회담을 갖고 러·북 경제 협력, 한반도 종단철도(TKR)-시베리아 횡단철도(TSR) 연결 사업 등 현안을 협의했다. 러시아 외교장관, 상원의장, 최고재판소장, 하원외교위원장, 극동 지역 대통령 전권대표 등 고위 인사의 방북이 이어졌고, 북한에서도 최태복 최고인민회의 의장을 비롯한 고위 인사들이 러시아를 찾았다.

그러나 두 나라 간 경제 교류는 매우 미미하다. 2008년 총교역량은 1.2억 달러에 불과했는데, 최근 수 년간 교역 규모는 계속 줄어들고 있다. 2021년 두 나라 간 교역 규모는 4만 1,000달러까지 떨어졌다. 러시아는 북한에 석탄, 에너지, 기계 장비, 비료, 목재, 화학 제품 등을 수출하고 있고, 북한으로부터 의류, 과일 등을 수입하고 있다.

러시아 극동 지역과의 교역이 전체의 80퍼센트를 차지하고 있으며, 북한의 노동력 수출도 포함돼 있다.

러시아와 북한 간에는 경제공동위가 운영되고 있는데, 1996년 4월 평양에서 제1차 공동위가 열린 이래 2023년까지 열 차례 개최됐을 정도로 상호 경협의 필요성과 비중이 그다지 높아 보이지 않는다. 북한의 핵실험으로 발동한 안보리 결의와 그 여파, 그리고 약 90억 달러에 달하는 대러시아 채무 불변제는 북한과의 경협 및 경제 지원을 확대할 수 없는 장애 요인이다.

러시아는 남-북-러 협력에 관심이 큰데, 나진-하산 항만 현대화 등 추진 중인 북한과의 협력사업도 3각이라는 큰 틀에서 보고 있다. 3각 협력은 남-북-러 간 송전망, 천연가스 파이프라인, 철도 연결을 통해 동시베리아 및 극동 지역 내 에너지 자원을 한국으로, 나아가 아태 지역에 조달한다는 야심찬 계획이다. 동부의 에너지 자원이 개발돼 연해주 지역으로 집적되면 블라디보스토크에서 나홋카, 보스토치니로 연결되는 지역과 북한의 나진, 선봉, 청진 지역은 동북아 에너지 물류기지로 발전할 수 있다. 또한 주변에 액화천연가스(LNG) 등 에너지 자원이 산재해 있어 대규모 석유화학단지 조성도 가능하다. 그야말로 성장 잠재력이 엄청나다고 할 수 있다.

북한으로서도 경제 회생의 발판이 될 수 있는 매력적인 사업임에 틀림없다. 그러나 북핵으로 인한 국제정치적 문제로 본격 추진되지 못하고 있어 매우 안타깝다. 6자 회담을 통해 북핵 문제가 조속히 해결돼 2009년 10월 이명박 대통령이 제기한 '그랜드 바겐'의 틀 속에

서 구체적으로 논의되고 책임있게 이행될 수 있기를 바란다.*

러시아의 대한반도 정책은 북핵 문제 해결에 능동적으로 참여하고, 남북한과 건설적인 관계를 유지하며, 남북 대화를 장려해 동북아시아의 안보 증진에 기여하는 것이다. 특히 북핵 문제에 있어서는 한반도 비핵화 및 북핵 불용, 그리고 6자 회담을 통한 외교적이고 평화적인 해결 원칙을 가지고 있다. 러시아는 2009년 5월 북한의 2차 핵실험 직후 경제공동위 개최를 즉각 중단했고, 주러 북한대사를 초치하고 외교부 성명을 통해 북한에 강력한 경고 메시지를 전달했다. 또 유엔 안보리 결의 1874호 작성과정에도 적극적으로 참여했다.

북한은 이러한 러측 입장을 매우 못마땅하게 여겼다고 한다. 그래서 2009년 라브로프 외교장관과 미로노프 상원의장이 북한을 방문했을 때 김정일 위원장과의 면담이 성사되지 못했다는 보도가 있었다. 내가 만났던 러시아 외교관들은 냉전 시대에 북한이 러·중 갈등을 이용해 등거리 이간질 외교를 구사했던 불편한 과거사를 기억하고 있었고, 시간은 북한 편이 아니라고 분명히 말했다. 김정일이 100살까지 살지 못할 것이라면서….**

---

* 6자 회담은 2008년 12월 회담을 마지막으로, 그 이후 북한의 계속된 핵실험 등 위기가 고조되면서 오늘까지 개최되지 못하고 있다.

** 2022년 러·우크라이나 전쟁 이후 북·러 관계가 새롭게 강화되고 있어 우려스럽다. 어제의 적도, 오늘의 친구도 영원하지 않는다는 인류역사의 교훈을 다시금 각인하게 된다.

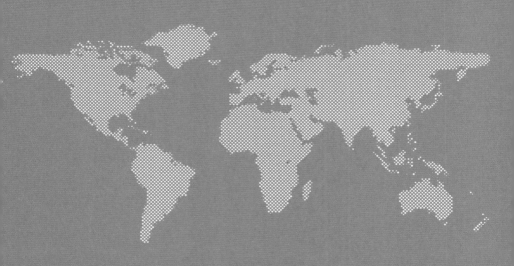

평생 외교관 박철민의
외교가 이야기

제4장

해외 공관장 시절

대통령과의 약속

2024년 8월 현재 포르투갈 대통령은 마르셀루 흐벨루 드 소자다. 역사상 가장 인기가 높은 대통령으로, 국민들에게 아무 타이틀 없이 '마르셀루'라고 불리기를 원했다. 사저가 있는 카스카이스 해변에서 사계절 내내 수영을 즐기는 것으로 유명하다. 마르셀루 대통령은 매주 일요일엔 꼭 수영을 했는데, 아내와 함께 여러 차례 그를 보았다. 어떨 땐 서로 손을 흔들어 인사를 나누기도 했다. 소탈하고 평범해 보이는 모습에 처음에는 '저 사람이 설마 대통령일까' 하는 생각마저 들었다. 하루는 어떤 엄마와 어린아이가 다가가 악수를 청하고 한참 동안 이야기를 나누는 모습을 보았다. 그런데 주변을 둘러보니 아무도 없는 게 아니겠는가! 자세히 살펴보니 30미터쯤 떨어진 곳에서 경호원 두 사람이 괜찮다는 손짓을 보내고 있었다. 그만

2017년 1월 12일 마르셀루 대통령을 만나 신임장을 제출하고 양국 발전 방안에 대한 의견을 나누었다. 그는 20분이 넘는 시간을 기꺼이 나누어 주었다.

큼 그는 친근한 대통령이었다.

몇 년 후 헝가리 대사로 부임했을 때의 일이다. 그날은 부다페스트에서 헝가리와 포르투갈 간 국가 대항전이 열리는 날이었다. 당시 FIFA 부회장이자 포르투갈 축구협회장이었던 페르난두 고메스의 초청을 받고 참석한 경기였다. 슈퍼스타 호날두를 가까이서 볼 요량으로 기분이 매우 들떠 있었다. 운 좋게도, 포르투갈에서 그랬던 것처럼 그날 헝가리에서도 호날두가 골을 넣었다.

VIP석으로 가니 마르셀루 대통령이 나를 알아보고 다가와 큰 포옹을 해주었다. 그러고는 헝가리의 오르반 총리에게 데려가면서 "나의 오랜 친구가 여기 와 있었군. 앞으로는 당신이 잘 대해 주시오"라고 말하는 것이 아닌가. 참으로 감사한 일이었다.

마르셀루 대통령에게 신임장을 제출하던 날, 그는 20분이 넘는 시간을 기꺼이 내주었다. 편안한 분위기 속에서 많은 이야기를 나누었는데, 동석했던 대통령 비서실장과 외교안보수석은 이렇게 긴 시간 신임 대사와 이야기를 나눈 경우는 드물다고 거들었다. 관저로 돌아온 나는 대한민국 대사라는 자부심과 긍지에 가득 차 앞으로 나아갈 바를 다음과 같이 적었다.

포르투갈은 아름답다. 날씨도 음식도 공기도 좋지만 무엇보다 편안하게 하고 평화롭게 만드는 것은 사람들이다. 친절하고 따뜻하고 진지하면서 유머도 많다. 부임한 지 3개월이 되지 않았지만 벌써 사랑하게 됐다.

임기 동안 해야 할 일들은 많다. 오늘 1월 12일 마르셀루 대통령에게 신임장을 제출하던 날, 그는 결과·행동 지향적인 사업을 찾아 실질적인 협력을 강화시키는 데 기여해 줄 것을 당부했다. 또한 포르투갈을 좋아한다면 언어도 열심히 배워달라고 했다. 나는 그렇게 하겠다고 했고, 그래서 사무실에서는 물론 집에서도 출퇴근 하는 중에도 이런저런 구상을 한다. 또 포르투갈어 공부도 한다.

포르투갈은 한때 세계를 제패했던 나라다. 제국을 이루었던 나라는 세월이 지나면 힘도 잃고 식민지 국가들로부터 미움을 받기 마련인데 포르투갈은 그렇지 않다. 지배하려 하지 않고 이익을 공유했기 때문이리라. 그동안 포르투, 브라가, 코임브라, 카스카이스 등등을 다녀보았다. 앞으로 더 자주 가 보고 싶은 마음이다. 마데이라, 아소르스, 알가르브 지역은 기회가 생기는 대로 가볼 것이다. 그간 만났던 많은 다른 나라 대사들은 포르투갈 각지에서 시장, 정치인, 학자, 기업인, 예술가들을 만나보면 진정한 포르투갈의 향기를 맡게 된다고 했다. 그렇기에 내일이 기대되고 또 모레가 기다려진다.

신임 대사로서 꿈도 많고 하고 싶은 일도 많다. 욕심 내지 않고 꾸준히 하나하나씩 성취하고자 한다. 현재 8억 달러 규모에 머물러 있는 양국 간 교역 및 투자 규모를 확대시킬 수 있는 틈새를 찾고자 한다. 정부, 법조계, 정치인을 포함해 고위급 교류를 강화했으면 한다. 정치, 경제, 문화 분야에서 진행 중인 양국 간 협의 메커니즘을 활성화하고자 한다. 한국의 영화, 예술, 고전 및 대중문화가 더 많이 소개되고 더 많은 포르투갈 사람들이 즐겼으면 한다.

그리고 파두(Fado)를 비롯한 사우다드(Saudade)의 정서를 한국인들이 느꼈으면 한다.* 한국의 드라마가 포르투갈 TV로 방영되고, 서울과 리스본 간 직항로가 개설됐으면 한다. 그래서 한국인들과 포르투갈인들이 서로의 나라에 더 많이 방문하기를 바란다. 포르투갈 내 한인 공동체가 지금보다 몇 배쯤 더 커졌으면 좋겠다. 한국과 포르투갈의 축구 대표팀이 매년 한 차례 친선 경기를 갖고 더 많이 친숙해 졌으면 한다.

17세기 초 포르투갈이 한국에 알려졌고, 지난 1961년 양국 간 외교 관계가 수립된 이후 서로를 알려는 노력이 있었지만, 아직도 두 나라 사이엔 '디스커버리'의 여지가 많다.

세월이 흘러 이곳을 떠날 즈음, 마르셀루 대통령을 예

• 파두는 포르투갈의 전통 음악으로, '그리움', '숙명적인 슬픔', '향수', '한'(恨) 등으로 표현될 수 있는 사우다드의 정서를 내재하고 있다.

방하는 기회가 다시 주어진다면 당당하게 말씀드리고
떠났으면 한다.

"저는 신임장 제정식 때 했던 약속을 지켰습니다."

이 글을 쓰고 2년 후쯤 예상보다 빨리 리스본을 떠나게 됐다. 청와
대 외교정책비서관으로 내정되면서 급하게 서울로 떠나야 했기 때문
이다. 가까운 지인들과의 송별회도 갖지 못했기에 마르셀루 대통령
과의 이임 인사는 더욱 여의치 않았다. 대신 안나 마르티뉴 외교안보
수석을 통해 각별한 석별의 인사를 전했다. 2년 4개월 재임 기간 동
안 대통령과 했던 약속을 지키고자 성심을 다했다. 아쉬운 부분도 있
었지만 만족스러운 시간이었다.

2만 킬로미터 떨어진 5F의 나라

포르투갈에 부임한 지 얼마 안 돼 유라시아 대륙 최서단 카부다호카 곶을 찾았다. 반대편 끝자락인 해남 토말(土末)을 품은 대한민국의 대사로서 재임 기간 중 성취해야 할 과제들에 대한 호연지기를 얻기 위함이었다. 나는 먼저 포르투갈의 문화와 정서를 깊이 이해하는 것이 중요하다고 생각했다. 흔히 포르투갈을 '5F의 나라'라고 하는데, 이 다섯 가지는 포르투갈과 포르투갈인을 이해하기 위한 필수 요소라고 할 수 있다.

첫째는 축구(Football)다. 부인은 바꿀 수 있지만 응원하는 축구 클럽만큼은 절대 바꿀 수 없다고 두려움 없이 말할 정도로 축구 사랑이 유별나다. 둘째는 파두(Fado)다. 우리의 판소리와 같은 정취가 있는 파두는 국가 귀빈들을 위한 환영 행사의 단골 메뉴로 내세울 정도

포르투갈 문화와 사람들을 깊이 이해하려면 축구(Football), 파두(Fado), 파티마(Fátima), 휴가(Férias na Praia), 음식(Food)의 5F를 알아야 한다.

로 그 애착이 남다르다. 셋째는 파티마(Fátima)다. 인구의 90퍼센트 이상이 천주교 신자인 포르투갈 사람들은 작은 마을 파티마에서 성모가 여섯 차례에 걸쳐 발현한 일을 매우 특별하게 여기고 있다. 매년 500만 명 이상의 해외 순례자들이 모여들고 4만 명 가까운 한국인들이 이곳을 찾는다고 한다. 또한 포르투갈 전역에는 해운대급 해변이 즐비한데, 여기서 보내는 휴가(Férias na Praia)는 포르투갈 사람들의 삶의 일부이자 원동력이다.

마지막은 그들의 자부심이자 자랑거리인 음식(Food)이다. 올리브오일, 에그타르트의 원조 격인 '파스테이스 드 벨렝', 북부 미뉴 지역에서만 생산되는 그린 와인은 가히 추천할 만하다. 차가운 대서양에서 공급된 해산물로 만든 음식은 뭘 시켜도 잘한 선택이다. 특히 소금에 절인 대구 요리 '바칼랴우'는 조리법이 무려 1,001가지나 된다고 한다. 음식을 사랑하는 포르투갈인들이 너스레를 떨 만하다. 1인당 식당 수가 다른 유럽나라에 비해 3배나 많은 이곳에서는 주변 어디서건 음식점을 쉽게 찾을 수 있다. 포르투갈 사람에게 음식은 인생을 즐기는 수단이기에 와인 한 병, 따뜻한 호밀빵 한 조각과 염소 치즈, 후식으로 포르투갈 커피 '비카' 없는 저녁 식사는 노숙자들도 '노땡큐'라고 한다.

포르투갈이 최근 긴 잠에서 깨어나 뛰고 있다. 수백 년 전 그들의 위대한 조상들이 조성했던 지구촌 구석구석을 다니면서 경제 협력 동반자를 찾으려 노력하고 있다. 포르투갈은 한국을 끊임없는 북한의 위협 속에서도 경제 기적을 이룬 민주주의의 모범 국가로 인식하고 있고, 이윤만 추구하지 않고 의리를 지킬 줄 아는 이상적인 경제 협력 파트너로 보면서 러브콜을 보내고 있다. 카부다호카 곶 이정표에는 "여기는 땅이 끝나고 바다가 시작되는 곳이다"라는 글귀가 새겨져 있다. 포르투갈의 국민 시인인 카몽이스가 500여 년 전 남겨 놓은 문구다. 그 땅끝에서 한국과 포르투갈이 하나로 이어지기 위한 밑알이 돼야겠다는 마음가짐을 다지고 또 다졌다.

999당에 사는 포르투갈 사람들

    2016년 11월 말 주포르투갈 대사로 부임한 이후 받은 한결같은 인상은 '참으로 복받은 나라구나' 하는 것이었다. 기후, 공기, 바람, 해변, 음식, 석양 그 모두가 감탄을 자아내게 했다. 사람들은 참으로 구수하고 좋아서 기분이 울적한 날이면 일부러 면담 일정을 잡아 한 시간이고 두 시간이고 이야기를 나누곤 했다. 그러고 나면, 다시 포근한 일상으로 돌아갈 수 있었다.

    많은 포르투갈 사람들은 스스로를 '제 포비뉴'(Zé Povinho)라는 만화 캐릭터에 빗대어 소개한다. 매사에 관심 없고, 협동심도 결여돼 있고, 참아서는 안 될 상황에서도 참고 현실에 안주해 버리는 간도 쓸개도 없는 사람들이라는 것이다. 하지만 그들은 기본적으로 겸손하고 친근하며, 상대를 높이고 스스로를 낮춘다. 리스본에 상주하는 각국 공관장 80여 명이 모두 공감하는 이야기다.

한국과 포르투갈은 1961년에 외교 관계를 수립했다. 한국 대사관은 1975년 리스본에 개설됐고 나는 제17대 상주 대사였다. 이곳에 주재했던 선배 대사 한 분은 늘 포르투갈을 '999당'이라고 소개했는데, 왜 그랬는지 부임 직후 실감할 수 있었다. 사람 살기에 천당 못지않지만 하늘나라는 아니므로 천당 하나 밑자락 동네, 포르투갈은 바로 그런 나라였다. 실제로 포르투갈에 거주하는 외국인들 대부분은 이곳의 날씨, 환경, 사람 앞에 '좋은'(bom)이라는 수식어를 붙이는데 주저하지 않는다.

나 또한 기회가 있을 때마다 포르투갈의 아름다움을 알리고자 했다. 한번은 서울에서 출장 온 손님들과 한가롭게 저녁 시간을 보낸 적이 있는데, 당시 성경 속 이야기를 빌려 와 포르투갈의 매력을 설명했던 기억이 있다. 사실 모세가 가고자 했던 젖과 꿀이 흐르는 땅은 포르투갈이었는데 유대인들의 저항과 불협조로 끝내 실패했다는 내용이었다. 물론 나의 독자적 해석일 뿐이다.

또 어느 여름, 가족들과 바르셀로나의 관광 포인트인 가우디의 건축물들을 보고 돌아온 후 딸아이에게 포르투갈에는 그의 원조 격인 성당과 수도원들이 널려 있고, 그 건물들이 가우디에게 영감을 불어넣었다고 설명했다. 딸아이는 무슨 대단한 발견인 양 신기해하며 인스타그램에 올려야겠다고 했다. 그러더니 매우 진지하게 사실 여부를 확인하려고 했다. 개인적 해석이라고 하자 크게 실망하는 눈치였다. 실로 포르투갈 어딜 가나 가우디의 건축물처럼 독창적인 건물들을 쉽게 만날 수 있었다.

　하루는 서울에서 찾아 온 친구와 함께 집 근처 펍에서 저녁을 먹었다. 늦지 않게 포도주 한 병만 나눠 마시기로 한 것이 어느새 세 병이 됐다. 올리브와 각종 야채, 닭 튀김, 바깔랴우, 염소 치즈까지 곁들였는데 놀랍게도 100달러가 채 되지 않았다. 친구는 아직도 엄청 비싼 음식을 대접받은 줄 알리라.

부모님 포르투갈 체류기

2017년 4월, 부모님께서 3주간 포르투갈에 머무르셨다. 예전에도 근무지를 찾아 오신 적은 있었지만, 대사로서 첫 임지이기도 하고 아들이 사는 관저는 어떻게 생겼는지 구경시켜 드려야겠다 싶어 이번에는 어느 정도 적응하자마자 오시라고 보챘다.

포르투갈은 북쪽으로 포르투, 브라가, 기마랑이스가 있고 남쪽으로 대서양 해변 도시인 사그레스, 라구스, 파루가 있다. 또 휴양지로 유명한 아소르스 제도와 마데이라 제도가 있다. 돌이켜 보면 훨씬 더 많은 선택지가 있었고, 멋진 지역에 모시고 갔을 수도 있었지만 그때는 그게 최선이라 보았다.

포르투갈에 막 부임했을 때 5,000명 이상이 사는 도시가 55개라 들었다. 임기 3년 동안 모두 가 보리라 마음먹었지만 예정보다 빨리 이임하게 되는 바람에 44개 도시만 둘러볼 수 있었다. 가끔 가 본 나라들 중에 어디가 가장 좋았는지 물어보는 사람들이 있다. 나는 주저하지 않고 포르투갈을 추천한다. 스페인 여행길에 덧붙여 하루 이틀 보는 것 말고 적어도 일주일, 아니면 아예 안식월이나 안식년으로 장기 체류 하기를 권한다. 지금껏 다녀온 사람들로부터 단 한 번의 원망도 들은 적이 없다. 리스본 여행을 계획 중이라면 아래 여행 일정을 참고해 보면 좋을 것이다.

포르투갈 여행 일정

4.11(수)

∘ AF5093편 22:20 리스본 도착

4.13(금)

∘ 카스카이스(Cascais) : 대서양의 휴양 도시
∘ 이스토릴(Estoril) : 영화 <007 카지노 로얄> 촬영지
∘ 악마의 입(Boca do Inferno) : 파도 크게 치는 곳
∘ 카부다호카(Cabo da Roca)

유라시아 대륙의 서쪽 끝단 카부다호카에서 바라본 석양. 카부다호카에 세워진 이정표에는 포르투갈의 국민 시인 카몽이스가 남긴 "여기는 땅이 끝나고 바다가 시작되는 곳이다"라는 글귀가 새겨져 있다.

- 호카곶의 피난처(Refugio da Roca) 레스토랑에서 이 집의
  특식인 해물밥(Arroz de Marsico)을 먹음

4.14(토)

- 세투발(Setúbal) : 인천 같은 곳
- Rei Do Choco Frito 레스토랑(갑오징어 원조집)
- 아라비다(Arrábida) 산 : 산 정상에서 대서양 전경을 파노
  라마 뷰로 감상할 수 있음

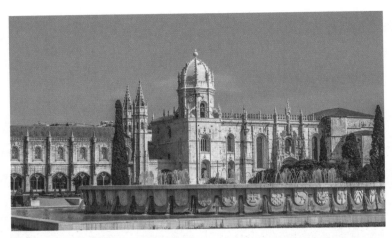

리스본 벨렘 지구에는 대항해시대의 영웅 바스쿠 다 가마를 기리기 위한 유적들이 모여 있다. 포르투갈 예술의 백미로 꼽히는 제로니무스 수도원과 벨렘 탑은 1983년 유네스코 세계 문화 유산에 등재됐다.

o 세짐브라(Sezimbra) : 모래 만지고 바닷물에 손 담금

o 구세주 그리스도상(Rei Cristo) : 알마다(Almada) 시에 있는 예수상. 브라질 리우데자네이루에 있는 예수상의 3분의 1 크기, 리스본 전경이 모두 보임

4.15(일)

o 제로니무스(Jerónimos) 대성당 미사

o 벨렝탑(Torre de Belém), 디스커버리 기념비(Padrão dos Descobrimentos) 등 주변 관광지 산책

4.18(수)

o 호시우 광장(Praça do Rossio)

o 코메르시우 광장(Praça do Comércio)

o 타지드(Tágide) 식당에서 점심. '타지드'란 리스본을 가로 흐르는 테주강(Rio Tejo)의 수호 여신을 뜻한다. 리스본 시내, 강 너머 지역을 파노라마 뷰로 감상할 수 있음

4.19(목)

o 콜롬보 백화점(Centro Colombo)에서 저녁

o 백화점 내 슈퍼마켓 콘티넨트(Continente)에서 장보기

4.20(금)

o 파티마(Fátima) 성지 순례, 인근 식당에서 점심

4.21(토)

o 국립 타일 박물관(Museu Nacional do Azulejo) : 각종 타일 작품 및 1755년 대지진 이전의 리스본 정경을 묘사한 아줄레즈 작품을 감상할 수 있음
o 대형 슈퍼마켓 마크루(Makro)에서 장보기

4.23(월)

o 주포르투갈 대사관 대사 집무실 방문
o 리스본의 오래된 명문 사교 클럽인 에사 드 케이로스 클럽(Círculo Eça de Queiroz)에서 점심 식사
o 카르무 성당(Igreja do Carmo) : 리스본에서 가장 큰 성당. 1755년 대지진으로 천장이 내려앉는 큰 피해를 입음

4.27(금)

○ 오비두스(Óbidos) : 중세 시대 마을이 그대로 유지돼 오면서 각종 음식점 및 상점이 운영되고 있음

○ 오래된 성당을 서점으로 개조한 산티아고 서점이 유명하고, 막 구운 빵을 저렴한 가격에 내놓는 빵집이 많음. 초콜릿으로 만든 잔에 먹는 진자(ginja, 포르투갈 전통 체리주)를 맛볼 수 있음

○ 나자레(Nazaré) : 파도가 높고 바람이 심하게 부는 도시. 서퍼들의 성지로 유명. 나자레 등대에서 큰 파도를 감상할 수 있음. 해운대보다 인상적인 해변. 길가에 음식점과 상점이 즐비하며, 건조대에 말린 생선 및 문어를 구입할 수 있음. 근처 맛집에서 가자미, 도미, 정어리 요리 즐김

4.28(토)

○ 엘 코르테 잉글레스 백화점(El Corte Inglés) : 스페인의 백화점 브랜드로 포르투갈 내 최대 규모를 자랑

4.29(일)

○ 에보라(Évora) : 리스본 남쪽 150킬로미터 지점에 위치한

도시 전체가 세계 문화 유산으로 지정된 신트라는 리스본 북서쪽 20킬로미터 지점에 위치하고 있다. 포르투갈 왕가의 여름 궁전으로 사용된 페나 궁전, 이베리아 반도를 점령한 이슬람 세력 '무어인'들이 쌓은 무어성 등 다양한 역사 유적들이 자리하고 있다.

알렌테주(Alantejo) 지역의 주도

o 뼈 성당(Capela dos Ossos), 로마 신전, 로마 양식의 수로
교 등 방문

5.1(화)

o 신트라(Sintra) : 리스본 북서쪽 20킬로미터 지점에 위치한
작은 도시. 영국의 음유 시인 바이런이 신트라시를 '에덴 동
산'으로 평가했던 곳에서 사진 촬영 후 코르크 가방 구입. 전
망 좋은 식당에서 커피 한 잔
o 헤갈레이라 별장(Quinta da Regaleira)
o 페나 궁전(Palácio da Pena) 및 산 정상에 위치한 무어성
(Castelo dos Mouros) 관람

5.2(수)

o AF1625편 15:50 리스본 출발. 파리 경유 서울행

최초의 지구촌 건설자, 그들의 생존 묘수

포르투갈은 15~16세기에 인류 역사상 최초로 글로벌 빌리지를 개척했던 위대한 선조들을 가진 나라다. 그들은 한때 실크로드를 통해 후추 교역으로 번성했던 베네치아를 도산시켰고 튤립, 초콜릿과 다이아몬드를 네덜란드에 소개해 주었다. 그들은 영국에 차와 봄베이를 선물했고, 일본에게는 조총과 덴푸라를 전해 주었다. 또 아프라카인들을 말라리아의 위협에서 구해 주었고, 미 대륙에는 노예 선박을 보냈고, 인도에는 카레와 사모사*를 전파했다. 포르투갈은 수 세기 동안 인류 역사상 어떤 나라도 하지 못한 문명사적 영향을 주었다. 스페인의 위협에서 벗어나고자 해양 탐험에 나섰고, 그

---

* 인도 요리, 향신료로 간을 하고, 볶은 야채·고기를 밀가루로 반죽해 얇게 편 피를 삼각형으로 싸서 기름에 튀긴다.

결과 아시아 항로를 개척하고 남미 신대륙을 발견할 수 있었다.

포르투갈어는 스페인어와 뿌리가 같고, 서로 신문을 읽고 해석하는 데 전혀 문제가 없다. 다만, 약소국인 포르투갈은 모음을 먹어버리는 의도적인 언어 진화를 이룩해 스페인 사람들의 대화는 전부 이해하지만 그 반대는 어렵게 만들었다. 포르투갈 사람들에게 스페인어는 슬로우 모드로 천천히 돌리는 확성기 소리처럼 들리고, 스페인 사람들에게는 3배속으로 빠르게 돌리는 동영상처럼 느껴진다고 한다. 또 포르투갈 사람들끼리 이야기를 나눌 때는 다섯 명이 이야기해도 밖으로 새어 나가지 않을 정도로 소곤대는데, 이것도 스페인 언어와 문화로부터 벗어나고자 하는 몸부림이었다. 마리우 소아르스 전 포르투갈 대통령은 나와의 면담에서 이런 평가를 내리기도 했다.

"언어는 사람들을 하나로 엮어 주는 연대다. 포르투갈 언어를 사용해야 비로소 포르투갈인이다. 주변에 포르투갈 사람들이 아무리 많아도, 누구도 그들이 곁에 있는지 모를 것이다. 그들은 모두 조용하게 이야기하기 때문이다."

로마 교황청의 보호 아래 주권을 지탱해 왔던 포르투갈은 스페인, 영국, 프랑스 등 주변 열강의 틈바구니에서 살아남기 위해 끊임없이 주변국의 도움을 얻었고 눈치를 보았다. 교황청의 힘이 약화된 19세기 초, 영국은 스페인의 끊임없는 압박과 나폴레옹 전쟁의 위기에서 벗어나게 해 준 영웅이자 구원자였다. 그래서 포르투갈 사람들은 영국에서 태어났다고 하면 '인생 복권'에서 1등한 것으로 간주한다. 또 포르투갈에는 "Para inglês ver"(영국 사람에게 잘 보이기 위해)라는 표현이 있다. 상인들이 대영 제국 함대의 검문을 피하기 위해 쓰던 말로, 노예들을 화물로 잘 위장하라는 데서 유래했다고 한다. 실제보다 화려하게 보여줘야 하거나 적어도 뭔가 다르게 보여줘야 하는 상황에서 쓰이는 말이다. 두 나라 관계는 그만큼 밀접했다.

20세기에 접어들면서 오랜 동맹 관계에 균열이 발생했다. 영국이 아프리카 종단 정책을 펼치며 포르투갈로부터 중부 지역 식민지를 빼앗아 간 것이다. 국제 관계에는 이렇듯 영원한 친구도 적도 없다. 포르투갈은 다른 유럽 국가들에 비해 우리에게 덜 알려진 감이 있다. 1986년 EU에 가입하기 전까지 공산주의, 독재 정치, 식민지 전쟁 등을 다채롭게 경험하면서 국제 사회와 오랜 기간 단절됐기 때문이다.

그런 포르투갈이 최근 한국과의 관계에서 기지개를 활짝 펴고 있다. 코로나 이전 이미 10만 명을 넘어선 우리 관광객 유치 확대와 IT 분야 및 재생 에너지 시장 개척, 특히 아프리카와 남미를 겨냥한 제3국 공동 진출 방안 등을 적극적으로 모색하고 있다. 정치, 경제, 사회 전반에서도 활기가 느껴진다. 유라시아 대륙의 서쪽 끝과 동쪽 끝에 위치한 두 나라가 하나로 이어져, 서로의 발전과 번영에 기여하길 바란다.

전·후임 대사들 간 인수인계는 이렇게

2019년 3월 15일 후임 대사에게 아래 서한을 남기고 포르투갈을 떠났다. 개인적으로 친분이 있는 선배라 편하게 썼다.

　　형님, 우선 포르투갈 대사로 부임하게 되셨음을 다시 한 번 환영하고 축하드립니다. 지난 2년 동안의 경험을 바탕으로 말씀드리자면, 이곳은 삶의 질적인 측면에서 정말 괜찮은 곳입니다. 형님이 일감을 몰고 다니시는 분 이라 그런지는 몰라도, 재임하는 동안 큰 행사들이 많이 있을 것 같다는 생각이 듭니다.

　　2년 4개월 전 포르투갈에 부임하면서 제 나름대로 '재임 기간 동안 해야 할 10대 과제'를 작성했습니다. 직항로 개설, 아리랑 TV 방송, 정상 회담 성사, 주앙 멘데스 기념 조형물 건립, 한국 기업 진출 확대, 한국 음식점 개관, 포르투갈어 사용국 공동체(CPLP) 옵서버 가입, 외교장관 회담 개최, 명예 영사관 개관, 지자체 실질 협력 강화였습니다. 이미 끝난 일도 있고, 추진 중인 일도 있지만 적어도 형님 재임 기간에는 실현될 가능성이 크다고 봅니다.

포르투갈은 좋은 나라입니다. 날씨도 좋고, 치안도 괜찮고, 음식도 맛있고, 바다와 강도 가깝습니다. 일도 그런대로 매니저블해서 하루하루 의미 있는 시간을 보내는 데 문제가 없습니다. 앞서 말씀드린 업무의 상세 내용은 전해드린 자료를 잘 살펴보시고, 훌륭한 후배인 전 공사의 보좌를 받으면서 형님의 페이스에 맞게 추진하면 되겠습니다.

저는 선배 대사님들이 이곳 행정 직원들을 참 잘 뽑았구나 하고 감사히 생각하고 있습니다. 다만 많은 분들이 은퇴를 앞두고 있어 새로운 사람들을 채용해야 하는 부담을 형님께 남겨드리고 떠나는 게 조금 걸립니다.

비서 안나는 매우 똑똑하고 공관에 근무한 지 오래 됐습니다. 그래서 우리가 뭘 원하는지 알고 슬기롭게 빨리빨리 일을 처리하는 편입니다. 형님께서 많은 도움을 받으시리라는 생각입니다.

　사무실 서랍에 이런저런 파일을 남겨 놓았으니 참고해 주세요. 제가 읽은 포르투갈 관련 서적 10여 권도 책장에 남겨 두었으니 꼭 읽어 보세요. 시간도 잘 가고, 재미도 있고, 무엇보다 업무 추진에 도움이 될 것입니다.

　제가 부임한 이후 신경을 쓰고 추진했던 것은 인적 네트워크입니다. 특히 대통령실 외교 수석, 총리실 외교 보좌관, 외교부 담당 차관, 국제화 차관(경제 분야), 의전장, 차관보, 포-한 의원친선협회 회장단(회원 10명), 대통령 동생들, 시장(알마다, 바헤이루, 세이샬, 세투발, 올량, 파루, 파티마, 로우레스 등등), 대학 총장(리스본, 포르투, 코임브라 등등) 및 교수, 언론인(<Publico>지 편집인, <DN>지 부편집인 등), 경제인, 법조인(대법원장, 헌법재판소장, 옴부즈워먼 등) 등과 좋은 관계를 유지해 두었습니다. 안나가 상세한 네트워크 자료를 잘 챙겨 놓았으니 형님 부임하시는 대로 시간을 두고 차근차근 만나 보시면 되겠습니다.

　일찍 들어오라는 본부의 사인이 오기 직전까지 진행되던 일은 주앙 멘데스 기념 조형물 건립(상반기 내), 한마당 장터(5월 중), 국회의장 방문(2월, 성사), 사건사고 영사 충원(상반기 내), 고위급 방문(장·차관, 공공외교대사), 지방자치단체장 방문(연중, 남해, 여수, 통영, 부산

등), KOTRA 개관, 직항로 개설, 정상 회담 개최 등등이 었습니다. 형님께서 실현해야 할 업무이기도 합니다. 아마 부임하시기 전에 결정나 있겠지만 포르투갈 총리 방한, 우리 총리와 외교장관 방문 등은 무게를 두고 실현해야 할 사안이 아닐까 짐작해 봅니다.

대사관과 관저는 국유화돼 있고 위치 등 여러 측면에서 소중하게, 그리고 고맙게 생각되는 국가 자산입니다. 그간 대사관에 국기 게양대가 없어 총무 사무실에서 약식으로 게양해 왔는데 지난 2년간 노력한 결과, 형님이 부임하실 즈음에는 1층 발코니에 당당하게 태극기가 휘날릴 것입니다. 작을지 모르지만 소중한 성취물입니다.

이곳 물가는 아직 싸기 때문에, 형수님과 함께 다니실 곳, 드실 곳이 많이 보일 것입니다. 외교단에게 무료로 제공하는 골프 클럽도 있습니다. 이곳 한인 공동체가 아직은 소규모고 가족들처럼 오손도손 사는지라 서로 허심탄회하게 상의할 수 있는 관계가 될 것입니다. 30년 이상 살아 온 한인 사회 원로들이 대사관에 우호적 마인드를 가지고 있어 필요시 의논하고 협조를 요청하셔도 좋겠고요.

무슨 말씀을 더 드릴 게 있을까? 참, 리스본에는 80여 개의 상주 대사관이 있고, 대체로 각국 국경일 리셉션 때나 정상급 방문 행사, 주재국 정부 공식 기념일 등에서 만

216

나게 될 것입니다. 우리로서는 일본, 중국, 인도 대사를 비롯해 10여 개국 아주 그룹 대사들, 미국, EU 및 유럽 국 대사, 그리고 MIKTA(멕시코, 인도네시아, 한국, 튀르키예, 호주 등 5개국 협의체) 대사들과 특히 우호적 관계를 유지하시기 바랍니다. 신임장 제정일까지는 공식 행사 참여를 자제해 달라는 권고가 있는 만큼, 부임 이후 먼저 상기 대사들을 중심으로 예방 만남을 가지면 좋겠다는 생각입니다.

형님! 의문이 드는 일이 있으면 차석하고 의논하시고 그래도 더 알고 싶으시면 저한테 연락주세요. 형님의 건승과 형수님과 가족들 모두 행복한 시간 가지시길 바랍니다.

2019년 3월 15일
박철민 드림

대사들이 사는 집

해외 공관의 총괄 책임자를 공관장이라 부른다. 여기엔 'Plenipotentiary and Extraordinary'라는 멋진 타이틀을 붙인 특명전권대사와 총영사가 포함된다. 특명전권대사는 부임국과의 양자 관계 발전과 재외국민들의 안전 보호를 주 임무로 하고, 국가 정상으로부터 신임장을 받는다. 총영사는 교민들을 보호하는 임무를 가지며 외교장관이 임명장을 수여한다. 부임 이후에는 대한민국 정부가 구입했거나 임대한 집을 제공받아 공관장과 가족들이 거주하게 되는데 이를 대사 관저 또는 총영사 관저라고 부른다. 현재 전 세계에 170여 개의 공관장 관저가 있는데, 저마다 근사한 자태를 뽐내고 있다.

지금까지 두 번의 공관장과 일곱 번의 해외 근무를 거치며 50여 곳의 관저를 보았는데, 특히 인상적인 몇 곳이 있다. 스위스에 있는 주제네바 국제 기구 대표부 대사의 관저는 레만 호수가 내려다 보이는 언덕에 자리 잡고 있고, 뉴욕 맨해튼 중심가에 자리 잡은 주유엔 대표부 대사의 관저는 센트럴 파크 인근에 있다. 두 곳 모두 주변에 누구나 알 만한 다국적 기업 회장들과 그 나라 최고의 부자들이 살고 있다.

네덜란드 헤이그의 바세나르에 위치한 대사 관저는 그냥 '엄지 척'이다. 본래 네덜란드 유명 귀족의 저택이었는데, 일부가 부동산 시장에 나온 것을 우리 정부가 구입한 것이라 한다. 만 평의 부지에 아름드리 나무들이 우거져 있고, 자그마한 운하가 집 전체를 둘러 흐른다. 옆집 경마장에서 아이들이 말을 타고 노는 모습도 심심찮게 구경할 수 있다. 오래된 가옥이라 지방 문화재로 관리되고 있고, 증축과 개축이 거의 불가능하다는 불편함도 있지만 무슨 문제가 있겠는가.

포르투갈에 있는 대사 관저는 리스본 항구 입구에서 멀지 않은 곳에 있다. 300미터쯤 아래로 가면 포르투갈 예술의 백미로 꼽히는 '마누엘 양식' 건축물인 제로니무스 수도원이 있고, 관광객들에게는 너무나 친숙한 세계 최초의 에그타르트 식당이 있다. 관저 오른쪽은 오스트리아 대사 관저, 왼쪽으로 조금 더 가면 일본 대사 관저, 그리고 그리스, 인도, 쿠웨이트 등 20여 개의 각국 관저들이 눈에 들어온다. 우리 대사 관저는 자그마한 3층짜리 건물이었는데, 현관 입구에 오렌지 나무와 무궁화 나무가 있었다. 나는 외빈들이 올 때면 어김없이 앞으로 모시고 가서 오렌지를 직접 따 보게 하고 무궁화의 아름다움을 목도하게 했다.

부다페스트에 위치한 대한민국 대사 관저를 묘사한 그림. 오스트리아-헝가리 제국 최고의 건축가였던 힐드 요제프가 1846년에 지은 집이다. 2층 난간에 올라서면 다뉴브강과 국회의사당 전경이 펼쳐진다. ⓒ 박선호 일본 대사 관저는 규모가 우리보다 4배나 더 컸다. 건물 내부 공간도 넉넉해서 별도로 호텔을 이용하지 않고도 국경일 리셉션을 할 수 있었다. 매우 부러웠다. 영국, 프랑스, 스페인 대사 관저는 베르사이유 궁전의 축소판이었는데, 1년에 한 번 열리는 관저 개방 리셉션은 언제나 사람들로 문전성시를 이루었다. 현지인들이 초청장을 받기 위해 해당 대사들에게 로비를 펼칠 정도였다.

대사관과 대사 관저는 그 나라의 위상과 품격을 보여주는 상징성을 가지고 있다. 그런 측면에서 주헝가리 대사 관저는 자랑스러웠다. 19세기 오스트리아-헝가리 제국의 최고 건축가 힐드 요제프가 지은 집이었기 때문이다. 그는 헝가리 최초의 수도였던 에스테르곰에 세워진 대성당과 부다페스트 도심의 성이슈트반 대성당을 포함해 200여 개의 문화재를 남겼는데, 대사 관저도 그중 하나였다. 관저는 부다성 뒤쪽 노르머퍼 공원으로 올라가는 중턱에 자리 잡고 있었다. 900여 평의 대지에 신고전주의 양식으로 단아하게 지어진 3층짜리 하얀 건물이었다. 주변에는 대통령과 총리 공관이 자리하고 있었는데, 과거에는 헝가리 귀족들이 모여 사는 지역이었다고 한다.

이 건물은 구입 당시 헝가리 외교부의 안전 가옥으로 사용되고 있었다. 1989년 2월 한국과 외교 관계가 수립되기까지 수 개월에 걸친 교섭이 이루어진 곳이기도 했다. 그때만 해도 중부 유럽과 동부 유럽은 모두 소련의 영향 아래 있었으므로 다양한 간섭과 어려움이 있었지만, 우리 대표단의 집요한 노력 끝에 사들일 수 있었다고 한다. 재임 기간 오·만찬 행사에 수많은 인사들을 초청했는데, 한국 대사 관

2022년 12월, 헝가리 스포츠 영웅들을 관저로 초대해 양국의 스포츠 교류 활성화 방안을 협의했다. 좌측 두 번째부터 졸트 규레이 올림픽위원장, 팔 슈미트 전 대통령, 라슬로 파비안 올림픽위원회 사무총장. 이날 팔 슈미트 전 대통령은 멋진 피아노 연주와 헝가리 민요를 들려주었는데, 지금도 그 추억을 잊지 못한다고 했다. © 박선호저 누구나 반기는 인기 만점의 공간이었다. 한국 전통 음식도 좋았지만, 무엇보다 관저의 품격 자체를 감상하고자 하는 손님들의 바람이 있었다.

빠른 이임 탓에 현직 총리를 초대할 기회는 놓쳤지만, 전직 대통령을 비롯한 대다수 장관들은 초청에 응해 힐드 요제프의 공간을 즐겼다. 이렇게 개인, 조직 또는 국가 등의 개체가 특정 목적을 위해 서로 다른 당사자들을 하나로 모아 효과적으로 조정자 또는 중재자 역할을 수행할 수 있는 능력을 '소집권'(convening power)이라고 한다. 주 헝가리 대사 관저에는 유럽 대사들도, 일본 대사도, 인도 대사도, 교황청 대사도, 그리고 미국 대사도 한껏 부러워할 만한 소프트 파워가 있었다.

당당하고 품격 있는 외교를 펼칠 수 있도록 자리를 깔아 준 선배 외교관들의 엄청난 안목과 이를 받아들여 적지 않은 예산을 배정해 준 혜안 높은 정부에 진정으로 감사했다.

부다와 페스트를 아시나요?

　　형가리 사람들은 자신들의 역사가 천 년이 넘는다는 데 자부심이 남다르다. 정통 기독교 국가로서 전통과 문화를 고수하고 있음을 자랑스럽게 여기며, 동양과 서양의 중간에 위치한 전략적 관문으로서의 지정학적 가치를 높게 평가한다. 특히 지구상에서 야경이 가장 아름답다고 알려진 수도 부다페스트는 다뉴브의 진주라고 불리며 유럽의 새로운 경제적 허브로 떠오르고 있다.

　　부다페스트는 1873년 이전까지만 해도 부다, 페스트, 그리고 오부다(올드 부다) 등 세 개의 행정 구역으로 나누어져 있었다. 남북으로 흐르는 다뉴브강을 사이에 두고 서쪽으로는 왕궁과 귀족들의 거주지였던 부다와 로마 시대부터 중세 내내 구도심이었던 오부다가 있다. 동쪽으로는 신흥 귀족들과 중상공인들이 많이 살았던 상업 지역 페스트가 있다.

부다페스트는 '스파 수도'(spa capital)로 불릴 정도로 온천이 많다. 지금까지 발견된 것만 123개에 달한다. 세체니 온천과 겔레르트 온천은 웬만한 관광객이면 한 번쯤 방문했을 것이다. 온천을 즐기는 나 역시 마음은 굴뚝같았지만, 코로나로 미루다가 끝내 경험하지 못해 아쉽기만 하다. 부다는 라틴어로 물을 뜻하는 'voda'에서 유래했고, 페스트는 온천물이 많이 발견된 겔레르트 언덕에 소재한 수많은 동굴을 의미한다. 부다페스트의 온천은 목욕뿐만 아니라 약으로 음용할 수도 있다. 특히 최음제 성분이 많아 온천물을 상용하는 영웅광장 인근 동물원의 하마들은 다산을 한다고 한다.

헝가리는 오스트리아-헝가리 제국의 일원으로 합스부르크 왕가와 함께 1867년 이중 왕국 설립 때부터 1918년 1차 세계 대전 패망 시까지 중·동부 유럽의 맹주였다. 1차 대전의 결과로 체결된 트리아농 강화 조약에 따라 인구와 영토의 3분의 2를 상실했고, 루마니아·크로아티아·체코슬로바키아·우크라이나 등으로 흩어진 실지 회복을 위해 2차 세계 대전 당시 독일 등 추축국 편에 가담했다. 종전 직전 연합군으로 선회하려는 헝가리의 움직임을 간파한 독일은 주력 부대를 부다페스트에 진주시켰다. 그 결과 헝가리에 거주하던 유대인들은 실로 혹독한 홀로코스트를 겪었고, 부다페스트 전역은 최전방 전쟁터가 됐다. 연합군의 계속된 공습과 독일의 끈질긴 저항으로 도시는 철저하게 파괴되고 말았다.

다행스럽게도 19세기 후반 세계 4대 도시 중 하나였던 부다페스

지구상에서 가장 아름다운 야경으로 손꼽히는 부다페스트의 야경. 세체니 다리를 중심으로 부다와 페스트 지역으로 나뉜다.

트에 대한 복원 노력은 지금까지 계속되고 있다. 거리를 걷다 보면 건물들이 단아하면서도 예쁘다는 느낌을 받을 것이다. 대체로 5층에서 6층 높이가 많고, 화려한 장식이 건물 이곳저곳을 꾸미고 있다. 외관만 보면 100년 전 모습과 거의 비슷하다. 이는 19세기 후반 도입된 법 규정 때문이다. 부다페스트 내 모든 건물들은 높이가 96미터를 넘을 수 없었고,* 건축비의 20퍼센트 이상을 외관의 장식과 치장에 사용해야 했다. 한때 합스부르크 왕가와 영국 왕실에서 즐겨 사용했던 헤렌드(Herend) 도자기 못지않게 헝가리인들의 자랑거리인 졸너이(Zsolnay) 도자기 타일로 알록달록하게 장식된 옛 건물들의 지붕을 보면서 걷는 재미는 특별하다.

세계문화유산 지역에서는 라틴어 숫자가 적힌 건물들을 어렵지 않게 볼 수 있다. 비엔나문 광장의 니콜라시 탑 아래에는 'ANNO-MCCCCLXXXVI(1486)-SALV'라는 글자들이 있고, 대통령 집무실인 산도르궁 전면에는 'MDCCCVI(1806)'라고 건물의 설립 연도가 적혀 있다. 라틴어로 M은 1,000년, C는 100년, X는 10년, V는 5년, I는 1년을 뜻한다는 걸 알고 있었지만, D가 500 그리고 L이 50인 줄은 그제야 알았다.

헝가리는 노벨상을 수상한 사람만 15명에 이른다. 평화상을 제외하고 모든 분야에서 수상자를 배출했다. 원자 폭탄과 수소 폭탄 전문가로 '맨해튼 프로젝트'에 참여했던 존 폰 노이만도, 수소 폭탄의 아

---

* 헝가리 국가 성립 연도인 896년을 기념해 96미터 고도 제한을 두었다.

버지로 불리우는 에드워드 텔러도 헝가리 사람이다. 한때 미국 과학계 일각에서는 "지구상에는 두 종류의 인종이 있다. 헝가리 사람들, 아니면 그냥 평범한 인간들"이라는 우스갯소리도 돌았다고 한다.

희대의 캐릭터 드라큘라도 헝가리 태생이다. 마차시 대왕 시절, 루마니아 지역의 호족 블라드 체페슈가 오스만 제국 군인들을 산 채로 창에 꽂아 그 피를 보며 식사를 즐겼다는 일화가 동유럽의 흡혈귀 전설과 합쳐져 탄생했다. 이 이야기는 아일랜드 작가 브람 스토커에 의해 「드라큘라」로 태어났으며, 드라큘라 연기의 달인 벨라 루고시에 의해 전 세계로 퍼져나갔다. 그 역시 헝가리 사람이니, 드라큘라의 원조 자격은 헝가리에게 있다 해도 충분하지 않을까.

부다페스트에서는 엘리자베스(Elizabeth)라는 이름의 다리와 동상들을 곳곳에서 볼 수 있다. 오스트리아-헝가리 제국의 황후이자 헝가리의 왕비였던 엘리자베스는 '시시'(Sisi)라는 애칭으로 불리며 헝가리 국민들로부터 많은 사랑을 받았다. 600년이 넘는 합스부르크 왕가 전체를 통틀어 가장 아름다운 여인으로 평가받고 있다. 개인적으로는 남편 프란츠 요제프 황제가 일벌레여서 부부 금실이 그리 좋지는 않았다고 하고, 친이모이기도 한 시어머니와의 관계도 극히 좋지 못했다. 왕비는 부다페스트에서 멀지 않은 괴될뢰성에 머물면서 그 넓은 정원에 보라색 꽃을 가득 심었다고 한다. 시어머니가 제일 싫어하는 색깔이 보라색이어서 그녀의 방문을 막기 위해서였다나.

왕위 계승 1순위였던 루돌프 왕세자는 서른한 살에 왕가의 강제 결혼 전통에 저항해 연인과 함께 자살했다. 엘리자베스는 이후 검정

색 옷만 고집하며 입고 다니다, 예순을 막 넘은 시점에 괴한에게 살해당하며 합스부르크 왕가 비극의 여주인공이 되고 말았다.

헝가리에 부임하자마자 영화 〈Gloomy Sunday〉의 배경으로 유명한 군델 레스토랑을 찾았다. 전통 요리인 굴라쉬와 세상에서 가장 맛있고 귀한 디저트 와인으로 알려진 토카이 귀부 와인을 한잔 가득 삼켰다. 살짝 위통이 느껴질 때면, 오-헝 제국의 황제 요제프 2세가 "바로 이것이야. 특별해!"(Das ist ein Unicum!)라고 해서 유명해진 전통 약주 '우니쿰'을 마셨다. 헝가리 여행을 계획 중인 지인들에게는 항상 "헝가리에서는 그렇게 즐겨야 한다"고 권한다. 그렇게 하면 부다도, 페스트도 천하제일의 미색으로 보이리라.

건축 양식을 알면 더 재미있는 세계문화유산 도시

"알면 더 재미있다"는 이야기가 있다. 밤샘을 마다하지 않던 업무 지상주의자 시절엔 상사의 어떤 질문에도 자신 있게 대답할 수 있음을 자랑스럽게 여겼고, 또 그만큼 일 자체가 재미있었다.

유럽에서 근무할 기회가 많아지고 거주 기간이 길어질수록 새로운 재미들이 추가됐다. 맛있는 와인과 그렇지 못한 와인을 구별하는 즐거움을 알게 됐고, 좋은 그림을 보면 자연스럽게 걸음을 멈추고 감상한 뒤 머리에서 느낀 감동을 심장으로 옮길 수 있게 됐다. 수십 년 이상 한결 같이 감동을 준 6070 올드 팝송보다 라흐마니노프의 선율에 더 마음을 주게 됐다.

한 번은 선배 외교관 C가 헝가리를 방문한 적이 있다. 바쁜 출장 일정 틈틈이 시간을 내어 그가 헝가리 곳곳의 건축물을 걸어서 탐방

하는 모습을 보았다. 선배는 주프랑스 대사 시절 부부가 함께 프랑스 전역에 소재한 오랜 건축물들을 찾아다니며 양식을 비교 체험하는 특별한 여행을 했다고 했다. 평소 존경하던 선배였는데 그 이야기를 듣고 나니 더욱 멋져 보였다.

부다페스트는 도시 전체가 국제 사회의 보호를 받는 유네스코 세계문화유산이다. 부다페스트는 로마 제국의 동부 지역 최전선이었다. 북에서 남쪽으로 흐르는 다뉴브강을 사이에 두고 서쪽은 문명 지역인 부다, 동쪽은 야만 지역인 페스트로 구분됐다. 구도심인 올드 부다 쪽으로 가보면 2,000여 년 전 번창했던 로마 군인들의 병영과 일반 주민들의 거주지 일부가 남아 있다. 이러한 유적지를 '아퀸쿰'이라고 부른다. 이탈리아 폼페이까지 가보지 않아도 고대 로마 건물의 원형은 이럴 것이라고 유추해 보는 데 아무런 문제가 없다.

서양의 건축 양식은 고대 그리스와 로마 제국 시절 만들어진 신전과 왕궁 등 당대의 시그니처 건물에서 출발한다. 그리스는 아름다운 기둥 건축으로, 로마는 두터운 벽체 건축으로 구별되지만 모두 단순함에서 오는 우아함을 표방한다. 유럽의 거리에서 10세기에서 13세기 초반 무렵 지어진 건물을 보았다면 로마네스크 양식의 건축물이라고 단정하면 된다. 로마의 건축 양식에 기초하고 있어 두터운 벽체와 좁은 반원 아치형 창에 세로 기둥의 문설주를 가진 다부진 모습이다. 자세히 들여다보면 로마의 단순함보다 한결 성숙함이 풍기는 모습이다. 석조로 만들어진 크고 무거운 돔 지붕을 떠받칠 수 있도록 설계된 교차 궁륭(groined vault)의 둥근 천장과 기독교의 상징인 빛을 마음껏 받아들일 수 있도록 건물 전면에 큼지막한 장미창을 가졌다면 '로마 양식(Roman) 같은(Esque)' 방식이다.

고딕 양식은 13세기 후반에서 14세기 후반까지 발전해 온 건축 양식이다. 하늘을 찌를 듯한 거대한 첨탑이 특징이다. 이전까지의 건축 양식으로는 높은 탑을 쌓기 어려웠기 때문에 늑골 모습을 한 리브 궁륭(ribbed vault)과 첨단 아치, 그리고 건물 외부에 플라잉 부벽을 설치해 해결했다. 다이어트에 성공한 스포츠맨의 몸매처럼 로마네스크 양식보다 한결 경쾌한 느낌을 준다.

15세기 이후 200년간 만들어진 건축물이라면 르네상스 양식일 가능성이 높다. 비례와 균형을 추구하는 고대 그리스와 로마 양식을 재현하고자 했고, 인본주의 정신에 따라 사람의 사이즈에 어울리게 설계했다. 정면 상부에 놓인 삼각형 페디먼트가 돋보이며, 원형 장미창과 반원형 아치 창문을 가지고 있다.

17세기 후반부터는 반종교개혁의 사조를 가진 바로크 양식이 르네상스 양식의 뒤를 이어 나타났다. 바로크란 '비정형적 진주'라는 뜻이다. 건물의 전면인 '파사드'가 돌출돼 있고, 과거에 비해 건물 외벽과 내부의 장식이 지나칠 정도로 화려한 느낌을 준다.

18세기부터 19세기 초반까지 지어진 건축물은 신고전주의 양식의 특징을 가지고 있다. 고대 로마와 그리스 양식으로 회귀하자는 생각에서 출발했기 때문에 로마네스크와 르네상스의 기본 양식을 바탕으로 하되, 새롭게 발전된 건축 재료를 활용해 보다 실용적인 양상을 띠고 있다.

하지만 천 년이 넘는 장구한 역사를 가졌다 하여 헝가리 곳곳에서 세기별로 다르게 지어진 다양한 건축 양식을 모두 감상할 수 있을 것으로 상상하면 오산이다. 몽골의 침입, 합스부르크 왕가와의 오랜 전쟁, 오스만 제국에 의한 150년간의 지배로 원조 건물들이 모두 파괴됐기 때문이다. 1896년 헝가리 왕국 건설 1,000년을 기념하는 밀레니엄 엑스포를 앞두고 페스트 지역과 부다 왕궁 지역에 건설된 당대 최고 수준의 건축물들도 두 차례의 세계 대전을 거치며 대부분 파괴돼 볼 수 없게 됐다.

하지만 헝가리 정부의 계속된 노력 덕에 많은 건물들이 원형에 가깝게 복원되고 있다. 부다페스트의 융성기인 19세기 초중반에 건설된 것이라면 신고전주의 양식을, 밀레니엄 엑스포 즈음인 19세기 후반에 복원된 것이라면 절충주의(Electicism) 양식을 사용했을 가능성이 높다. 신고전주의 양식은 좌우 대칭을 중시했고, 지붕 위에 어김없이 삼각형 팀파눔*을 가지고 있다. 부다성에 위치한 산도르궁(대통령 집무실), 국립미술관, 세인트이슈트반 성당 등 다수가 있다. 주헝가리 대한민국 대사 관저도 당대 최고의 건축가인 힐드 요제프가 1846년에 만든 신고전주의 양식의 대표적인 건물이다. 절충주의 양식은 과거의 다양한 건축 양식에 '네오'(Neo)를 붙여 한껏 멋을 부린 것이다. 다뉴브 강가에 자리 잡고 있는 헝가리 국회와 부다성 지역에 위치한 마차시 성당은 네오 고딕 양식이고, 어부의 요새는 네오 로마네

---

* 건물 정면의 대문이나 출입문, 창문 위에 얹혀 있는 반원형, 삼각형의 부조 장식을 뜻한다. 가로대와 아치로 둘러싼 가운데 여러 석조와 화상, 장식 등이 들어간 구조로 돼 있다.

스크 양식이다.

페스트 지역에서 가장 큰 길인 언드라시 대로를 따라 걸어 보자. 다뉴브 강변에서 영웅광장까지 이어진 2.4킬로미터의 도로 양편으로 빈틈없이 자리 잡은 다양한 '네오' 건물들의 풍미를 즐길 수 있을 것이다. 물론 20세기 초반에 지어진 아르누보 양식의 건물들도 보인다. 과거에서 탈피해 새로움을 추구하자는 사조에 의해 지어진 건물들로, 자연과 동식물 모티브가 기본을 이루면서 들쑥날쑥한 형태의 파사드가 멋진 응용의 묘미를 살리고 있다. 부다 쪽에서 페스트 방향으로 다뉴브 강을 가로질러 아름다움을 맘껏 뽐내고 있는 세체니 다리를 막 건너면 포시즌 호텔이 나온다. 20세기 초까지만 해도 그레삼궁으로 불린 곳인데, 대표적인 아르누보 양식이다.

아테네에 가면 그리스 양식을 볼 수 있고, 로마에 가면 로마 양식의 원형이 남아 있다. 파리에 가면 고딕 양식과 르네상스 양식의 원형을 감상할 수 있다. 수천 년 역사를 거치면서 새로운 것으로 갈아엎지 않고 옛것을 지키면서, 필요하다면 그 시대가 요구하는 양식으로 조금씩 변모시켜 절충의 묘미를 만들어 가는 유럽의 도시를, 그 뒷골목을 걸어 보시라. 언제쯤 만들어진 것인지를 짐작해 보고 당신의 짐작이 맞았는지를 확인해 보시라. 언드라시 거리 중심에 있는 오페라하우스와 세체니 다리 오른쪽에 자리 잡은 과학아카데미 건물이 네오 르네상스 양식임을 제대로 맞추고는 기쁨에 겨워 춤사위를 덩실거린 기억이 있다.

부다페스트 영웅광장 인근 공원 초입에 서면 버이더후녀드(Vajda

영웅광장에서 바라본 언드라시 대로의 전경과 아르누보 양식으로 지어진 포시즌 호텔의 모습. 다뉴브 강변에서 영웅광장까지 이어진 2.4킬로미터의 도로를 걷다 보면 양편으로 빈틈없이 자리 잡은 다양한 '네오' 건물들의 풍미를 즐길 수 있다.

hunyad)성 내 여러 건물들과 헝가리농업박물관이 보일 것이다. 본래 밀레니엄 엑스포가 열리는 6개월 동안만 전시한 뒤 철거할 계획이라 목재로 만들었으나, 수많은 관람객들의 요청으로 엑스포 후 석조로 재건축됐다. 오늘날 루마니아 트란실바니아 지역에 있는 헝가리 후녀디 왕가의 성을 원형대로 재현했기에 중세 시대 고유의 로마네스크와 고딕, 그리고 18세기 바로크 양식의 진수를 감상할 수 있다.

다뉴브 강변에서 영웅광장까지 왕복으로 천천히 걸으니 대략 6시간쯤 걸렸다. 중간중간 100년 이상의 역사를 간직한 부티크 커피숍과 케이크 가게도 많아 유혹을 뿌리치기가 쉽지 않았다. 자! 헝가리 여행을 계획하신다면, 유네스코 문화유산으로 가득한 언드라시 대로 걷기를 꼭 권하고 싶다.

해외 언론과의 인터뷰는 이렇게

2020년 12월 14일, 주헝가리 대사로 부다페스트 리스트 페렌츠 국제공항에 발을 디뎠다. 외교부 규정상 해외 공관장은 두 번밖에 못하게 돼 있어, 30여 년의 외교관 생활을 마무리하게 될 곳이라는 생각에 각오가 남달랐다. 언제나처럼 비행기 안에서 임기 내해야 할 10대 과제를 정리했고, 근무 첫날부터 떠나는 날까지 그 약속을 저버리지 않고자 최선을 다했다.

대사로 근무하면서 계기가 있을 때마다 스스로 원해서, 또는 주재국 언론의 요청으로 인터뷰를 하거나 신문 기고를 했다. 열 번은 넘었을 것인데, 특히 헝가리에서 가장 발행 부수가 많고 대중적이라고 평가받는 〈Magyar Nemzet〉 지와 많은 기회를 가졌다. 헝가리를 떠나는 날인 2023년 1월 15일 게재된 인터뷰 기사를 소개한다. 해외 공관장으로서 양국 관계 강화를 위해 어떤 각오를 갖고 임했으며, 어떻게 노력해 어떤 성과물을 남겼는지 이해할 수 있었으면 한다.

경제와 문화로 묶인 우리

임기를 마치고 귀임하는 박철민 주헝가리 대한민국 대사가 본지와의 인터뷰에서 "지금처럼 한국과 헝가리의 경제 관계가 양호한 때가 없었다. 이는 비단 지난 2년간 양국의 공동 성과를 넘어 근시일 내 빈번해질 양국 고위층 교류가 증명해 줄 것이다"라고 언급했다. 박 대사에게 최근 빠르게 발전한 양국 관계와 금년 한국문화원이 헝가리 팬들을 위해 준비하고 있는 행사에 대해 문의했다.

2년여 전 주헝가리 대한민국 특명전권대사로 헝가리에 부임했고 오늘 임기를 마치고 귀임한다. 헝가리에 대해 특별히 기억에 남는 것은 무엇인가?

2년여의 짧은 임기 동안 셀 수 없이 많은 추억을 만들었는데, 그중에서도 가장 자랑스럽게 여기는 것이 하나 있다. 대사로서 그간의 공로를 인정해 헝가리 정부가 중십자가공로훈장을 수여한 것이다. 전혀 예상 밖의 일이었고, 공식적인 훈장 수여식 행사의 엄숙함에서도 헝가리 정부의 진심을 느낄 수 있었다. 나의 어릴 적 꿈이 현실로 이루어졌다. 어린 시절, 내가 어떤 전문 분야를 선택하든 국가 훈장을 받았으면 하는 꿈을 가지고 있었는데, 한 사람의 삶의 궤적에 있어 아주 중요한 이정표가 될 것이라고 생각했기 때문이다. 비교적 짧은 기간 근무했음에도 헝가리 정부가 먼저 훈장을 제안해 주었고, 떠나기 전에 받도록 조치해 줘서 너무 기뻤다. 가장 기억에 남는 순간이었고, 이미 받은 대한민국 정부의 훈장보다도 가치가 크게 느껴진다.

무슨 공로로 훈장을 받았다고 생각하나?

지난 2년간 많은 성과가 있었다. 대사로 임명을 받으면 항상 10대 과제, 정확히 말하면 과제 목록을 작성한다. 원래 계획보다 일찍 귀임하게 됐고, 코로나가 발생하는 바람에 더 활발하게 활동해야 했음에도 상당한 제약을 받았지만, 다행스럽게도 10대 과제의 상당 부분을 달성한 것 같다. 예를 들면 2021년 11월 20년 만에 문재인 대통령이 국빈으로 헝가리를 방문한 일이다. 양국 정상 회담뿐 아니라 동시에 '비세그라드 4개국+한국 정상 회담'도 부다페스트에서 개최됐다. 2021년 상반기 폴란드가 동일한 정상 회담을 개최하고 싶어 했지만 여의치 않았는데, 헝가리에서 성공적으로 개최돼 기쁨이 컸다.

폴란드는 왜 개최되지 못했나?

정확한 이유를 밝히기는 어렵다. 한국 정부가 중유럽 국가를 주목하고 있었지만, 사실 헝가리가 경쟁력 면에서 가장 높은 비중을 가지고 있지는 않았다. 지리·인구 조건 등을 따져 보면 폴란드는 체코나 슬로바키아, 헝가리에 비해 훨씬 규모가 크다. 지금까지 폴란드에 가장 많은 한국 기업들이 투자한 것을 보면 상대적 위상을 알 수 있다. 2020년 7월~2021년 6월 폴란드가 V4 순번 의장국으로서 임기 내 한국과의 정상회담 개최를 희망했다. 개최를 위해 많은 노력을 기울였지만 성공하지 못했다. 아마도 하늘이 도왔다고 하겠다. 헝가리 대사로 부임한 이듬해에 헝가리가 의장국이 됐다. 이전에 외교부에서 유럽국장으로, 또 청와대 외교정책비서관으로 근무하면서 한국 정부의 중유럽에 대한 생각을 잘 파악하고 있었다. 그런 맥락에서 한국+V4 정상 회의가 헝가리에서 개최될 수 있게 노력했고 실현됐다.

문재인 대통령의 헝가리 방문 의미가 그렇게 큰가?

물론이다. 문재인 대통령은 헝가리 방문 시 수많은 경제계 인사들을 대동했고, 대기업 회장들을 대표단에 포함시켰다. 헝가리에 대한 개인적인 인상과 더불어 전체 기업 활동 여건 등 분위기를 파악한 것으로 알고 있다. 정상 회담 결과, 문 대통령과 오르반 총리는 공개적으로 경제와 비즈니스 관계를 보다 확대하겠다는 의지를 표명했다. 양국 정부 모두 2021년 정상 회담의 후속 조치를 차분하게 시행해 나갈 것이기에, 양국 관계 증진의 새로운 이정표가 됐다. 실제로 지난 1년간 가시적인 성과를 통해 양국 관계가 더욱 발전했음을 확인할 수 있었다.

구체적으로 어떤 성과가 있었나?

지난 10월부터 대한항공이 서울-부다페스트 간 직항로를 개설해 운영하고 있다. 의미 있는 성과 중 하나다. 양국 간 관광 사업은 가시적으로 활성화될 것이다. 대사로서 특별히 운이 좋았다고 할 수 있는 것은, 다른 국가에서는 한국 교민들이 증가하면 범죄에 연루되는 경우가 많은데 헝가리에서는 지금까지 중범죄가 발생한 적이 한 차례도 없었다는 점이다. 헝가리는 유럽 국가 중에서도 치안이 매우 양호한 편이다.

앞으로 더 많은 항공편을 운영할 필요가 있는가?

물론이다. 대한항공은 한국 국적기고, 국민들은 여행지를 고를 때 대한항공이 취항하는지도 중요하게 살핀다. 이제 헝

2022년 10월 열린 서울-부다페스트 직항편 취항 행사. 이날은 시야르토 외교통상부
장관도 참석해 테이프 커팅 등 다양한 행사에 참석했다. 대한항공은 신규 취항을 통해
유럽 노선의 경쟁력을 확보하고 동유럽 신시장 개척의 기회를 마련했다.

가리와 한국 사이에 환승 없이 직항으로 11시간 정도면 왕래할 수 있다. 코로나가 발생한 2019년 이전에는 매년 20여 만 명의 한국 관광객들이 헝가리를 찾았다. 물론 직항도 없는 상태였다. 2018년도에 가장 많은 관광객들이 헝가리를 찾았지만 허블레아니 선박 침몰 사고로 관광객 수가 크게 줄었고, 이어 코로나까지 발생했다. 어찌됐건 12월부터 대한항공이 주 3회 취항 중이다. 기존에 있던 폴란드 항공사 LOT의 항공편까지 합하면 주 5회다. 게다가 최근 대한항공 관계자에 의하면, 2023년 12월부터는 매일 운항할 예정이라고 한다. 이렇게 되면 주 10회 직항편이 된다. 코로나 팬데믹 이후 대한항공의 평균 직항 노선 예약율이 60~70퍼센트였는데, 지난 10월 취항한 부다페스트-서울 간 직항 노선은 90퍼센트에 이른다고 한다. 이는 매우 특별한 일이다.

통계에 의하면 지난 12월 부다페스트-서울 노선 이용객 중 25퍼센트가 헝가리 사람들이다. 직항을 이용해 서울에 도착한 뒤 일본, 중국, 또는 동남아시아 국가로 환승을 한다고 한다. 바꿔 말하면 한국 사람들이 부다페스트에 와서 다른 유럽 도시를 연계 방문하는 것과 마찬가지다. 두 나라를 연결시켜 주는 중요한 고리다. 대한항공 직항로 개설에 내가 특별히 기여했다고 말하기는 거북스럽고, 다양한 요인들이 동시에 작용한 것으로 보면 되겠다. 한국 기업들의 헝가리 투자가 폭발적으로 늘고 있는데 대사로서 조금은 기여를 했다고 본다.

2022년 한국이 다시 대헝가리 투자 1등 국가에 오르는 기염을 토했다. 이에 대한 대사님의 의견은?

맞다. 지난 4년간 세 번째다. 2019년과 2021년에도 1등이었다. 시야르토 외교통상부 장관은 지난해 12월 한국 방문 당시 페이스북을 통해 2014년부터 총 39개의 전기 자동차 관련 기업이 100억 유로 이상을 투자했다고 말했다. 현재 헝가리에 진출한 한국 기업의 수는 300여 개 이상이다. 대형가리 누적 투자액으로는 얼마 전 프랑스를 제치고 3위가 됐다. 시야르토 장관이 처음 한국을 방문한 것은 2016년이고, 2019년부터는 매년 한국을 찾았다. 희망컨대 올해는 3회 이상 한국을 방문하기 바란다.

올해 장관이 3회나 한국을 방문할 특별한 이유가 있나?

시간이 흐르면 자연스럽게 알게 될 것이다. 지금은 그것이 실현될 것으로 믿는다는 정도로 답하겠다. 아마도 가까운 시일 내에 다양한 분야에서 양국 간 기업인들이 동행하는 고위층 방문이 빈번해 질 것으로 기대한다. 시야르토 장관과 그 외 각료급 인사들을 한국에서 볼 수 있게 되기를 고대한다.

한국이 2030 엑스포 개최 경쟁에 나섰을 때, 양국 관계가 얼마나 긴밀하며 한국에 대한 헝가리의 애정이 얼마나 깊은

지 실감했다. 엑스포 개최는 한국 정부의 국정 과제에 포함될 만큼 중요한 사업이었는데, 헝가리 정부가 제일 먼저 공식 지지를 표명했다. 오르반 총리는 양국이 매우 긴밀한 관계이므로 한국을 지지하는 것이 당연하다고 내게 직접 이야기해 주었다. 이 또한 10대 과제 중 하나였고, 성공 사례다.

지난 5월 부다페스트에서 개최된 제1회 '한국의 날' 행사도 그런 "과제"였나?

질문이 나온 김에 자랑하자면, 내가 생각한 과제 가운데 첫 번째였고, 가장 의미 있는 성과라고 자평한다. 약 1만 명의 헝가리 시민들이 행사장을 방문했다. 올해는 5만 명까지 목표로 삼고자 했다. 유감스럽게도 이번 행사는 다음 주에 부임할 후임 대사의 몫이다.

개인적으로는 '한국의 날' 행사가 매년 개최됐으면 하는 바람이다. 헝가리에 거주하거나 여행 온 사람 모두가 매년 5월이 되면 기다려지는 그런 행사가 됐으면 한다. 이 행사는 한국문화원과 헝가리에 진출한 300여 개 한국 기업과 20개 이상의 한국 식당들의 지원 없이는 불가능하다.

한국 문화를 사랑하는 헝가리 팬들을 위해 올해 계획하고 있는 프로그램은 어떤 것들인가?

2022년 열린 한국의 날 행사 모습. 약 1만 명의 관람객이 행사장을 방문했다. 태권도 공연, K팝 커버댄스 등 다채로운 공연이 펼쳐졌고, 야외에서는 한식, 한복, 전통 놀이, 조각보 등 한국 문화를 체험할 수 있는 행사가 진행됐다.

최근 드라마 <재벌집 막내아들>에서 인기몰이를 한 유명 배우 송중기 씨가 영화 촬영차 헝가리에 와서 여러 달 머물 예정이다. 한국뿐 아니라 아시아에서 큰 인기를 누리고 있는 배우라 헝가리를 알릴 수 있는 좋은 기회라고 본다. 영화가 개봉하면 전 세계 사람들이 아름다운 헝가리의 모습을 보게 되지 않겠는가? 관광 산업 면에서도 헝가리에 큰 이익이 될 것이다.

한국문화원은 올해에도 다양한 행사들을 통해 한국 문화에 관심이 있는 헝가리 국민들을 만날 예정이다. 9월에는 국립국악원 공연, 미슈콜츠시 국제영화제가 있고, 10월에는 매년 정기적으로 진행되는 제16회 한국영화주간 행사가 있다. 이번 행사는 부다페스트 외 데브레첸에서도 개최될 예정이다.

마지막으로 소개하고 싶은 행사는 5월 부다페스트에서 열리는 피아니스트 임윤찬의 공연이다. 국제적으로 '살아 있는 리스트'라고 불리는 그의 기교는 가히 세계 최고로 알려져 있다. 이임으로 참석할 수 없어 아쉽지만, 기회가 된다면 꼭 관람하기를 바란다.

헝가리 중십자공로훈장은 이렇게 생겼다

헝가리에 있으면서 좋은 분들을 참 많이 만났다. 전·현직 대통령들과 오르반 총리, 국회의장 등 3부 요인들을 만났고, 공석이든 사석이든 계기가 생길 때마다 소통의 기회로 활용했다. 18개 행정부처의 장·차관급 인사들, 대통령실 및 총리실 간부들과는 오·만찬 행사 등을 통해 친분의 깊이를 더했다. 대화는 화기애애했고 서로를 이해하려는 분위기 속에서 이루어졌다.

2020년 12월, 부임하자마자 국회의장, 대법원장, 헌법재판소장과 각료급 인사들에 대한 예방 신청을 했는데, 대부분은 시간을 할애해 주었다. 부임 축하 인사를 주고받는 형식적 만남에 그치지 않았고, 한국과 관련 있는 해당 부처의 고위급 인사들이 모두 배석한 가운데 양자 협의 방식으로 만났다. 외교통상부 장관, 재무부 장관, 국방부 장관도 예외가 아니었다. 그만큼 양국 관계의 중요성을 높이 평가하고 신임 한국 대사에게 거는 기대감이 컸다.

2021년 말부터 헝가리 인사들은 공식 석상에서 "헝가리에 대한 해외 투자 누적 규모가 박 대사 부임 시점에는 7위였는데, 이제 프랑스를 제치고 4위가 됐다. 축하한다"고 자랑스럽게 이야기해 주었다. 헝가리중앙은행의 죄르지 머톨치 총재와 미하이 퍼터이 부총재는 만날 때마다 헝가리 정부의 동방 국가 중시 정책에서 그 으뜸은 한국이라면서 엄지를 올렸다. 한국 경제계 인사들과의 교류를 통해 더 많이 배워야 한다면서 진심을 피력했고, 중앙은행이 주최하는 국제경제포럼에 참석하는 한국인 패널리스트의 수를 매년 늘려 갔다. 친분을 나눈 헝가리인들의 이름을 모두 나열하지는 못하지만 이 자리를 빌어 감사의 마음을 전한다. 다시 만나 보고 싶다.

특히 업무 카운터 파트너였던 외교부 동방 정책 담당 차관보 두 분은 참으로 성실하고 진심을 다하는 소중한 친구였다. 버러니 언드라시 차관보는 나와 함께 20년만에 한국 대통령의 헝가리 재방문을 성사시켰고, 2030 부산엑스포 유치에 헝가리 정부의 공식 지지를 이끌어 내는 쾌거를 만들어냈다. 그는 2022년 여름 헝가리의 가장 중요한 이웃 나라인 체코 대사로 부임했다. 후임인 아담 슈티프테르 차관보는 한국 대사관이 주관하는 행사라면 열 일을 마다하고 적극 협조해 주었다. 내가 다소 이른 시기에 이임하게 된 사실을 알고는 시야르토 장관에게 직접 보고를 올리기도 했다. 장관은 즉석에서 훈장 수여에 속도를 내라고 지시했다고 한다. 귀국하기 전에 헝가리 정부의

2022년 9월 헝가리 에르켈 극장에서 진행된 국경일 리셉션 현장. 이날 행사에는 팔 슈미트 전 대통령, 터마시 슈요크 전 헌법재판소장(아래, 현재 대통령) 등 국내외 주요 외교 인사 400여 명이 참석해 자리를 빛냈다. 한국은 헝가리의 중요한 전략적 동반자다.

중십자공로훈장을 받을 수 있도록 조치한 것이다.

　2022년 12월 21일 개최된 훈장 수여식에는 맨체르 차관, 슈티프테르 차관보, 파비안 아주국장 등 외교부 인사들과 우리 대사관 직원들이 참석했다. 시야르토 장관은 해외 출장으로 함께하지 못했지만, 자신을 대신해 품격 있고 영예롭게 대우해 달라는 특별 지시를 남겼다고 한다. 맨체르 차관과의 면담이 차관실에서 있었고, 수여식은 자리를 옮겨 헝가리 외교통상부에서 가장 전망이 좋은 꼭대기 층 파노라마홀에서 거행됐다. 수십 명의 관계 인사들이 참여한 뜻깊은 자리였다. 통상적으로 훈장은 상호주의에 입각해 3년 임기를 마친 대사들에게 수여된다. 이임 후 본국에서 해당국의 주재 대사관을 통해 전달받는 경우가 다수이기에 내 경우는 조금 특별한 절차를 거쳤다고 보면 된다. 특별히 성의 있게 행사를 진행해 준 헝가리 정부에 진심으로 감사한 마음이다.

　나는 소회를 밝히면서 2년간 진심을 다해 일한 것은 사실이지만, 무엇보다 좋았던 건 그토록 신명나게 일할 수 있었던 환경이었다고 말했다. 외교부 입부 이래 꿈꿔 왔던 외국 정부의 훈장을 처음으로 받게 돼 너무나 소중하다는 인사도 했다. 안경 너머로 살짝 흐르는 눈물도 남몰래 닦아 냈다. 슈티프테르 차관보는 아래와 같이 훈장 수여를 결정한 공로를 소개했다.

　　이렇듯 특별한 행사에, 헝-한 양국 관계에서 주요 인
사 중 한 명인 박철민 대사의 성취를 강조하는 자리에

설 수 있어 큰 기쁨입니다. 박철민 대사는 1964년 6월 1일 부산에서 태어났습니다. 1988년 서울대학을 졸업했고, 국제관계학 학사 학위를 취득했습니다. 이후 플로리다대학에서 석사 학위를 취득했고, 양국이 외교 관계를 수립한 1989년에 대한민국 외교부에 입부했습니다. 헝가리는 대한민국과 양자 관계를 수립했던 동구 사회주의 국가들 중에서는 첫 번째 국가였고, 그로 인해 양국 관계는 다양한 측면에서 엄청난 발전을 이루었습니다.

외교부 입부 이래 박 대사는 성공적으로 경력을 쌓아왔고 서울과 해외에서 주요 보직을 거쳤습니다. 부다페스트에서 대사로 근무한 2년 동안 양국 관계에 대단한 업적을 남기는 데 크게 기여했습니다. 작년 문재인 대통령의 부다페스트 방문을 준비하고 진행하는 데 탁월한 역할을 했습니다. 또 부다페스트와 서울 간 대한항공 직항편 취항에도 기여했습니다. 이러한 성과들은 양국 간 고위급 대화와 일반 경제 협력 관계를 증진시키는 데 도움을 주었습니다.

두 나라 사이에는 오랜 경협의 역사가 있습니다. 지금 한국 기업들은 헝가리에서 세 번째로 많은 투자를 하고 있습니다. 총액으로 보면, 한국은 2019년과 2021년에 가장 큰 투자 국가였고, 무역 규모도 전년 대비 17퍼센트나 증가돼 새로운 역사를 쓰고 있습니다.

2021년 문재인 대통령이 방문했을 때는 비세그라드 4(V4)+한국 정상 회담이 개최되면서 양국 관계가 전략적 관계로 격상됐습니다. 이는 새로운 발전 단계로 진입했다는 이정표입니다. 양국 간 체결된 다수의 새로운 협정들이 그 증거가 됐습니다. 박 대사의 기여와 개인적 충실함이 이러한 성취를 가능하게 했습니다. 앞으로 양국 관계의 화사한 꽃이 끝없이 만개할 것입니다.

박철민 대사님! 양국의 외교 및 경제 협력 관계 증진에 적극적인 역할을 해 주시고 양국 정상 회담을 성공적으로 개최해 주신 것을 평가합니다. 이에 노박 카탈린 대통령께서 헝가리 정부 중십자공로훈장(Commander's Cross of the Order of Merit of Hungary)을 수여합니다. 대사님께 이 훈장을 드릴 수 있어 대단히 기쁩니다.

2022년 12월 21일 헝가리 정부로부터 중십자공로훈장을 받던 날. 수십 명의 관계 인사들이 참석한 가운데 축사와 답사를 포함한 수여식을 성의 있게 개최해 준 헝가리 정부에 진심으로 감사한 마음이다.

성공적인 공관장이 되려면 필요한 것들

　　외교부에 입부한 이래 많은 선배들로부터 성공적인 공관장 생활을 하려면 세 가지 요소를 잘 갖춰야 한다는 이야기를 들었다. 바로 개인 비서와 운전 기사 그리고 관저 주방장이다. 하루 일과 내내 함께 해야 하는 팀이기 때문이다. 물론 직원들의 구성이 어떤지, 특별히 모가 난 인격을 가진 사람은 없는지도 중요하다고 했다.

　　돌이켜 보면 그런 면에서 나는 운이 좋았던 듯싶다. 다들 나를 최대한 지원해 주고자 했고, 면전에서 불평하는 후배들도 보지 못했기 때문이다. 공관장 생활을 두 번 하면서 함께 일했던 20여 명의 직원들에게 특히 고마운 마음이다.

　　관저 주방장들은 대체로 한국에서 조리학과를 막 졸업한 젊은 셰프들이었다. 매주 두세 번 관저에서 주최한 오·만찬 행사 때마다 궁

중 음식을 포함해 다양한 전통 음식을 맛깔스럽게 선보이기 위해 최선을 다해 주었다. 2018년까지는 포르투갈에 한국 음식점이 없었기에 K-푸드의 우수성을 보여주려 다각도로 노력했는데, 현재 여러 가게가 성업 중이라는 반가운 이야기를 듣고 있다. 헝가리도 상황은 마찬가지다. 한국 음식에 대한 현지인들의 선호도가 높아지면서 부다페스트에 있는 20여 개의 한국 음식점은 저마다 손님들로 붐비고 있다. 이들 가게는 7,000명이 넘는 교민들을 위해서도, 매년 20만 명이 넘는 우리 관광객들을 위해서도 성업해야 한다.

포르투갈에서도 그랬지만, 헝가리에서도 나는 관저가 그 나라에서 가장 훌륭한 한국 음식점이어야 한다고 강조했다. 그만큼 나이 어린 주방장들이 힘들었을 것이다. 하지만 손님들의 격찬에 자부심과 자신감도 쌓았으리라 믿는다.

운전 기사로는 부임 첫날 공항에서부터 이임하는 날까지 나를 도와준 '미스터 후이'(Rui)가 단연 최고였다. 대한민국 대사관이 리스본에 설립된 1975년 그날부터 운전 기사로 근무해 왔는데, 정말 마음에 들었다. 성실하고 품위 있고 그 나이에도 체력이 대단했다. 무엇보다 한국을 사랑했다. 나는 후이가 65세 정년을 넘어서도 함께 일할 수 있게 해달라고 본부에 특별 건의를 올렸다. 그렇게 해서 그는 2년간 더 함께할 수 있었다. 헝가리에서 전화로 안부를 물었는데, 리스본 인근으로 이사해 부인과 반려견 프란치스코와 즐거운 시간을 보내고 있다고 했다. 언젠가 그를 다시 볼 수 있기를 바란다.

포르투갈의 안나(Ana)와 헝가리의 또 다른 안나와 비키(Viki)는 모

운전 기사 '미스터 후이'는 부임 첫날부터 이임하는 날까지 든든한 조력자가 돼 주었다.
대사관 앞에서 함께 찍은 사진.

2021년 9월 헝가리 한국문화원에서 열린 한식요리 경연대회에서 심사하는 장면. 유럽
내 한국 음식에 대한 관심과 인기는 점점 높아지고 있다.

두 뛰어난 비서였다. 대사 업무를 하는 내내 입이 마르게 칭찬했던 사람들이다. 특히 비키는 한류를 좋아해 한국문화원에서 한국어를 배웠고, 한국 대사관에 근무하기 위해 좋은 직장까지 그만 두었다고 했다. 첫 출근 때의 모습이 지금도 생생하다. '들어오세요'라는 말을 듣기까지 여러 차례 조심스럽게 노크했고, 일이 끝나면 총총 뒷걸음 치며 나갔다. 요즘은 한국에서도 그렇게 하지 않으니 안 그래도 된다고 해도 1년 넘도록 한결같았다. 이임할 무렵, 비키는 내가 집무실에서 즐겨 들었던 클래식 음악이 담긴 USB와 직접 쓴 한글 편지를 건네주었다. 참으로 의미 있는 선물이었다. 이렇게 고마운 인연들 덕분에 공관장 생활이 더욱 각별하게 느껴졌다.

　　대사님, 저는 이 작은 선물을 몇 달 동안 계획했지만, 이 선물이 이별 선물이 될 줄은 꿈에도 몰랐습니다. 이렇게 돼서 너무 슬프지만 저는 우리가 할 수 있는 일은 없다는 것을 압니다. 다른 대사님이 오더라도 저에게 박 대사님은 영원히 진정한 대사님으로 남을 것입니다.

　　대사님께서는 저의 상사일 뿐만 아니라, 제가 많은 것을 배웠던 스승이자 멘토였습니다. 저는 이 여정이 끝나고 모든 목표를 함께 달성할 때까지 대사님과 함께 노력하고 싶었습니다. 그리고 저는 여전히 제가 대사님의 일에 기여할 수 있기를 바랍니다.

　　또한 저는 이 변화가 대사님께 좋은 소식이라는 것을

잘 알고 있습니다. 대사님께서 한국에 돌아가시면 더 여유로운 생활을 보내시고 더 많은 시간을 가족들과 보낼 수 있을 것입니다. 대사님께서 많이 그리워하셨던 맛있는 회는 언급할 필요도 없겠죠!! ㅎㅎㅎ 인생은 참 재미있습니다.

하지만 이게 영원한 이별이 아니라는 것을 알고 있습니다. 제가 언젠가 한국에 가게 될 기회가 있을 때, 대사님을 만날 수 있다면 영광일 것입니다. 그때 맛있는 한국 음식을 사 주신다면 감사하겠습니다! ㅎㅎ 약속 꼭 지키세요!

차에서나 집에서 대사님께서 좋아하실 거라 생각했던 노래를 마음껏 즐기시길 바랍니다. 저는 사무실에서의 나날을 즐겁게 해준 대사님의 노랫소리가 그리울 것입니다.

대사님께서 그 동안 양국의 좋은 관계와 큰 성과를 이루기 위해 얼마나 노력했는지 압니다. 대사님께서는 모르시겠지만 저는 대사님의 뒤에서 속으로 대사님을 '영감님'이라고 불렀습니다. 대사님처럼 훌륭한 영감님을 만나는 것은 영광이기 때문입니다. 이건 립서비스가 아니라 진심으로 하는 말입니다. 만날 수 있어서 영광이었습니다.

마지막으로, 대사님 잊지 마세요. 대사님께서는 "내

가 어떻게 권력을 얻고 그 힘을 지킬 것인가?" 하고 생각하고 있는 사람들과 다릅니다. 대사님께서는 "내가 어떤 목적으로 누구를 위해 힘을 쓸 것인가?"라는 도덕에 따라 살고 계십니다. 부디 앞으로도 한국을 위해 그 도덕에 따라 살아가시길 바랍니다. 그동안 감사했습니다! 안녕히 가세요!

2022년 12월
대사 비서 비키 올림

평생 외교관 박철민의
외교가 이야기

제5장

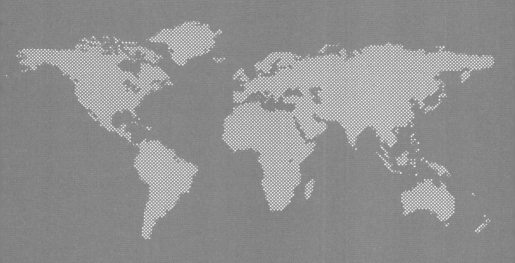

새로운 도전과 열정

- 울산시 국제관계대사 시절 경상일보에 기고한 칼럼 '박철민의 불역유행'의 내용을 편집하여 엮었다.

꿀잼 문화도시 울산을 꿈꾸다

        2023년 2월부터 2024년 6월까지 울산시 국제관계대사로 마지막 공직 생활을 했다. 국제관계대사란 광역지방자치단체의 국제 관계 역량을 위해 파견된 고위급 외무공무원으로, 해당 도시를 국제화하고 세계적으로 알리는 모든 업무를 맡는다. 초등학교와 중학교를 울산에서 보낸 나로서는 울산을 세계화하고 국제화하고자 하는 큰 포부가 있었고, 그렇게 일을 해 왔다고 자부한다.

    어릴 적 울산은 산업 도시였다. 온산 석유화학 단지 내 굴뚝 연기가 자랑스러웠고, 6월 공업 축제 퍼레이드 행렬과 밤하늘 가득한 불꽃놀이는 그야말로 최고의 볼거리였다. 또 석유화학, 자동차, 조선 등의 분야에서 세계 일류에 오르며 산업 수도로 우뚝 섰다. 그런 울산이 내 눈에는 오늘도 세계 최고다. 2023년 7월 울산은 이차전지 특화단지로 지정됐는데, 앞으로 수소 산업 생태계가 상용화된다면 산업 도시로서의 위상은 더욱 굳건해질 것이다.

그렇다면 문화 도시로서의 울산의 현주소는 어떨까? 내가 국제관계대사로 부임할 당시 중요하게 생각했던 것 중 하나는 울산을 '꿀잼 문화 도시'로 만들어 보자는 것이었다. 지금까지 울산이 산업 도시로 성장했다면 이제부터는 문화예술 도시로 거듭나야 한다는 생각에서 였다.

특별히 기억에 남는 활동은 울산시립미술관 전시 〈반구천에서 어반 아트로〉를 준비한 일이었다. 그래피티 아트(Graffiti Art)와 이로부터 발전한 어반 아트(Urban Art)에서 국제적 명성을 쌓아 가고 있는 해외 예술가 8인의 작품 300여 점을 소개한 전시로, 반구대 암각화의 유네스코 등재 기원 및 울산을 어반 아트 벽화 도시로 변모시키겠다는 일념을 담고 있었다.

그래피티는 1960년대 중후반 미국 필라델피아에서 도시 청년들이 거리 벽에 자신의 이름이나 메시지를 불법으로 남기면서 시작된 예술로, 1970년대 뉴욕 지하철 낙서를 통해 사회적 파장을 일으키며 성장한 미술 장르다. 그래피티 작가들은 물감과 붓 같은 전통적인 회화 재료보다 빠른 시간 내 그림을 완성시킬 수 있는 스프레이 캔을 선호했다.

그래피티는 1980년대, 1990년대를 거치면서 후기 그래피티 미술로 발전했는데, 양식이나 기술, 재료 등 모든 면에서 혁신적 발전을 거듭했다. 마커나 스프레이로 빠르게 그리는 작업뿐만 아니라 나이

프나 드릴, 심지어 폭약 등의 재료를 사용해 거리에 예술적 다양성을 더했다.

오늘날 어반 아트는 그래피티를 포괄하면서, 좁은 실내 아틀리에를 넘어 도시 전역을 작업실로 삼아 창작되는 모든 시각 예술 형태를 말한다. 물론 본질이 저항과 풍자인 만큼 현대 도시 문화의 병폐와 정치적 담론을 담고 있기는 하지만, 그래피티는 기본적으로 예술적 가치를 추구하고 있다. 아름답지 않은 것을 예술이라고 부를 수는 없지 않겠는가!

나와 어반 아트 예술가들과의 인연은 십수 년 전으로 거슬러 올라간다. 존 원(Jon One)은 캔버스 위에 겹겹이 쌓인 물감과 대담한 붓 터치가 돋보이는 미국인 예술가다. 그는 2013년 외교부 국제기구협력관이던 필자의 사무실을 방문해 천진난만한 미소로 그래피티 아트의 과거와 현재에 대해 설명해 주었다. 한번은 신라호텔 로비에서 춤을 추며 즉흥적으로 작품을 그려 나갔는데, 그 아름다움과 감동이 지금도 생생하게 떠오른다. 그는 세계적인 명성을 쌓으며 프랑스 아티스트 우표 제작과 에어프랑스 창립 80주년 기념 보잉 777기 협업 작품을 선보였고, 2016년 프랑스 정부의 최고 훈장인 레지옹 도뇌르 훈장을 받았다.

빌스(Vhils)는 아직 30대지만, 내가 포르투갈 대사로 재임하고 있을 때 이미 포르투갈 최고의 아티스트로 인정받고 있던 천재 예술가다. 2017년 여름 빌스의 작업실을 찾았을 때 그 규모가 너무 거대해 깜짝 놀란 적이 있다. 그 후 한반도에 도래한 최초의 서양인 주앙 멘

1604년 한반도에 도래한 포르투갈인 주앙 멘데스를 기념하기 위해 포르투갈의 예술가 빌즈가 만든 조형물. 한국인 여성상은 포르투갈 리스본 공원에, 포르투갈인 남성상은 통영 당포 해안 부근에 설치됐다.

데스의 일화를 소개하고 그의 기념 조형물을 재능 기부 형태로 제작해 달라고 요청했는데, 빌즈가 이를 수락해 덥석 안아 주었던 기억이 새롭다. 이렇게 시작된 프로젝트는 2023년 완성돼 통영시와 리스본에 각각 설치됐다.

빌즈의 소개로 포르투갈에서 만난 미국인 예술가 세퍼드 페어리(Shepard Fairey)도 어반 아트의 아이콘으로 자리 잡고 있다. 그는 실크스크린 기법을 사용해 포스터나 스티커 작품을 만들어 왔는데 오바마 대통령의 얼굴이 그려진 포스터 〈Hope〉를 제작하며 당선에 큰 역할을 했고, 헤네시 한정판 꼬냑 협업 및 〈지구의 위기〉(Earth Crisis) 시리즈 등을 통해 명성을 쌓고 있다. 그도 최근에 레지옹 도뇌르 훈장을 받았다.

제우스(Zevs)는 다국적 기업들이 현대 문화에 미치는 영향을 탐구하면서 샤넬, 루이비통 등 하이브랜드의 로고를 물감이 흘러내리는 형태로 변형시키는 〈흘러내림〉 시리즈로 유명세를 얻고 있다. 제우스는 2016년 예술의 전당에서 열린 〈위대한 그래피티 그룹전〉 당시, 내가 사 준 돼지국밥을 정말 맛있게 먹었다. 그러고는 감기 기운과 메스꺼움이 한꺼번에 사라졌다면서 그 후 볼 때마다 그 국밥집을 다시 가자고 졸랐다.

토마 뷔유(Thoma Vuille)는 노란 고양이 '무슈 샤'를 그린 작가로 최근 1년간 울산을 두 번이나 방문했다. 뷔유는 7,000년 전 예술가들이 남긴 반구대 암각화에 매료돼 원조 예술 도시 울산에 재능 기부를 하고 싶다는 의향을 보였다. 그의 바람은 실제로 성사됐다.

세계적인 예술가들의 벽화가 곳곳에 남게 되면 도시의 명물이 될 것이고, 한 번의 행사로 그치지 않고 내년 그리고 후년 계속된다면 울산은 런던의 브릭 레인 마켓이나 LA의 아트 디스트릭트처럼 국내는 물론 해외의 애호가들이 속속 모여드는 '어바니즘 시티'로 자리 잡게 될 것이다. 그런 날이 오기를 꿈꿔 본다.

〈반구천에서 어반 아트로〉에 참여한 세계적 작가 존 원(위)과 토마 뷔유(아래). 7,000년 전 예술가들이 남겨 놓은 반구대 암각화에 매료돼 울산과학대학교, 울산초등학교 등에 재능 기부 작품을 남겼다. 위 사진은 이 책의 추천사를 쓰고 있는 존 원.

의전은 기술인가, 예술인가?

2023년 10월 24일부터 26일까지 울산에서 동북아시아 지역 자치단체연합(NEAR) 제14차 총회가 열렸다. 5개국 52개 광역 지자체가 참여한 대규모 행사였다. 울산시 관계자들은 10여 명의 해외 고위급 대표단을 포함한 200여 명의 귀빈들을 어떻게 하면 잘 맞이할 수 있을까 고민이 깊었다. 그들 모두가 좋은 기억을 가지고 돌아가면, '국제화된' 산업 수도의 매력을 제대로 알리는 홍보 대사 역할을 할 것이기 때문이다.

행사는 고위급 전체 회담, 개막식, 2개의 총회 세션, 태화호 탑승 후 울산 항만 관광, 공식 만찬, 산업 시설 및 태화강 국가정원 시찰 등의 일정으로 꾸며졌다. 김두겸 울산시장은 의장 자격으로 이틀간의 공식 행사를 주관했다.

소규모 가족 행사일지라도 손이 많이 가고, 정성을 다했느냐에 따라 만족도가 달라진다. 고위급 국제 행사라면 더욱 그렇다. 적어도 개막일 두 달 전부터 본격적으로 준비해야 하고, 이벤트 장소, 차량, 숙소, 영접, 영송, 오·만찬 메뉴 및 배경 음악, 마이크와 조명, 포디움과 프롬프터, 음료와 다과 등 수많은 점검 목록을 체크해야 한다. 대통령 해외 순방 행사라면, 더욱 철저한 준비가 요구된다. 수개월 전에 외교부 차관보와 의전장이 각각 사전 답사를 다녀오고, 두 달 전부터는 격주 단위로 점검 회의를 하고, 해외 출발 일주일 전쯤 대통령 주재로 최종 점검 회의를 한다.

접수국도 사정은 마찬가지다. 최고의 예우를 해야 하는 일급 의전 행사이기 때문에 명품 의전과 경호를 제공한다. 그렇기에 계획대로만 진행된다면 문제 발생의 소지는 매우 적다. 그럼에도 지뢰는 곳곳에 있다. 주니어 외교관 시절, 대통령 행사 준비 요원으로 노르웨이에 한 달간 머문 적이 있다. 당시 같이 파견됐던 선배의 조언이 금과옥조처럼 떠오른다.

"의전은 잘해야 본전. 조금이라도 실수하면 쪽박."

"백문이 불여일견이듯, 매사 직접 확인하라."

"실수 없는 의전은 그저 기술, 완벽하게 끝마쳤다면 예술."

"예술이기를 바란다면, 체크, 체크 그리고 또 체크."

그 선배는 나중에 의전장을 역임했고, 후배들 사이에서 의전의 도사(儀仙)로 통했다.

나는 2004년 의전실 주한공관과장 시절부터 대통령 순방과 관련

된 국내외 언론 보도에 관심을 기울여 왔는데, 그동안 사소한 의전 실수조차 과장해 총체적 실패로 평가하는 기사를 심심치 않게 접해 왔다. 물론 결과가 신통치 않다면 비난할 수 있고, 잔소리도 달게 받아야 한다. 하지만 잘된 부분이 있다면 우선 박수를 쳐야 한다. 작은 실수를 눈감아 준다고 해서 국민의 알 권리가 침해되는 것은 아니니 말이다. 경험상 미국, 유럽, 그리고 주변국 언론들은 이런 부분에서 더 너그럽고 여유가 있었다.

최근 언론의 실수 찾기가 더욱 노골화되면서 우리 의전도 이에 맞춰 진화하고 있다. 우리 정상이 레드 카펫에 제대로 자리를 잡을 수 있어야 하기에 상대국 의전 담당을 닦달하고, 전용기 조종석 위에 설치된 태극기의 문양 앞뒤가 바뀌지 않았는지를 이중, 삼중으로 체크한다. 정상 행사에는 수백 가지 체크 리스트가 있다. 행사 하루 전 마지막 체크에서 오케이 사인이 나와도, 결코 자만해서는 안 된다. 눈을 감고 모든 동선을 떠올린 후, 매 순간 발생할 수 있는 변수들에 대한 플랜 B를 고민해야 한다. 플랜 B가 작동하지 않을 경우를 대비해 플랜 C까지도 생각해 두어야 한다. 이런 과정을 수차례 진지하게 거쳐야, 현장에서 예상치 못한 위기 상황이 발생해도 당황하지 않고 잘 대처할 수 있다.

의전의 성인(儀聖)이라고 불렸던 선배가 의전장 시절 보여준 교훈적 일화가 있다. 전용기는 막 도착했고, 대통령은 트랩을 내릴 준비를 하고 있는데 창문 너머로 힐끗 보니 도착 행사 대형이 상대국 임의대로 바뀌어 있는 게 아닌가. 보통 사람 같으면 패닉에 빠져 안절

포르투갈 대통령궁에서 열린 박철민 주 포르투갈 대한민국 대사 신임장 제정식을 묘사한 그림. 고위급 행사에는 최고의 예우가 따른다. © 박선호

부절하거나, 슬그머니 사라졌을 것이다. 그런데 이 선배는 이런저런 복잡한 사정 설명 대신에, 대통령에게 "뭔가 착오가 생겼으니, 이미 보고 드렸던 내용은 모두 잊어버리시고, 저만 믿고 따라오십시오"라고 했고, 대통령은 고개를 끄덕이며 수긍했다. 어떤 해프닝이 있었는지 모를 정도로 잘 마무리됐지만, 오직 준비된 사람만이 극복할 수 있는 위기였다.

역대 외교장관들은 대체로 의전실 간부들을 소위 오른팔들로 임명한다. 어떤 분은 평소 "형식적인 일만 하는 의전실에 똑똑한 외교관들이 왜 필요한가?", "의전실은 아웃소싱해도 되고", "의전실 근무자들을 국내외 인기 보직에 보내서는 안 된다"는 소신을 가지고 있었다. 그런데 외교장관이 되고 몇 차례의 정상 회담을 겪으면서 의전실 직원을 대폭 보강하고 측근을 임용했다. 의전실의 기본 임무는 국내외 정상 행사를 물 흐르듯 진행시키는 일이다. 실수가 잦으면 대통령의 심기가 불편해지고, 결국 믿지 못할 외교부라는 평가를 받기 때문에 믿을 만한 인재를 쓸 수밖에 없다.

지금은 사정이 좀 달라졌지만, 과거 의전실 직원들은 국가 원수와 함께 전용기에 탑승해 해외 곳곳을 누빈다는 사실만으로도 선망의 대상이었다. 정장을 멋있게 빼입고, 올백 헤어스타일에 무선 수신기를 귀에 꽂은 채, 당시 경원의 대상이던 경호실 요원들과 호형호제하는 특권을 누렸다. 그런 호사를 부러워하던 나도 의전실 과장 때를 포함해 국내외에서 여러 차례 대통령 행사를 주관했다. 그 경험들은 지금도 나에게 소중한 자산으로 남아 있다.

제14차 NEAR 총회는 역대 최대 규모를 자랑하며 성공적으로 막을 내렸다. 중국 간쑤성과 러시아 알타이공화국이 신규 회원 단체로 가입했고, 중앙정부 간 갈등 상황 속에서도 많은 단체들이 동북아의 번영과 교류 협력을 위해 한 자리에 모였다는 점에서 의의가 컸다. 무엇보다 어떤 실수도 없이 완벽하게 마무리됐다는 점에서 높은 평가를 내리고 싶다. 모두들 의전을 기술이 아닌 예술로 여겼기 때문이리라.

막걸리를 사랑하는 어느 외교관의 와인 이야기

　　"너는 왜 하나도 안 늙었냐?" 지난주 어느날 지하철역 계단에서 들려온 정담이다. 70대 후반으로 보이는 두 친구 분이 서로 이야기를 주고받고 있었다. 내 눈에는 그만큼의 연륜이 보였건만, 그 분들끼리는 아닌가 보다. 순간 '치즈와 와인이 아니라면 나이는 중요하지 않다'라는 영어 속담이 떠올랐다.

　　와인이라고 하면 몇 살짜리 나무에서 자란 포도로 만든 것인지, 그리고 언제 병입됐는지 하는 빈티지가 중요하다. 포도나무는 대략 120살까지 포도주를 생산할 수 있는데, 60살 나무도 어린아이 취급을 받는다. 한 병에 수백만 원씩 하는 보르도 5대 명주의 경우, 특히 그렇다.

　　유럽에서 네 번 살아 보았고 두 나라에서 공관장을 했기에 소믈리에 수준은 아니지만, 좋아하는 레드 와인 몇 종류의 맛과 향은 구분할 수 있다. 와인 애호가들이라면 부러워 할 만한 성취인데, 갈고 닦은 와인 테이스팅의 결과다.

우리집 거실 한쪽에는 유럽에 살면서 마셨던 500여 병의 레드 와인 코르크 마개들이 소중하게 보관돼 있다. 25년 전, 첫 해외 근무지인 네덜란드에 부임하기 전까지만 해도 와인은 나에게 생소했다. 비싸고 귀했던 동경의 대상이 헤이그에서 보니 동네 슈퍼마켓에서 쉽게, 그리고 착한 가격대에 구할 수 있어서 마냥 신기했다. 세월이 흘러 포르투갈에 부임하면서 그곳의 와인에 흠뻑 빠졌다. 와인의 역사가 프랑스에 못지않았고, 보르도 지역보다 20년 앞선 1756년에 도우르 지역을 포도주 관리 지역으로 선포해 품질을 관리해 온 사실도 알게 됐다.

"살아본 나라 중에서 어디가 제일 좋았냐?"는 질문을 가끔 받는데, 나는 그럴 때마다 큰 주저 없이 포르투갈이라고 대답하고 방문해 볼 것을 권유한다. 사시사철 좋은 기후에 맛있는 음식, 아름다운 해변, 마음씨 좋은 사람들 등등 매력들이 많지만, 무엇보다도 가성비 높은 맛있는 와인들 때문이 아닐까!

추천할 만한 와인으로는 그린 와인이 있다. 연두색을 띠는데 맛은 스파클링 와인과 화이트 와인의 중간쯤 된다. 여름 한낮에 냉장 보관된 그린 와인 한 잔, 그 첫 모금이면 세상을 다 가진 듯 즐거웠다. 한번은 친구 부부가 리스본을 방문했는데, 술을 전혀 못하는 부인이 나의 권유로 그린 와인을 시음하고는 이렇게 맛있는 와인이 있냐면서 감탄했다. 그러고는 한 병 사 가겠다고 하며 가격을 물었다. 막걸리 두서너 병 정도의 가격이었지만, 나는 고급 와인으로 착각한 친구의 아내를 실망시키고 싶지 않아 얼버무렸다.

포르투 와인과 마데이라 와인도 유명하다. 생산지 이름을 딴 이 와인들은 오·만찬 때 음식과 함께 하는 테이블 와인이 아니라, 식전 식후에 음미하는 도수 20도의 달콤한 와인이다. 포르투 와인은 영국과 프랑스 백년전쟁의 산물이다. 프랑스산 와인을 수입하기 어려워진 영국 상인들이 포르투 지역 레드 와인을 영국으로 운송하는 도중 변질되는 경우가 속출하자 이를 방지하기 위해 도수가 높은 영국산 브랜디를 첨가해 만든 것이 시초였다. 와인의 발효를 인위적으로 중단시켰기에 높은 도수와 당도를 오랫동안 유지하며 보관할 수 있게 된 것이다. 이러한 역사적 배경으로 인해 영국 왕실 행사에서는 포르투 와인이 식후주로 자주 사용되고 있다.

포르투갈 사람들은 생일 또는 결혼을 기념해 그해 생산된 포르투 와인을 사두었다가 수십 년 후 가족들과 함께 나눠 마시는 이벤트를 즐겨 한다. 그래서 포르투갈 와인 마켓에서는 50~60년 된 포르투 와인을 쉽게 구할 수 있다. 나도 '불혹' 나이의 와인을 마신 적이 있는데 달달하면서도 훌륭한 풍미를 느낄 수 있었다.

마데이라 와인은 포르투 와인과 같은 강화 와인이지만, 대서양 서쪽에 위치한 마데이라 섬에서 만들어졌고, 영국인들이 아닌 미국인들이 즐긴다는 점에서 다르다. 1776년 토마스 재퍼슨과 벤저민 프랭클린이 독립선언서 작성을 끝낸 직후, 다른 독립 투사들과 함께한 건

와인 저장고를 찾은 박철민 대사를 묘사한 그림. 포르투갈산 테이블 와인은 200여 종이 넘는 다양한 포도 품종으로 만드는데, 단일 품종으로 만든 와인도 쉽고 싸게 구할 수 있다. 특히 투리가 나시오날, 투리가 프란카, 아라고네즈, 바가 등 토착 품종으로만 만들어진 레드 와인의 풍미는 과히 놀랄 만하다. ⓒ 박선호

배주였다고 한다. 영국으로부터 독립을 원했던 미국인들로서는 영국인들이 만든 포르투 와인을 사용하고 싶지 않았으리라.

포르투갈산 테이블 와인은 200여 종이 넘는 다양한 포도 품종으로 만드는데, 프랑스처럼 여러 품종을 블렌딩하기도 하지만, 단일 포도 품종으로 만든 와인도 쉽고 싸게 구할 수 있다. 카베르네 소비뇽, 카베르네 프랑, 메를로, 시라, 가메 등 해외 품종은 물론, 투리가 나시오날, 투리가 프란카, 아라고네즈, 바가 등 토착 품종으로만 만들어진 레드 와인의 풍미는 과히 놀랄 만하다.

그런데 헝가리에 가 보니 그들의 생각은 달랐다. 헝가리 사람들은 그들의 와인 역사가 포르투갈보다 앞서 있다고 했다. 1737년 포고된 관련 칙령을 언급하면서 소련 공산 정권에서 와인 생산지가 황폐화되기 이전까지는 유럽 내 최고의 생산지였다고 자랑했다.

솔직히 헝가리 동북부에 위치한 토카이 지역에서 생산된 와인이 세계 최고의 스위트 와인이라는 점을 부인하기는 쉽지 않다. 스위트 와인에는 포르투 와인과 같은 강화 와인, 캐나다 나이아가라 폭포 인근 지역에서 생산되는 아이스 와인, 그리고 곰팡이 균으로 귀하게 부패했다고 해서 이름 지어진 귀부 와인이 있는데, 귀부 와인 중에서도 토카이 와인은 단연 최고다.

7년 전 유럽국장을 마치고 포르투갈로 부임하기 전, 20여 명의 주한 유럽 대사들이 환송 파티를 베풀어 주었다. 자국에서 생산된 와인을 한두 병씩 가져와서 나눠 마셨는데, 모두들 자기 술이 최고라면서 너스레를 떨었다.

그러나 그때도 지금도 나에게는 한국산 생막걸리가 최고다. 맛도 맛이지만, 어릴 때부터 달고 살았던 과민성대장증후군이 생막걸리의 효능으로 말끔하게 치유된 뒤부터는 우리 막걸리에 더욱 천착하게 됐다. 그래서 내가 주최하는 행사의 건배주는 포르투갈에서도, 헝가리에서도, 그리고 이곳 울산에서도 항상 막걸리다. 과음하거나 섞어 마시지만 않는다면 한국의 막걸리는 단연 세계 최고의 술이 아닌가 한다.

세 번째 안보리 진출 단순한 쾌거 이상이다

오랫동안 군축 및 비확산 업무를 담당해 왔다. 그렇기에 2023년 6월 우리나라가 유엔 안보리 이사국으로 선출된 낭보를 접했을 때 뛸 듯이 기뻤다. 2024년 1월 1일부터 2년간 임기를 맡게 되는데, 미사일 발사 등 안보리 결의에 반하는 대량살상무기 도발이 빈번한 상황에서 북한 문제를 주도할 수 있게 된 것은 의미가 남다르다. 또한 안보리를 떠난 지 꼭 10년 만에, 그것도 지난 10년 내내 단독 후보라는 위상을 유지한 가운데 얻은 결실이기에 더욱 그렇다. 지난 35년간 외교 현장에서, 우리나라의 국제적 위상이 하루가 다르게 높아지고 있음을 체감해 온 터라, 세 번째 유엔 안보리 진출의 의미와 가치를 누구보다도 잘 알고 있었다.

1990년 여름, 평생 처음으로 비행기를 탔다. 외교부 입부 2년 차였고, 행선지는 스위스 제네바였다. 핵무기 확산 방지라는 소명 의식을 갖고 출범한 핵확산금지조약(NPT) 체제의 매 5년마다 개최되는 제4차 평가회의에 한국 대표단 일행으로 참석한 것이다. 평가회의는 한 달간 계속됐고, 나도 내내 회의장을 지켰다. 분위기는 매 순간 긴박했고 긴장감이 넘쳤다. 북한 사람들을 그때 처음 보았는데, 머리에 뿔도 없고 얼굴 색깔도 빨갛지 않아 신기했다. 굳이 말을 걸려고 접근했지만 외면당한 기억도 새롭다.

난상 토론의 장에서 찰나의 틈을 비집고 어떻게든 자국의 이해관계를 반영시키려고 혼신을 다하던 각국 외교관들의 언어 구사력과 기민한 교섭 활동이 인상적이었다. 그 경험은 훗날 주헤이그 화학무기금지기구 담당관으로, 군축비확산과장으로, 유엔 대표부 안보리 북핵 문제 담당 공사 참사관으로, 다시 외교부 대량살상무기 및 국제안보 문제 담당 국제기구협력관으로 성장해 가는 데 밑거름이 됐다.

지금으로부터 55년 전, 핵무기 보유국이었던 미국, 중국, 영국, 프랑스, 소련 5개국은 남아공, 브라질 등 각 대륙에서 우후죽순처럼 핵 개발 조짐이 보이자 자신들의 핵 보유는 정당화하면서 더 이상의 핵무기 확산을 미연에 방지하고자 NPT 조약을 채택했다.

1990년 평가회의에서는 1985년 NPT에 가입하고서도 조약 의무를 다하지 않고 있던 북한의 핵문제가 핵심 의제 중 하나였다. 회의장에서는 한국 외교관들이 국제원자력기구(IAEA)의 전면안전조치협정에서 요구되는 최초신고서 및 핵시설에 대한 설계 정보를 제출하라고 목소리를 높였다.

그러나 냉전 체제의 마지막 평가회의였던 만큼 서방 진영과 공산 진영 간에는 첨예한 대립 속에 설전만 계속됐다. 또 캐스팅보트를 쥐고 있던 비동맹권 국가들도 비현실적인 원론만 고수했다. 결국 최종 문서는 채택되지 못했고, 회의는 실패로 끝났다.

그러던 어느 날이었다. 회의장 라운지에서 쉬고 있는데 갑자기 곁에 있던 아프리카 외교관들이 어디론가 후다닥 달려가는 게 아닌가. 따라가 보니 개발 협력 및 지원 이슈를 다루던 회의장에서 일본의 각료급 인사가 내년도 대외 원조 금액과 그 내역을 발표하고 있었다. 본국에 보고할 내용을 기록하느라 분주하던 각국의 대표단들은 그의 발언이 끝나자마자 썰물처럼 회의장을 빠져나갔다. 다음 발언자는 빈 좌석만 바라볼 수밖에 없었다.

국제 무대에서는 이러한 소집권이 위상이자 국력이다. 그때 일본에게는 그것이 있었고, 우리에게는 없었다. 해외에서 한국 사람 만나기가 쉽지 않았고, 서양인들이 "중국인이냐 일본인이냐?"라고만 물었기에, 돌아서서 "Korean. Not North, but South"라고 정색했던 시절이었다. 하지만 상전벽해라고 했던가. 1990년 이래 한국은 눈부신 발전을 거듭해 왔다. 오늘날 유엔무역개발회의(UNCTAD) 기준 선진국 지위에 올랐고, G20에 이어 G7+에 진입했으며, 인구와 부를 함께 가진 3050 7개국 클럽*에도 가입했다. 1991년에야 유엔 회원국이 됐지만 세 차례나 안보리 멤버가 됐고, 유엔 총회 의장과 유엔

---

* 인구 5000만 명 이상에 1인당 국민소득(GNI)이 3만 달러 이상인 국가. 미국, 독일, 영국, 일본, 프랑스, 이탈리아, 한국이다.

사무총장도 배출했다.

　이제는 국제 무대에서 우리 대표의 발언을 메모하는 각국 대표단을 쉽게 볼 수 있다. 이러한 자신감을 바탕으로 한국은 2014년 말 임기가 종료되기도 전에 안보리 재진출 연도를 2024년으로 공식화했고, 그 후 10년간 우리와 경합할 의사를 보인 국가는 아무도 없었다. 지금까지는 일본만이 누려왔던, 아주 지역 내 유엔 안보리 좌석 예약권을 우리도 가지게 된 것이다. 그래서 더욱 기쁘다. 단순한 쾌거 이상이기에.

디지털 전환 시대 포노 사피엔스

얼마 전 경상대학교와 울산과학대학교에서 '디지털 전환 시대의 울산'이라는 제목으로 강연을 했다. 전문 분야가 아니어서 준비 과정에는 어려움이 있었지만, 디지털 대전환의 역사와 배경, 주요 국가들의 정책 방향, 기업 성공 사례와 애로 해소 방안 등에 대한 이해도를 높이는 계기가 됐다.

디지털 전환(Digital Transformation)이란 기업 및 조직이 인공지능(AI), 빅데이터(Big Data) 등 디지털 기술과 도구를 활용해 비즈니스 모델과 프로세스를 혁신하는 과정을 뜻한다. AI 도입률, 기술 및 인재 등 산업 기반, 비 ICT 기업의 디지털 활용도 등 여러 측면에서 우리의 수준이 그다지 높지 않다는 사실이 의아했지만, 울산은 모범적인 디지털 전환 적용 사례들을 축적하고 있어서 위안을 받았다.

인류가 증기 기관의 발명으로 첫 번째 산업 혁명을 이룬 것은 지금부터 250여 년 전인 18세기 말이다. 그 후 100년쯤 지나, 전기의 발명으로 대량 생산과 대규모 공장 생산이 가능해져 2차 산업 혁명의 혜택을 누리게 됐다. 또 다시 100여년이 흘러, 1990년대 컴퓨터와 인터넷이 등장했고, 3차 산업 혁명이라는 새로운 차원의 풍요와 편리함을 누리게 됐다. 2000년대를 거치면서 인터넷으로 신문을 볼 수 있는 신비한 세계가 일상화됐고, 전자상거래라는 온라인 구매 플랫폼이 새로운 사업 모델로 부상했다. 과거 같으면 등초본 서류 사본을 발급받으려고 하루 종일 발품을 팔았는데, 지금은 전자 정부가 구현돼 원스톱 서비스가 가능하게 됐다. 이러한 3차 산업 혁명 시대에 태어난 신인류를 우리는 'MZ 세대'라고 부른다.

20~30대를 주축으로 하는 'MZ 세대'는 전산화(digitization)와 디지털화(digitalization)에 매우 익숙하다. 아날로그적 사고를 태생적으로 거부하기 때문에, '디지털 원주민'(digital native)이라고도 한다. 이렇듯 1차에서 3차까지 100년을 주기로 혁신적 산업 성장을 해 온 인류는 3차 이후 불과 20년 만에 4차 산업 혁명을 이루어냈다. 4차 산업 혁명, 즉 디지털 대전환은 디지털 기술과 데이터의 상호 연결을 통해 사회, 경제 전반에 큰 영향을 미치면서 새로운 가치를 창출해 내는 일련의 과정이다. 한 번으로 그치지 않고, 아주 빠른 속도로 끊임없이 선순환하고 있다. 2010년 도입된 스마트폰의 역사와 궤를 같이 한다고 생각하면 이해가 쉬울 것이다. 이 시기에 태어난 인류를 우리는 '알파 세대'라고 하고, 포노 사피엔스의 주역으로 성장하고

있다. 휴대폰이 없던 시대엔, 오직 면대면 만남, 즉 접촉을 통한 소통만이 이루어졌지만, 스마트폰 없는 세상을 상상조차 못하는 알파 세대들은 접촉이 더 이상 필요 없는, 비대면 초연결 네트워크 사회에 살고 있다.

요즘 초등학생들은 글자 대신 '현대판 상형 문자'라고 하는 이모티콘으로 소통한다고 하니, '이모티코노 사피엔스'라고 불러야 할 것 같다. MZ 세대들은 대화 대신 문자 발송을 선호하고, 알파 세대들은 아예 문자 대신 이모티콘 소통을 즐겨한다고 하니, 언젠가 인류는 또다시 글자 없는 세상에서 살게 될 것 같다.

23개월이 막 지난 외손자와 페이스톡을 한 적이 있다. 동영상 화면이 열리자 나를 알아보고 손을 흔들면서 반가워했다. 얼마 전부터 새로 익힌 '엄지 척'과 승리의 'V'를 선보이며 재롱도 떨었다. 그런데 할아버지의 계속된 질문에 성심껏 반응을 보이던 아이가 갑자기 지루해졌는지 '빠이빠이' 사인을 보내는 게 아닌가. 못 본 척 다른 질문을 이어갔더니 손을 죽 내밀어 화면을 꺼 버렸다. 스마트폰을 어떻게 사용하는지 이미 터득한 것이다.

2021년 태어난 외손자는 디지털 전환 시대 가장 최근 인류인 '베타 세대'다. 디지털과 피지컬이 융합된 '디지컬'과 온라인과 오프라인이 공존하는 O2O 산업 모델, 그리고 가상 세계인 메타버스에 노출돼 있기 때문에 4차 산업 혁명의 핵심 기술들을 친숙하게 배우고 활용하게 될 것이다.

지금 세계 각국은 AI, 빅데이터, 클라우드, 엣지, 양자 컴퓨팅,

5G·6G, 블록체인, 사물 인터넷, AR·VR, 로봇, 3D 프린팅 등 4차 혁명 시대의 핵심 기술 확보를 위한 기술 패권 경쟁에 뛰어들고 있다. 우리나라도 예외는 아니다. 2022년 7월 대통령 직속으로 디지털플랫폼정부위원회를 신설했고, 세계 최고의 디지털플랫폼정부 구현을 목표로 100만 디지털 인재 양성 등 19개 추진 과제를 진행 중이다. 울산시 역시 '디지털과 함께하는 스마트 울산'이라는 모토 아래, 미래전략본부를 신설했고, 스마트 시티 조성, 디지털 조선소 구축, 메타버스 해양 관광 서비스 구축, 탄소 중립 디지털 트윈 플랫폼 구축 등 성공 사례를 하나하나 쌓아 나가고 있다.

세계적 경영학자 피터 드러커가 "기존 사업을 과거의 방식으로 지속하는 것은 앉아서 재난을 기다리는 것과 같다"라고 말했듯이, 디지털 전환을 위해서는 한 번의 성공에 안주하지 않고, 끊임없이 창조적 파괴의 정신으로 혁신해야 한다. 인구 감소의 위기에 직면한 울산이 디지털 대전환을 성공적으로 이끌어, 스타트업과 중소기업, 대기업이 공조하는 동반 성장의 모범 도시로 자리 잡기를 기대한다. 그렇게 된다면 포노 사피엔스든 이모티콘 사피엔스든 새로운 시대의 인재들이 자연스럽게 울산으로 모여들게 되지 않을까.

미래 자동차 산업의 메카 헝가리

2023년 11월 13일 이슈트반 세르더헤이 헝가리 대사가 울산을 방문했다. 작년 9월 부임 이래 줄곧 기회를 엿보다 울산의 이차전지 특화단지 선정과 현대자동차의 전기차 전용 공장 착공 소식을 듣고 부랴부랴 방문을 서둘렀다고 했다. 세르더헤이 대사와는 주 헝가리 대사 시절부터 가깝게 지내왔고, 울산 자랑을 많이 해 주었던 터라 구체적인 협력 방안을 찾을 수 있을 것이라는 기대감이 컸다.

헝가리는 폴란드, 체코, 슬로바키아와 함께 '비세그라드 4'로 불리며, 4차 산업 혁명 시대 EU의 새로운 산업 단지로 급부상하고 있다. 특히 미래 자동차와 이차전지 배터리 산업에 있어서는 '유럽의 베트남'과 같은 곳이다. '구름 위의 성'이란 뜻을 가진, 헝가리 왕조의 세 번째 수도 비세그라드는 합스부르크 왕가의 압박을 공동으로 대응하고자, 1335년 헝가리, 폴란드, 체코의 왕들이 모여 두 달 여간 협의했던 곳이기도 하다. 소련 붕괴 이후 이들 3개국은 NATO와 EU 가입 과정에서 뭉쳐야 몸집을 키울 수 있다는 소신 아래 1991년 헝가리의 제안으로 비세그라드에서 모였고, 동일 이름의 지역 협력체를 출범시켰다. 1993년 체코와 슬로바키아가 분리되면서 슬로바키아도 가입해 '비세그라드 4'가 됐다. 1999년 NATO에, 그리고 2004년 EU에 가입함으로써 당초 목표를 성공적으로 달성한 후에도 해체하지 않고 중부 유럽 국가들 간 협력 강화를 추구하는 지역 협의체로 자리 잡고 있다.

이 지역은 우리나라의 EU 내 최대 수출 시장이자 투자처다. 전략적 협력 동반자로서 지금까지 두 차례 정상 회의를 가졌다. 2015년 체코, 그리고 2021년 헝가리에서 각각 개최됐는데 공교롭게도 유럽국장과 헝가리 대사를 지내고 있을 때였다. 정성을 기울였던 행사였기에 비세그라드에 대한 애착이 그만큼 크다. 코로나 기간을 포함해 최근 EU 내 경제성장률이 가장 높은 곳이고, 800여 개의 한국 기업들이 자동차, 가전, 타이어, 이차전지 등 분야에 진출해 있다. 과거에는 인구나 국토가 다른 국가들에 비해 4배 이상 큰 폴란드를 중심으로 투자가 이루어 졌다면, 10여 년 전부터는 4개국에 고르게 진출하고 있다.

최근 몇 년 동안 두드러진 현상은 헝가리가 유럽의 미래 차 생산기지로 급부상하면서 한국 기업들이 이차전지 분야에 활발히 진출하고 있다는 점이다. 현재 KAL과 LOT 등 매주 7편의 직항편이 운

2022년 11월 CK이엠솔루션의 헝가리 공장 준공식 장면. 유럽 전기차 시장 규모가 커짐에 따라 핵심 부품인 배터리 시장도 함께 증가하고 있다. 헝가리는 배터리 산업의 신흥 전략적 요충지다.

항 중이고, 300여 개 한국 기업들이 진출해 있다. 거주 비자를 가진 한국인들이 6,000명이 넘고, 매년 20만 명이 넘는 관광객들이 헝가리를 찾고 있다. 삼성 SDI와 SKon 등 공장 건설을 위해 단기간 거주 중인 기술자들을 합친다면 매일 1만 명이 넘는 한국인들이 부다페스트 거리를 활보하고 있는 셈이다. 20개가 넘는 한국 음식점이 부다페스트에 있는데도 신장 개업을 준비 중인 식당이 많고, 짜장면과 짬뽕을 전문으로 하는 한국식 중국집도 문전성시를 이루고 있다.

한국 기업들이 헝가리를 찾는 이유는 무엇일까? 유럽에 위치한 EU 국가라는 지정학적 가치, 상대적으로 우수한 인력과 낮은 인건

비, 안정적인 정세와 양호한 치안, 그리고 헝가리 정부의 적극적인 기업 유치 노력과 관대한 인센티브 때문이다. 더 이상 헝가리를 중유럽의 그저 그런 공산 국가, 나중에 한 번쯤 가볼 만한 여행지라고 생각하면 안 된다. 훨씬 많이 발전해 있고, 규모와 섬세함에서 프라하나 비엔나 등 인근 도시들보다 아름답고 깊이가 있다.

유럽의 제조업 단지인 헝가리는 미래를 함께 꿈꾸고 그 과실을 나눌 수 있는 좋은 파트너다. 헝가리 대사가 방문한 그날, 현대 전기차 전용 공장 기공식과 울산대학의 '글로컬 대학 30' 선정이라는 겹경사가 있었다. 전동화 시대를 향한 큰 발걸음을 뗐기에, 울산은 미래 수십 년 동안 고급 전기차의 국제 생산 기지로 발전할 것이다.

글로컬 사업에 있어서도 두 나라 간 미래는 밝다. 울산 지역 대학의 협력 동반자 목록에 헝가리의 유수 대학인 ELTE 국립대학과 부다페스트 공과대학이 이미 포함돼 있다. 2023년 의학과 물리학 분야에서 받은 것을 포함해 총 15개의 노벨상을 수상한 헝가리는 전통적으로 기초 과학 분야의 선진국이다. 울산대 오연천 총장은 장기간 R&D를 통해 국제 사회의 이정표가 될 만한 공동 성과물을 함께 만들어 내자는 소신을 밝혔다. UNIST와 울산과학대와도 게놈 사이언스, 수소 저장, 중견 엔지니어 양성 교육 등 분야에서 협력하기로 했다. 향후 삼성 SDI 울산 공장에 신형 배터리, 나아가 전고체 배터리 생산 라인까지 들어서게 된다면 '미래형 배터리 메카'로서의 울산과 헝가리의 공조 가능성은 더욱 커지게 될 것이다.

헝가리에는 현재 울산 공장보다 5배나 큰 삼성 SDI와 SKon이 들어서 있고 에코프로비엠, 더블유스코프, 성일하이텍 등 소재 기업들과 폐배터리 재활용 기업들이 산업 전 주기에 걸쳐 진출하고 있다. 또 헝가리 정부는 2030년까지 250기가와트(GWh)의 생산 역량을 갖추고 유럽 2위, 세계 10위에 오르는 것을 목표로 한국 기업들에 지속적으로 구애하고 있다.

언젠가 한국의 젊은 청년들이 미래차 산업의 핵심 '일꾼'으로서 헝가리로 진출하는 그날이 분명 있을 것이다. 경협 및 고등 교육 분야는 물론이고, 울산 현대 축구단의 헝가리 선수 머르틴 아담의 성공 사례처럼 헝가리가 종주국인 테크볼 등 스포츠 분야 협력 활성화 가능성도 크다. "운명은 말을 타고도 돌아갈 수 없다"는 어느 외국 속담처럼, 울산과 헝가리는 이렇게 맺어질 운명이었나 보다.

지구 온난화의 미래를 고민하다

어릴 적 울산 시청 뒤편 우리 집 근처에는 실개천이 흘렀다. 꼬맹이 친구들과, 때로는 삼촌들과 함께 개울물로 첨벙 뛰어들어 크고 작은 조약돌과 수풀을 뒤적였던 기억이 있다. 붕어는 물론 가끔씩은 이름 모를 예쁜 빛깔의 물고기들이 미끄덩 손에 잡혔다. 미꾸라지 몇 마리가 걸려들 때면 어머니는 신정시장에서 따로 장을 보셔서 다른 미꾸라지들과 합쳐 저녁상을 차리셨다. 몇 년 후 개천은 복개됐고, 개구쟁이들의 놀이터는 사라졌다. 매년 6월 1일 공업 축제일에 열리는 불꽃놀이와 퍼레이드 행렬은 장관이었고 산업 도시에 살고 있다는 자부심도 배가됐다.

물론 반대급부는 있었다. 화학 물질 타는 매캐한 냄새가 멀리 떨어진 주택가까지 날아왔고, 공업 단지를 지나칠 때면 시커멓게 피어

태화강은 한때 '죽음의 강'으로 불릴 만큼 오염이 심각했다. 울산시는 2004년을 생태도시 울산 원년으로 선포하고 수질 개선을 위해 각고의 노력을 기울였다. 2011년 태화강은 마침내 1급수 하천으로 거듭났고, 2019년 순천만에 이어 두 번째 국가 정원이 됐다.

오르는 매연 탓에 낮인지 밤인지 어리둥절한 적도 있었다. 공단 굴뚝 끝단마다, 검은 연기를 태워 없애려는 불꽃 봉오리들은 올림픽 성화 봉송 릴레이를 연상시켰다. 중학교 1학년 때, 삼산 지역에 농촌 봉사를 간 적이 있었다. 벼 베기를 도와주는 일이었는데, 정작 이삭 없는 볏단만 수확했던 황당한 체험도 했다.

2023년 초 국제관계대사로 부임한 첫날, 울산광역시장 접견실 입구 벽에 걸려 있는 울산공업센터 기공식 치사문이 눈에 띄었다. 처음엔 호기심으로, 그 다음부터는 정독으로 몇 차례 읽었다. 1962년 2월 3일 당시 국가재건최고회의 의장이었던 박정희 육군 대장의 치사였는데, 울산을 대한민국 최초로, 그리고 최고의 산업 단지로 조성해 발전시키고자 하는 염원과 격려가 담겨 있었다. 그중에 '제2차 산업의 우렁찬 건설의 수레소리가 동해를 진동하고, 공업 생산의 검은 연기가 대기 속에 뻗어나가는 그날엔 국가 민족의 희망과 발전이 눈앞에 도래했음을 알 수 있는 것'이라는 구절이 있었다. 4차 산업 혁명의 주역인 알파, 베타 세대들이라면 기겁하겠지만, 1·2·3차 산업의 성쇠를 쭉 지켜보았던 기성 세대들은 가히 수긍할 만하리라.

그런 울산이 지금은 생태 도시로 거듭났다. 죽음의 오염수로 낙인 찍혔던 태화강은 어느새 은어와 황어가 뛰어노는 관광 명소로 되돌아왔다. 미세먼지를 포함한 대기 오염 상태가 다른 대도시들보다 양호하다는 점에 자긍심을 가져도 좋겠다. 울산은 앞으로도 국내는 물론, 국제 사회에서도 모범적인 산업 도시로 성장해 나갈 것이다.

다만 우리가 놓치고 있는 불편한 진실이 있다. 하늘 위로 시커먼 매연은 더 이상 솟구치지 않지만, 대표적인 온실 가스인 이산화탄소는 매초 토해지고 있다는 점이다. 석유, 석탄, 천연 가스와 같은 화석 연료 사용에 따른 필연적인 대가다.

지구 온난화의 미래를 걱정하는 전문가들은 "이대로 가면, 인류에게 22세기는 없을 수 있다"라고 경고한다. 실제로 이러한 경고는 우리 삶에 바짝 다가와 있다. 자카르타, 몰디브, 베네치아 등 수변 도시들이 물에 잠겨 가는 중이고, 알래스카는 한겨울에도 20도에 육박하는 날씨를 보이고 있다. 최근 이탈리아에서는 사과만한 크기의 우박들이 마구 떨어져 농작물과 태양광 패널을 망가뜨렸다고 한다.

30만 년 역사를 가진 우리 인류가 환경 보호 의식을 공유하고 대응 방안을 찾으려고 본격적으로 노력한 것은 불과 50여 년 전이다. 1972년 스웨덴 스톡홀름에서 개최된 '유엔인간환경회의'를 통해, 인류와 환경의 조화로운 공생 문제가 처음 국제적인 관심사로 부각됐다. 1992년 브라질 리우데자네이루에서 열린 '유엔환경개발회의'에서는 기후 변화 문제가 집중적으로 다루어졌고, 기후변화협약, 산림협약, 사막화방지협약 등의 결과물이 채택됐다.

1995년에는 베를린에서 제1차 유엔기후변화협약 당사국총회(COP1)가 열렸다. 세계 각국 정부가 기후 변화에 대응하기 위한 정책을 논의하기 위해 모이는 자리로, 최근 아랍에미리트 두바이에서 폐막한 'COP28'까지 세계 각지에서 매년 개최되고 있다.

COP28에서는 당사국 전원의 합의로 'UAE 컨센서스'를 채택했다. 전원 합의는 COP 역사상 최초의 일로, 이번 합의는 2100년까지 지구의 평균 기온 상승폭을 산업화 이전 수준과 비교해 1.5도 이하로 유지하도록 노력한다는 내용을 담고 있다. 특히 2025년 이전 탄소 배출 정점 도달을 촉구하면서 '2050 탄소 중립' 달성을 위해 국제 사회의 강한 행동을 요구한 점은 평가할 만하다. 화석 연료의 단계적 퇴출과 화석 연료 보조금의 단계적 폐지 등 처음으로 합의된 내용도 많다. 합의국들은 2030년까지 재생 에너지 용량을 3배로 늘리고 에너지 효율을 2배 이상 개선하기로 합의했다. 오랜 진통이 있었지만, 이제는 선진국과 후진국 모두 공통 책임만이 기후 위기를 극복할 수 있다는 점에 인식을 같이하고 있다. 2050 탄소 중립을 위해 국가 온실 가스 감축 목표(NDC)도 조정되고 있고, 이를 위한 각국의 입법 노력도 가속화되고 있다. 참으로 다행스러운 일이다.

물론 탄소 중립 여정이 순항 중인 것만은 아니다. 유엔환경계획 (UNEP)은 "자발적 감축량만으로 탄소 중립 달성은 어렵고, 현재 서약된 대로 이행된다고 해도 2030년 예상 배출량의 7.5퍼센트밖에 감축하지 못하며, 그 목표치를 달성한다 해도 기온 상승을 0.5도만 억제할 수 있을 것"이라는 비관적 전망을 내놓고 있다.

2015년 프란치스코 교황은 "신은 항상 용서하고, 인간은 가끔 용서하지만, 자연은 절대 용서하지 않는다"(God always forgives. We men forgive sometimes. But nature never forgives)라는 속담을 인용해 기후 위기를 경고한 바 있다. 자연은 우리를 용서하는 대신, 우리 스스로 치유할 수 있는 시간을 줄 뿐이다. 가까운 시일 내에 기후 재원과 검증 수단을 가진 법적 구속력이 있는 강력한 기후 체제가 구축되기를 간절하게 바란다. 그때까지는 적어도 각국의 자발적인 NDC 공약 이행이 절실하다. 향후 30년간 어떤 노력을 하는가에 호모 사피엔스의 미래가 달려 있다.

예술 문화와 문화 예술의 차이점을 아시나요?

　　얼마 전 울산문화예술회관에서 인기 뮤지컬 〈캣츠〉의 오리지널 공연을 보았다. 1,400여 석을 가득 채운 관객들이 출연자들과 하나되어 감동하고 한껏 즐기는 모습을 보면서 참으로 흐뭇한 기분이 들었다. 그런데 함께 동행한 친구가 갑자기 이런 질문을 던졌다. "왜 여기 이름을 예술문화회관이 아니라 문화예술회관이라고 지었을까?"

　예술은 미를 창조하는 활동이고, 문화는 사회 구성원 공동의 가치관과 삶의 행동 방식을 의미한다. 이러한 맥락에서 문화 예술이란 집단 내부에서 널리 공유하면서, 동일한 이해를 바탕으로 표출된 예술이라 할 수 있다. 영어로는 'cultural art' 또는 'culture-based art'쯤 되겠다. 이렇게 본다면, 문화예술회관이란 이름은 민족적 정서에 기반한 예술 공연을 선호하는 곳으로 오해될 소지가 있다. 동양과 서양의 'Art'와 'Culture'를 모두 포괄하는 공연 장소를 의미하고자 한다면 예술문화회관이 좀 더 올바른 표현이라고 할 수 있지 않을까.

그러나 부산학생예술문화회관 같은 극히 일부 예외를 제외하면, 전국 각지에서는 문화예술회관이라는 명칭이 대세다. 심지어 영어로 'Culture and Art Center'로 명기돼 있다. 외국인들 입장에서는 'Culture and Art Center'나 'Art and Culture Center'나 다를 바가 없는데도 말이다. 유럽은 대체로 건물 이름에 예술과 문화를 함께 병기하지 않는 경향이 있다. 규모, 디자인, 내부 장식 등에 남다른 기품과 웅장함이 있음을 자랑하고 싶을 때는 'Palace', 'Hall' 또는 'House'를 붙여 한껏 품격을 높인다. 아마 서울에 소재한 예술의전당과 세종문화회관도 작명 당시 고민이 많았을 것이다.

하지만 우리의 문화적 욕구가 사시사철 충족될 수 있다면, 문화 예술이든, 예술 문화든 무슨 상관이겠는가! 지난 10년 동안 클래식 선율이 주는 감동을 느낄 수 있게 되고, 멋진 예술 작품을 보면 잔잔한 미소가 절로 나오니 참으로 감사한 일이 아닐 수 없다.

몇 년 전부터는 러시아 음악이 가슴에 와 닿는다. 작곡가들의 독특한 이름만큼이나 특색이 있고, 묵직하고 깊이가 있다. 차이코프스키는 물론이고, 라흐마니노프의 〈교향곡〉 2번과 〈피아노 협주곡〉 2, 3번, 쇼스타코비치의 〈교향곡〉 5번과 〈왈츠〉 2번, 림스키코르사코프의 〈왕벌의 비행〉과 〈세헤라자데〉, 프로코피예프의 〈피아노 협주곡〉 2번과 〈로미오와 줄리엣〉 모음곡을 듣고 있자면, 나도 모르게 눈이 감기고 귀가 열린다. 경외감과 감탄도 뒤따른다.

울주문화예술회관 개관 15주년 특별기획공연 〈김동규와 함께하는 신년음악회〉를 즐길 기회를 가졌다. 막간 없이 진행된 두 시간여 공연이 순간처럼 지나갔다. 다양한 레퍼토리와 다채로운 프로그램이 예술가들의 높은 수준과 조화를 이루면, 청중들의 반응은 뜨거워졌다. '이곳이 부다페스트 오페라하우스인가? 아니면 비엔나 필하모닉 오케스트라 공연장인가?' 하는 행복한 착각에도 빠져 보았다.

객원 지휘자 이태은의 진지하고도 유쾌한 지휘가 돋보였고, 모든 공연이 섬세하고도 환상적으로 이어졌다. 무대 위 주인공들과 무대 밑 청중들이 하나가 됐고, '올레'의 환성을 함께 내지를 때는 모두가 투우사였다. 판소리꾼 정윤형은 〈심청가〉 중 '심 봉사 황성 올라간다' 대목을 풍자적 연기와 발군의 소리로 엮어, 전통 음악의 풍미와 진수를 한껏 드높였다. 서양 클래식과 판소리라는 상반된 장르를 같은 무대에서 선보여도 불편함이 없었고, 관객들의 만족도는 높았다.

요한 슈트라우스 부자의 〈봄의 소리〉 왈츠와 〈라데츠키 행진곡〉, 비토리오 몬티의 〈차르다시〉, 그리고 앙증맞은 소년 소녀들의 발레 공연도 관객들의 눈과 귀를 호강시키기에 충분했다. 유럽에 근무하던 시절, 비엔나 필하모닉 공연과 부다페스트 심포니오케스트라의 신년음악회에 초청받은 적이 있었는데 마치 그 현장에 와 있는 듯한 느낌을 받았다. 브라보!

지난해 8월 25일 울산문화예술회관에서 선보인 울산시립교향악단의 정기 연주회 〈운명〉도 평가할 만하다. 브람스, 모차르트의 대표

헝가리 부다페스트 소재 리스트 음악원 내 광경. 헝가리, 포르투갈, 러시아와 네덜란드에서 살면서, 유럽 각지의 예술과 문화가 얼마나 대중화돼 있는지를 목도했다.

곡과 베토벤의 〈교향곡〉 5번으로 구성됐는데, 잔잔한 감동과 격정적 전율이 쉴 새 없이 몰려왔다. 러시아 출신 마에스트로 니콜라이 알렉세예프가 지휘하는 울산시립교향악단의 실력이 세련미를 더하고 있음을 매달 정기 연주회를 통해 인지하고는 있었지만, 그날 공연은 더욱 특별했다.

헝가리, 포르투갈, 러시아와 네덜란드에서 살면서, 유럽 각지의 예술과 문화가 얼마나 대중화돼 있는지를 목도했다. 실내외 공연장에서는 크고 작은 공연을 1년 내내 즐길 수 있고, 거리에서는 공연이 일상적으로 펼쳐진다. 가성비 높은 즐길거리가 넘치고 어려서부터 수준 높은 예술을 접할 수 있기에 애호층도 그만큼 두터워지는 것이다. 부러운 것이 사실이다. 그러나 울산 시민들은 수준 높은 공연 문화와 예술 작품을 즐길 자격이 충분하고 또한 준비도 돼 있다. 현재 울산에서는 시민들의 문화와 예술에 대한 수요에 부응하고자 3,000석 규모의 오페라하우스 건립을 계획하고 있는데, 태화강 위에 만든다는 점에서 그 의미가 각별하다. 이 오페라하우스가 울산의 문화적 수준을 한층 높이는 중요한 이정표가 되기를 기대해 본다.

미국 대선 이렇게 흘러갈 것이다

       1989년 외교부에 입부한 첫날부터, 모자라는 영어 실력을 개선해 보고자 시간이 허락하는 대로 CNN을 청취해 왔다. 중견 공무원이 되어 개인 사무 공간이 생긴 이후부터는 출근해서 퇴근할 때까지 CNN이나 BBC를 틀어 놓고 국제 정세의 흐름을 순간순간 모니터링해 왔다.

  최근 많이 다루어지고 있는 국제 뉴스는 이스라엘-하마스 전쟁과 확전 가능성, 호르무즈 해협을 위협하는 후티 반군에 대한 미국의 군사적 대응에 따른 중동 정세, 3년째로 접어든 우크라이나 전쟁 향방 등이다. 그 사이를 비집고 2024년 11월 5일로 예정된 47대 미국 대통령 선거 소식이 부쩍 늘고 있다. 오늘은 앞으로 100여 일간 계속될 미국 대선의 장기 레이스를 보다 재미있게 즐길 수 있도록 관전포

인트 몇 가지를 공유하고자 한다.

첫째는 미국 대선의 특징이다. 총 득표수가 아닌 538명 선거인단의 과반수인 270석 이상을 얻는 후보가 승리하게 되며, 각 주별로 최다 득표 후보가 해당 주에 할당된 선거인단을 모두 차지하는 '승자독식' 방식이다.

둘째는 향후 대선의 주요 일정이다. 예비 선거, 전당 대회, 대선 후보 TV 토론(9~10월), 본 선거(11월 5일), 선거인단 투표(12월 17일), 대선 결과 인증 및 당선인 발표(2025년 1월 6일)와 대통령 취임(1월 20일) 순으로 진행된다.

공화당과 민주당은 당내 경선을 거쳐 각각 트럼프 전 미국 대통령과 현역 대통령 바이든을 후보로 확정했는데, 최근 이러한 대결 구도에 급격한 지각 변동이 일어났다. 지난 7월 13일, 트럼프 후보가 펜실베이니아주 선거 유세 중 총격 테러를 당하는 사건이 발생한 것이다. 총알은 트럼프의 목숨을 빼앗지 못했고, 그에게는 '하늘이 목숨을 살린 강력한 지도자'로서의 이미지가 더욱 부각됐다. 대선 판세를 되돌리기 어렵다고 판단한 바이든은 일주일 후 전격 사퇴를 선언했다. 경선을 승리한 현역 대통령이 대선 후보를 사퇴한 것은 역사상 유래가 없는 일이었다.

경선 바톤을 이어 받은 카멀라 해리스 부통령의 혜성 같은 출현으로 미 대선은 다시 격동과 혼돈 속으로 빠져들고 있다. 바이든 대통령의 최대 약점이었던 고령 문제를 단숨에 해결한 것이다. 또한 온갖 범죄 스캔들과 민형사 소송으로 시달리고 있는 트럼프 전 대통령과 다르게, 건강하고 정의로운 법률가로서 비백인과 젊은 유권자, 특히 여성들의 지지세를 결집시키고 있다.

세 번째는 트럼프의 사법 리스크와 출마 자격 박탈 가능성이다. 결론부터 이야기하면, 그럴 가능성은 없다고 본다. 기업 회계 위조, 기밀 문서 반출, 2020년 대선 결과 전복 시도 등 적지 않은 형사 사건이 기소 중이고, 수정헌법 제14조 3항상 '전직 대통령이 헌법에 반해 폭동이나 내란에 가담하는 경우 대통령이 될 수 없다'는 규정에 따라 콜로라도주 대법원이 주 경선 투표 용지에 트럼프의 이름을 기재할 수 없다는 판결을 내렸지만, 트럼프의 전국적인 지지율에는 큰 영향을 미치지 못하고 있다. 트럼프 명부 삭제를 주장하고 있는 콜로라도주와 메인주는 전통적으로 민주당 우세 지역이기 때문에 트럼프로서는 이름이 없어도, 그래서 대의원을 확보하지 못해도 그만이다.

마지막으로, 6개 경합 주의 상황에 주목하시라. 항상 그래왔듯이 대선 결과는 경합주에서의 승패로 좌우될 것이다. 조지아, 애리조나, 미시간, 펜실베이니아, 위스콘신과 네바다 주 가운데 세 곳 이상에서 승리하면 대통령이 된다. 과거에도 그랬고, 미래에도 마찬가지일 것이다. 2024년 8월 현재 여론 조사는 대체로 해리스 부통령의 당선을 점치고 있다. 전체 지지율과 경합주 경쟁에서 우위를 보이고 있기 때문이다. 대선 후보 TV 토론 등 향후에 있을 대선 일정에서 별다른 변곡점이 없다면 미 역사상 최초의 여성 대통령을 보게 될 수 있을 것 같다. 바이든 대통령의 극적인 사퇴는 신의 한 수로 평가될 것이다.

그렇다면 트럼프 전 대통령에게 재선의 기회는 없는 것인가? 만약 대선을 한두달 앞두고 우크라이나의 전쟁 패배가 확실해지거나 이스라엘-이란 간 군사 갈등이 전면전으로 비화되어 현 민주당 정부의 대외 정책 실패가 부각되고 친공화당 표심으로 이어진다면 또 모를 일이다.

이런 상황 전환이 있을 경우, 트럼프는 김정은 위원장에게 한반도 긴장 완화의 공동 주인공이 되자며 공식 러브콜을 보낼 것이다. 김정은은 쾌히 화답할 것이고 트럼프의 취임식에 참석하는 깜짝 쇼를 구현시킬 수도 있다. 물론 상상의 나래를 펼쳐본 것이지만 불가능한 시나리오는 아닐 것이다. 트럼프는 푸틴 대통령의 체면을 한껏 살려주려 할 것이고, 푸틴은 우크라이나 전쟁을 도와준 북한에 대한 고마움과 한국에 대한 상대적인 서운함이 곱해져 대한반도 정책에 있어 친북한 노선을 노골적으로 펼칠 수 있다. 공급망 가치 사슬에 있어 취약점을 노정하고 있는 중국은 트럼프의 환심을 사기 위해 경제 회생의 고육지책으로 당분간 등소평의 도광양회 방식으로 후퇴할 수도 있다. 일본도 이런 방향으로의 국제 정세 변화에 발 빠르게 움직일 것이고 그런 맥락에서 북한과의 평화 교섭 재개를 위한 가속 페달을 밟을 수 있다.

이렇게 흘러간다면 한미일 3각 동맹을 축으로 한반도 안정화를 도모하는 현 정부의 외교 정책에 큰 구멍이 뚫릴 것임은 자명하다. 트럼프는 과거에 그랬던 것처럼 한국의 안보 무임승차를 지적하며 주한 미군 주둔 비용을 더 요구할 것이다. 나아가 주한 미군의 감축과 우리 안보에 불리한 방향으로의 핵심 전력 재배치 카드를 꺼내 흔들

수도 있겠다.

어떤 식으로든 2024년 미국의 대선 결과는 한반도와 동북아시아의 안보 지형에 깊은 영향을 미칠 것이다. 지금으로서는 해리스 부통령이 유리해 보이지만, 한국은 모든 가능성을 열어 놓고 한반도의 평화와 지속적인 번영을 위한 외교경제안보전략을 치밀하게 짜맞추어야 할 것이다. 시간은 지금도 째깍째깍 흘러가고 있다.

중동 전쟁의 판도라 상자는 열릴 것인가?

      지난 35년간 외교관으로 활동하면서 국제 사회의 평화와 안보가 심각하게 침해된 사례를 많이 보아 왔다. 무엇보다 북한의 핵개발은 국제 사회의 핵 비확산 규범과 체계를 철저하게 파괴한 사건이다.

2006년 10월 북한은 십수 년간 국제 사회의 집요한 저지 노력을 비웃듯 핵실험을 강행했다. 우리를 비롯한 서방 그룹은 비교적 짧은 기간 내 중국 및 러시아의 지지를 확보해 모든 유엔 회원국을 구속하는 안보리 결의 1718호를 도출했다. 그 후 다섯 번이나 더 이어진 후속 핵실험을 막지는 못했지만, 안보리의 대북한 제재 강도와 수위는 그때마다 강화됐다.

6차 핵실험 때는 레드 라인을 한참 넘었다는 공감대가 형성되어,

만약 한 번 더 감행할 경우 경제 봉쇄에 가까운 수위로 압박을 가하겠다는 안보리 내 무언의 약속이 있었던 것으로 이해한다.

그런데 만약 지난 7년간 핵실험을 하지 못하고 있는 북한이 가까운 미래에 무모한 모험을 감행한다면, 과연 국제 사회는 북한에 대해 치명적 제재 결의를 채택할 수 있을까? 어렵다고 본다. 우크라이나 전쟁으로 북한과의 군사협력이 필요할 만큼 곤궁에 처해 있는 러시아가 거부권을 행사할 가능성이 크기 때문이다.

이란도 지구상 10번째 핵보유국이 되기 위해 핵개발 노력을 계속하고 있는 것으로 알려져 있다. 미국의 정보당국은 이미 20여 년 전 비밀리에 진행 중인 이란의 핵무기 및 장거리 미사일 개발 계획을 국제 사회와 공유했고, 국제원자력기구(IAEA)와 안보리 차원에서 저지 노력을 가속해 왔다. 그러나 우여곡절 끝에 나온 포괄적공동행동계획(JCPOA)도 이행 중단 상태에 있어, 핵개발 시한폭탄의 열쇠가 이란의 손에 있다고 봐도 무방할 것이다. 여기에 더 안타까운 점은 이란의 핵개발 행보가 당장 노골화된다고 해도, 안보리 결의라는 압박 수단이 제대로 가동될 수 있겠는가 하는 점이다.

2023년 10월 하마스의 전격적인 기습 공격으로 시작된 이스라엘과 하마스 간의 전쟁은 사망자만 3만 5,000명을 넘고 있어 그 끝이 보이지 않는다. 이스라엘이 가자지구 남단 라파 지역에 대한 지상전을 개시한다면 인도적 위기는 더욱 악화될 것이다.

현재 안보리는 분열돼 있다. '가자 지구 내 즉각적인 정전'을 요구하는 안보리 결의 2728호의 이행이 무시되고 있고, 팔레스타인의 유엔 회원국 가입 표결도 미국의 거부권으로 부결됐다. 동서 냉전이 붕괴된 1990년부터 21세기 초까지 20여 년 동안, 안보리 전체의 공감과 협력 속에 '규범에 기반한 국제질서'를 실현해 왔던 유엔의 역할과 기능이 빛의 속도로 약화되고 있어 안타깝다.

우크라이나와 이스라엘 전쟁뿐만 아니라, 전 세계 곳곳에서 조짐이 일고 있는 또 다른 화약고가 터질 경우, 속수무책으로 지켜보고만 있어야 할 암담한 미래가 현실화될까 두렵다. 2024년 4월 10일 밤 이란의 대규모 공격에 대한 보복으로, 같은 달 19일 이스라엘은 이란의 이스파한 지역에 소규모 공습을 가했다.

이란 정부는 사용된 이스라엘의 무기가 '어린이 장난감' 같아서 '공격'이라고 말하기 어려울 정도라고 축소 평가했다. 이스라엘도 공식 입장을 자제한 채 확전을 방지하려는 태도를 보였다. 이란 외교장관은 "이스라엘이 이란의 이익에 반하는 행동을 한다면 즉각적으로 최대 수준의 대응을 하겠지만, 중대 공격을 하지 않는 이상 대응할 계획이 없다"고 선을 그었다.

양국이 서로의 본토를 공격한 최초의 사례라는 선례를 남겼기에 추후 더욱 과감해질 수 있는 위험은 도사리고 있지만, 제5차 중동 전쟁이라는 판도라 상자가 열리지 않을 것으로 보여 다행스럽다.

그 이유로 첫째는, 지난 네 번의 전쟁과는 달리 이집트, 레바논, 시리아, 요르단 등 주변 아랍국들의 군사 개입 움직임이 없다.

둘째는, 이란과 이스라엘이 국경을 공유하고 있지 않아, 지상전이 벌어질 가능성은 사실상 낮다. 이란의 야간 공습에서도 보았듯이 양국의 수도가 2,000킬로미터 이상 떨어져 있기에 이란으로서는 미사일과 드론의 공격으로는 첨단 아이언 돔 대공 방어망을 분쇄하기 어렵다는 사실을 실감했을 것이다. 더욱이 사실상의 핵무기 보유국인 이스라엘을 상대로 전면전을 각오하는 것은 비상식적 처사다. 이스라엘의 절제된 보복 공습에서도 위력을 확인했듯이 자국의 핵시설에 대한 무제한 공격이 있을 경우, 대응 카드가 있을지 고민할 것이다.

셋째는, 최근 하마스 전쟁으로 주춤한 상태이지만, 중동 지역 내 경제 발전을 위한 각국의 외교적 노력이 전개되고 있다는 점이다. 2020년 9월 미국이 주도한 아브라함 협정으로, 아랍에미리트와 바레인이 이스라엘과 외교 관계를 수립했고, 하마스 전쟁으로 중단된 상태이지만 이스라엘과 사우디 간 국교 정상화 협의도 언제든 재개될 것으로 보인다.

2024년 3월 중국이 관여해 성사된 사우디와 이란 간 국교 복원도, 수니파와 시아파의 맹주로서 지역 패권을 추구해온 경쟁국 간에 손을 잡았다는 점에서 의미가 남다르다.

마지막으로, 2024년 11월 대선을 앞둔 미국 정부가 연내 긴장 완화를 적극 희망하고 있다는 점이다. 확전은 현 정부의 대선 가도에 도움이 되지 않을 것이기 때문에 네타냐후 총리에 대한 자제 촉구와 이란에 대한 당근과 채찍을 겸한 압박은 배가될 것으로 전망된다.

인류 전체를 위기에 빠뜨릴 판도라 상자가 쉽게 열리지는 않겠지만, 오늘도 비극적 환경 속에서 불안에 떨고 있을 무고한 민간인들을 구제할 수 있도록 국제 사회의 단합된 노력이 절실하게 요구된다.

안보리 세 번째 진출의 쾌거를 이루었고 한반도의 평화와 안전 그리고 북한의 인권 문제에 주안하고 있는 우리로서도, 각별한 외교적 수완과 능력을 발휘해 줄 것을 기대한다.

젊은이들이여, 인생을 즐기려면 이렇게 !

불혹을 지나면서 책을 읽다 기억하고 싶은 문구가 보이면 적어 두었다가 꺼내 읽곤 했다.

인생을 살다 보면 일이 너무 잘 풀려서 이게 꿈인가 할 때도 있고, 위기에 봉착하여 좌절감을 느낄 때도 있다. 새로운 임무를 받았을 때, 조심스럽기도 하고 두렵기도 했다. 어떤 사람을 가깝게 만날 때도 있었고, 실망감을 가진 채 헤어질 때도 있었다.

그럴 때마다 적어둔 노트를 꺼내 심호흡을 한 번 한 후 읽고 생각하고 음미했다. 그러다 보면 슬픈 감정이 치유되기도 했고 이유 없이 흥분했던 마음이 진정되기도 했다. 내가 적어 놓은 이 문구들이 이 책을 읽는 독자들, 특히 많은 고민들을 품고 살아가는 대한민국 청년들의 마음에 가 닿기를 바란다.

외롭고 힘들 때 위로가 되는 명언

○ Life is not always a smooth sailing.

인생이란 항상 순풍에 돛 단 듯 하지는 않지.

○ The difficult is what takes a little time. The impossible is what takes a little longer.

어려운 일은 시간이 좀 필요하고, 불가능한 일은 좀 더 시간이 걸리고.

○ A pessimist sees the difficulty in every opportunity but optimist sees the opportunity in every difficulty.

낙천주의자는 비관론자와 다르게 어려움이 생길 때 기회가 왔다고 반긴다.

○ Life is collection of moments. Good moments should be desirable, but bad one could be useful.

인생은 매 순간의 모임이다. 나쁜 순간도 유용한 측면이 있다.

○ Life shrinks and expands in proportion to one's courage.

인생은 용기가 있느냐에 따라 위축되기도 하고 풍성해 지기도 한다.

- The poorest people are not those without money, but those without dream.

  가난한 사람들은 돈이 아니라 꿈이 없기에 그렇다.
- This too shall pass.

  이 또한 지나가리라.
- The best way to predict the future is to create it.

  미래를 예측하는 가장 좋은 방법은 그 미래를 창조하는 것이다.
- After all, tomorrow is another day.

  결국, 내일은 또 온다.

교만한 마음이 생길 때 스스로 겸손해지는 명언

- Overconfidence is our greatest enemy.

  과신은 절대 금물이다.
- The only place where success comes before work is a dictionary.

  열심히 일하지 않고 성공을 바라는 건 어불성설이다.
- Even though you are on the right track, you will get run over if you just sit there.

  좋은 자리라고 안주하고만 있으면 곧 큰 어려움에 처하게 된다.

- Whenever you find yourself on the side of majority, it is time to pause and reflect.

  잘나간다고 생각될 때, 잠시 멈춰 서서 되씹어 보라.

예측하지 못한 위기에 봉착했을 때 힘을 주는 명언

- The secret of business is to know something that nobody else knows.

  비즈니스 성공의 비결은 남들이 모르는 것을 아는 것.

- Well begun is half done.

  시작이 반이다.

- Возможности существуют во время кризиса. И это исходит из близкого расстояния. Поэтому нам нужен глаз сокола.

  기회는 위기 속에서 있다. 그리고 가까운 곳에서부터 온다. 그래서 매의 눈이 필요하다.

- Try to be a contrarian. Be a subordinate who can deliver bad news and be a boss who values it.

  반대 의견을 제시하는 사람이 되려고 노력하라. 나쁜 소식을 전달할 수 있는 부하가 되고 그 가치를 평가하는 상사가 되라.

- Hindsight is always better than foresight.

316

뒤늦은 깨달음이 통찰력보다 항상 낫다.

○ No bastard ever won a war by dying for his country. He won it by making the other poor dumb bastard die for his country.

조국을 위해 죽는다고 전쟁에 이길 수는 없다. 가엽고 불쌍하고 바보 같은 적들이 그들의 조국을 위해 죽도록 해야 한다.

○ Age is not important, unless you are a cheese.

치즈가 아니라면 나이가 무슨 상관이랴.

○ Those who do not remember the past are condemned to repeat it.

과거를 기억하지 못하는 자, 과오를 반복할 것이다.

○ History issues are akin to a needle in the pocket that keeps hurting us every now and then.

역사 문제는 주머니 속에 든 바늘 같아서 이따금 튀어 나와 상처를 준다.

○ History is the most powerful guide to the present. History does not repeat itself, but it often rhymes.

역사는 현재를 보는 가장 강력한 안내서다. 그 자체가 똑같이 반복되지는 않지만 적어도 운율은 맞춘다.

○ Global problems require global solutions.

전 지구적 문제는 전 지구적 해결책을 필요로 한다.

인생사 돌이켜 생각해 보면 도움이 되는 명언

- Men are moved by two levers only fear and self-interest.

  인간을 움직이는 것은 오직 두려움과 사리사욕이다.

- Суженого конем не объедешь.

  운명은 말을 타고도 돌아갈 수 없다.

- Beauty is in the eyes of the beholder.

  아름다움이란 보는 사람의 생각에 달린 것.

- 得了愛情痛高, 失了愛情痛苦。

  애정은 얻어도, 잃어도 고통스러운 것이다.

- Being unloved is nothing more than bad luck. But it's just bad luck not to love.

  사랑받지 못하는 것은 한갓 불운에 지나지 않는다.

  그러나 사랑하지 않는 것은 그냥 불운이다.

- To marry is to halve your rights and double your duties.

  결혼은 권리를 양분하되, 의무를 배가하는 것이다.

  그러니 신중해라.

- The proof of the pudding is in the eating.

백문이 불여일견.

○ Fools rush in where angels fear to tread.

바보는 천사도 두려워 가지 않는 곳으로 달려든다.

○ I do not trust people who do not drink. Let's drink.

술자리를 거부하는 자를 어찌 믿을지요. 마시자.

○ If you do not know what to do, just support friends.

누구 편을 들지 모르겠으면, 그냥 친구 편을 들면 된다.

○ A powerful man makes other man feel small. But a great man makes every other man feel great.

권력자는 다른 사람을 위축되게 하지만, 위대한 사람은 다른 모든 사람을 기분 좋게 한다.

○ Peace is not absence of conflict. It is the ability to handle conflict by peaceful means.

평화는 물리적 충돌이 없는 상태가 아니라, 평화적 방법으로 갈등을 다룰 수 있는 능력이다.

한국의 달라진 위상을 실감하며

외교관으로 살아오면서 요즘처럼 뿌듯한 적이 없다. 1989년 해외여행이 자유화되면서 많은 국민이 해외로 나가기 시작했지만, 당시만 해도 한국, 특히 남한과 북한을 구별하지 못하는 외국인들이 많았다. 심지어 한국이 어디에 있는지조차 잘 모르는 사람들이 대부분이었다. 유럽에서도 마찬가지였다. 그 시절, 우리 외교관들이 다자 무대나 양자 무대에서 발언을 해도 귀 기울이는 사람은 거의 없었다.

그러나 35년이 지난 지금, 대한민국은 세계 속에 우뚝 섰다. 삼성, 현대, LG와 같은 우리 기업들이 글로벌 기업으로 성장하며 큰 역할을 했기 때문이다. 현대는 조선과 자동차에서, LG는 가전과 에어컨에서 세계적인 명성을 얻었고, SK도 반도체와 전기차 배터리 분야에서 최고 기업으로서 가치를 높이고 있다. 이처럼 우리 기업들이 발전한 덕분에 대한민국의 국력은 세계 10위 안에 들어갈 정도로 성장했다. 외교 활동도 이러한 국가의 위상에 기반을 두고 있으며, 이제는 당당한 외교를 펼칠 수 있게 됐다.

내가 마지막으로 대사로 근무했던 헝가리에서는 한국 대사가 미국 대사만큼의 특급 대우를 받았다. 다른 나라에서 온 동료 대사들도 부러워했다. 또 헝가리에는 약 90명의 상주 대사들이 있었는데, 다들 나에게 헝가리 내 주요 정세가 어떻게 돌아가는지를 물어 왔다. 정계든, 재계든, 각료급 고위 인사들이든 내가 만나자고 하면 대체로 다 만나 주었기 때문이다. 헝가리에서 한국은 제1의 투자국으로 자리 잡았고, 300여 개의 한국 기업이 활발하게 활동하고 있다. 덕분에 한국 대사로서 좋은 대우를 받았고, 큰 자부심을 느끼며 일할 수 있었다.

지금은 한국 대사가 미국의 국무장관을 만날 수 있고, 오히려 미국 측에서 한국 대사와의 만남을 요청하는 시대가 됐다. 유럽에서도 한국과의 전략적 동반자 관계를 맺기 위해 많은 노력을 기울여 왔다. 중국, 일본과 함께 동북아시아를 넘어 글로벌 중추 국가로서 우뚝 서 있다. 내가 외교부에서 일했던 35년 동안 한국의 위상이 이처럼 커진 것을 보면, 정말 가슴이 벅차오른다. 하루가 다르게 성장해 온 국가 위상 속에서 외교 활동을 당당하고 진지하게, 그리고 무엇보다도 재미있게 할 수 있었다는 사실이 자랑스럽다. 대한민국과 대한민국 외교부에 감사드린다.

외교관은
나의인생

평생 외교관 박철민의 외교가 이야기

초판 1쇄 인쇄 2024년 9월 13일
초판 1쇄 발행 2024년 9월 23일
지은이 박철민
펴낸이 김정동
편집 김승현   **마케팅** 김상현 김혜자 최관호

펴낸곳 서교출판사
주소 서울시 중구 충무로 49-1 죽전빌딩 201호
전화 02-3142-1471(대)   **팩스** 02-6499-1471
이메일 seokyobook@gmail.com
블로그 http://blog.naver.com/seokyobooks
홈페이지 http://seokyobook.com
페이스북 @seokyobooks   **인스타그램** @seokyobooks
ISBN 979-11-89729-95-0 (03810)

출판 관련 원고나 아이디어가 있으신 분은 seokyobook@gmail.com으로
간략한 개요와 취지 등을 보내 주세요. 출판의 길이 열립니다.